北岛集

时间的玫瑰

生活·讀書·新知 三联书店

2004 年在土耳其的废墟上

2005年在瑞典看望托马斯·特朗斯特罗默

2004年秋和艾基在美国

2004年初春和女儿田田一起看望盖瑞·施耐德

1998年和谷川俊太郎在东京纪念《今天》二十周年

《时间的玫瑰》2005年初版和2009年修订版

三联版小序

窗户，纸和笔。无论昼夜，拉上厚窗帘，隔绝世上的喧嚣，这多年的习惯——写作从哪儿开始的？

面对童年，与那个孩子对视。皆因情起，寻找生命的根。从十五岁起，有个作家的梦想，根本没想到多少代价。恍如隔世，却近在咫尺：迷失、黑暗、苦难、生者与死者，包括命运。穿越半个世纪的不测风云——我头发白了。

按中国人说法，命与运。我谈到俄国诗人曼德尔施塔姆。除了外在命运，还有一种内在命运，即常说的使命。外在命运和使命之间相生相克。一个有使命感的人，必然与外在命运抗争，并引导外在命运。

十九岁那年当建筑工人，初试动笔，这是出发的起点。众人睡通铺，唯我独醒。微光下，读书做笔记，静夜，照亮尊严的时刻。六年混凝土工，五年铁匠，劳动是永恒的主题——与大地共呼吸。筑起地基，寻找文字的重心；大锤击打，进入诗歌的节奏。感谢师傅们，教我另一种知识。谁引领青春岁月，在时代高压下，在旱地的裂缝深埋种子。

四十不惑，迎风在海外漂泊。重新学习生活、为人之道，必诚实谦卑。幸运的是，遇上很多越界的人，走在失败的路上。按塞缪尔·贝克特的说法，失败，试了，失败，试了再试，多少好点儿。谁都不可能跨越，若有通道，以亲身体验穿过语言的黑暗。打开门窗，那移动的地平线，来自内在视野。

写作的人是孤独的。写作在召唤，有时沉默，有时叫喊，往往没有回声。写作与孤独，形影不离，影子或许成为主人。如果有意义的话，写作就是迷失的君王。在桌上，文字越过边缘，甚至延展到大地。如果说，远行与回归，而回归的路更长。

我总体愚笨。在七十年代地下文坛，他们出类拔萃，令我叹服，幸好互相取暖，砥砺激发。我性格倔强，摸黑，在歧路，不见棺材不掉泪。其实路没有选择，心是罗盘，到处是重重迷雾，只能往前走。

很多年过去了。回头看，沿着一排暗中的街灯，两三盏灭了，郁闷中有意外的欣喜：街灯明灭，勾缀成行，为了生者与死者。

北岛
2014 年 12 月 8 日

目 录

1 洛尔迦
　　橄榄树林的一阵悲风

55 特拉克尔
　　陨星最后的金色

93 里尔克
　　我认出风暴而激动如大海

141 策兰
　　是石头要开花的时候了

193 特朗斯特罗默
　　黑暗怎样焊住灵魂的银河

247 曼德尔施塔姆
　　昨天的太阳被黑色担架抬走

295 帕斯捷尔纳克
　　热情,那灰发证人站在门口

357 艾基
　　田野——似闪向天空的光芒

401 狄兰·托马斯
　　通过绿色导火索催开花朵的力量

459 后记

Federico García Lorca
洛尔迦
橄榄树林的一阵悲风

一

1918年3月17日晚上,在西班牙南部格拉纳达市(Granada)文化中心,十九岁的大学生费特列戈·加西亚·洛尔迦,在朋友们面前朗诵了他即将出版的散文集《印象与风景》。这是他头一次在公众场合朗诵。他中等身材,黑发蓬乱,浓眉在脸上显得突兀。他对自己的处女作毫无把握,在序言中称其为"外省文学的可怜花园里又一枝花"。观众以热烈掌声打消他的疑惑。第二天两家本地报纸给予好评。

1992年底,我和多多的漂泊之路交叉,同住荷兰莱顿(Leiden)。被那儿阴冷潮湿的冬天吓坏了,我们像候鸟往南飞,去看望住在西班牙地中海边的杰曼。他是比利时人,在台湾做汽车生意发了财,二十世纪八十年代末金盆洗手，在西班牙买房置地，专心写诗搞出版。他的庄园居高临下，俯视阳光灿烂的地中海。他家一窖好酒，令人动容。我和杰曼白天翻译赫尔南德兹（Miguel Hernández）的诗，晚上开怀畅饮。杰曼满脑袋关于诗的狂热念头，加上法国红酒助威，"新感觉主义"诗歌运动诞生了。"感觉主义"（sensationalism）来自葡萄牙诗人佩索阿（Fernando Pessoa），这正好与同时代的赫尔南德兹相呼应，后者写道："我憎恨那些只用大脑的诗歌游戏。我要的是血的表达，而不是以思想之冰的姿态摧毁一切的理由。"

翌日晨，我们开始了文学朝圣之旅，以便确认运动的大方向。由杰曼开车，我们先去赫尔南德兹的故居。他和洛尔迦、马查多（Antonio Machaolo）被公认为自西门涅斯（Juan Ramón Jiménez）以后西班牙三大现代主义诗人。马查多是"九八一代"的代表，洛尔迦是"二七一代"的核心，赫尔南德兹是衔接"二七一代"和"二七一代"后诗歌最重要的一环。环环相扣，西班牙诗歌的精神命脉得以延伸。赫尔南德兹一生贫困，只上过两年小学。内战开始后他加入共和军，后入狱，三年后因肺结核死在佛朗哥狱中，年仅三十二岁。从赫尔南德兹的家乡出发，一路向南，直奔洛尔迦的格拉纳达。"绿啊绿，我多么爱你这绿色。/ 绿的风绿的树枝，/ 船在海上 / 马在山中……"

最初读到戴望舒译的《洛尔迦译诗抄》是七十年代初。那伟大的禁书运动，加深了我们的精神饥渴。当时在北京地下文化圈有个流行词"跑书"，即为了找本好书你得满世界跑。为保持地下渠道的畅通，你还得拥有几本好书作交换资本。一本书的流通速度与价值高低或稀有程度有关。遇到紧急情况，大家非得泡病假开夜车，精确瓜分阅读时间。当《洛尔迦译诗抄》气喘吁吁经过我们手中，引起一阵激动。洛尔迦的阴影曾一度笼罩北京地下诗坛。方含（孙康）的诗中响彻洛尔迦的回声；芒克失传的长诗《绿色中的绿》，题目显然得自《梦游人谣》；八十年代初，我把洛尔迦介绍给顾城，于是他的诗染上洛尔迦的颜色。

戴望舒的好友施蛰存在《洛尔迦诗抄》编后记中写道："已故诗人戴望舒曾于1933年从巴黎到西班牙去作过一次旅行，这次旅行的重要收获之一便是对西班牙人民诗人费·加·洛尔迦的认识。后来望舒回国和我谈起洛尔迦的抒情谣曲怎样在西班牙全国为广大的人民所传唱，曾经说：'广场上，小酒店里，村市上，到处都听得到美妙的歌曲，问问它们的作者，回答常常是：费特列戈，或者是：不知道。这不知道作者是谁的谣曲也往往是洛尔迦的作品。'他当时就在这样的感动之下，开始深深地爱上洛尔迦的作品并选择了一小部分抒情谣曲，附了一个简短的介绍，寄回祖国来发表在一个诗的刊物上，这是国内读者第一次读到中文的洛尔迦诗歌。1936年，洛尔迦被佛朗哥匪帮谋杀之后，在全世界劳动人民和文化工作者的哀悼与愤怒中，洛尔迦的声名传遍到每一个文化角落里，从那时候开始，戴望舒就决定要把洛尔迦的诗歌更广地更系统地介绍给我国的读者。"

这些戴望舒三十年代旅欧时的译作，于1956年才结集出版，到七十年代初的黑暗中够到我们，冥冥中似有命运的安排。时至今日，戴的译文依然光彩新鲜，使中文的洛尔迦得以昂首阔步。后看到其他译本，都无法相比。戴还先后译过不少法国西班牙现代诗歌，都未达到这一高度。也许正是洛尔迦的诗激发了他，照亮了他。由于时代隔绝等原因，戴本人的诗对我们这代人影响甚小，倒是他通过翻译，使传统以曲折的方式得以衔接。

洛尔迦出生在格拉纳达十英里外的小村庄牛郎喷泉（Fuente Vaqueros）。他父亲拥有一百公顷地，合一千五百亩，按中国阶级划分必是大地主。在第一个妻子病故后第三年，他娶了个小学女教师。婚后九个月零九天，即1898年6月5日，洛尔迦来到这个世上。

就在洛尔迦出生后两个月，西班牙在和美国的战争中惨败，不得不在和平协议书上签字。战败导致由知识分子和作家推波助澜的一场文化复兴运动——"九八一代"的诞生。他们试图在寻找西班牙精神的真髓。马查多是"九八一代"重要代表人物之一，后成为"二七一代"的精神导师。两代相隔近三十年，那正是洛尔迦从出生到成长的时间。

洛尔迦成年后，把童年美化成田园牧歌式的理想生活，要说不无道理：家庭富足和睦，父母重视教育，兄妹感情甚深。不过和弟弟相比，他从来不是好学生，尤其进大学后考试常不及格。很多年，这成了父母的心病。

对洛尔迦早年影响最大的是三位老师。头一位是钢琴老师梅萨（Antonio Segura Mesa），他是个谨小慎微的老先生，除了去洛尔迦家上课，极少出门。他终身侍奉音乐，作过曲写过歌剧，都不成功，歌剧首演时就被哄下了台。他常对洛尔迦说:"我没够到云彩,但并不意味云彩不存在。"他们坐在钢琴前,由梅萨分析大师和自己的作品。是他让洛尔迦领悟到,艺术并非爱好,而是死亡的召唤。

有一天,当洛尔迦在艺术中心弹贝多芬奏鸣曲时,一位年轻的法学教授路过,为其才华吸引,他上前自我介绍。洛尔迦很快成了他家的座上客。这是第二位老师里奥斯(Fernandode los Rios),后来成了西班牙第二共和国的司法部长和教育部长。他喜爱吉卜赛音乐和斗牛,精通好几门外语。他创建左翼政党,支持工运,与地方腐败的政治势力对着干。是他唤醒了洛尔迦的社会公正意识。

十七岁那年上艺术史课时,洛尔迦被后来成了他第三位老师的伯若达(Martin Dominguez Berrueta)迷住了。他是个倔强的小个子,谁若挑战他的想法,他会发脾气。他主张全面参与学生生活,甚至包括爱情私事。他意识到格拉纳达的局限,决定每年两次带六个出色的学生去西班牙各地远游,让他们"了解和热爱西班牙"。

在两年内,洛尔迦先后参加了四次文化之旅,不仅大长见识,还通过老师结识了一些重要人物,包括马查多。基于旅行见闻,他完成了随笔集《印象与风景》。他把此书献给钢琴老师梅萨。他把新书送到伯若达家，老师打开书扫了一眼，勃然大怒，令他马上离开，两周后把书退还给他。洛尔迦不服气。在他看来，伯若达是艺术评论家，而非艺术家，而他要追随的是钢琴老师那样真正的创造者。两年后伯若达病故。洛尔迦很难过，他公开表示歉疚之意，并私下对老师的儿子说："我永远不会原谅我自己。"

第一次旅行中，他们有幸结识了马查多。他为伯若达一行朗诵了自己和别人的诗作，洛尔迦弹了一段钢琴曲。那次见面让洛尔迦激动不已。马查多对他说，诗歌是一种忧郁的媒体，而诗人的使命是孤独的。洛尔迦从朋友那儿借来马查多的诗集，他用紫色铅笔在扉页上写了首诗，大意是，诗歌是不可能造就的可能，和音乐一样，它是看不见欲望的可见的记录，是灵魂的神秘造就的肉体，是一个艺术家所爱过的一切的悲哀遗物。

我们到格拉纳达已近黄昏，在阿尔汉布拉宫（Alhambra Palace）附近下榻。晚饭后沿围墙漫步，塔楼林立。格拉纳达先由罗马人占领，八世纪摩尔人入侵，命名格拉纳达（意思是"伟大城堡"），直到1492年落入伊萨贝尔女王手中，阿拉伯人统治达八百年之久。阿尔汉布拉宫建于十四世纪，是世界上最美丽的宫殿花园之一。当年洛尔迦逃学常来这儿闲荡。

第二天，我们前往"牛郎喷泉"，一个普通的村落。孩子们在小广场喷泉边嬉戏，老人坐在咖啡馆外抽烟。洛尔迦故居陈列着家书、明信片和几幅他的勾线画，还有老式留声机和旧唱片。墙上是与亲友的合影及当年的戏剧演出海报。

1918年6月5日，洛尔迦二十岁。生日后第三天，得知童年伙伴的死讯，他一夏天都被死亡的念头困扰。紧接着，西班牙流感夺去了全世界两千万人的性命。1919年初全国陷于混乱，到处在罢工游行。在格拉纳达，工人与雇主发生冲突，洛尔迦和朋友们加入维护工人权利的运动。里奥斯老师收到匿名恐吓信。2月11日，离洛尔迦家不远，宪警向大学生游行队伍开火，打死一个医学院学生和两个平民，当局宣布军管。虽有心支持工人运动，洛尔迦却被血腥的暴力吓坏了，他蜷缩在父母家，甚至不敢从阳台往街上看一眼。一个好朋友每天来到他家窗下，高声通报局势的进展。

1919年春，在马查多的劝告和朋友的怂恿下，他离开家乡，搬到首都马德里。在里奥斯的推荐下，他被号称

"西班牙牛津剑桥"的寄宿学院（Residencia）接纳。这里设备齐全，有人打扫卫生，提供膳食。洛尔迦很快成了这里沙龙的中心人物，他朗诵诗作，即兴弹奏钢琴曲。一个崇拜者回忆：他手指带电，似乎音乐从他体内流出来，那是其权力的源泉，魔术的秘密。

在寄宿学院有个叫布努埃尔（Luis Bunuel）的小伙子，喜欢体育、恶作剧、女人和爵士乐。他特别服洛尔迦，总跟他泡在一起，听他朗诵诗。"他让我知道另一个世界，"他回忆道。他们一起狂饮，在马德里寻欢作乐。布努埃尔后来成了西班牙最著名的电影导演。

洛尔迦的戏在一家小剧场彩排。这是关于一只蟑螂为寻找爱情而死去的故事。他写信给父母说，若蟑螂成功，他能赚一大笔钱。首场演出，他订了不少座位，请朋友们来助威。开幕没几分钟，一个男人从包厢大叫大嚷："这戏是给雅典娜神庙的！知识分子滚回去！"人们踩脚起哄，朋友们则用掌声反击。报纸反应平平。几周后，父亲勒令洛尔迦立即回家完成大学学业，否则就来马德里把他带回去。洛尔迦写了四页长信："你不能改变我。我天生是诗人，就像那些天生的瘸子瞎子或美男子一样。"最后老父亲屈服了，答应让他待到夏天。

趁夜色，杰曼带多多和我混进格拉纳达一个小区俱乐部。舞台上载歌载舞，全体观众跟着用手掌的不同部位击出复杂多变的节奏。这就是弗拉明戈。是夜余兴未尽，我们来到郊外的一家小剧场，陈设简单但票价昂贵。当响板骤起，一男一女如旋风登场，动作粗野强劲又控制到位。

第二天下午，我们拜访了作曲家法亚（Mannel de Falla）的故居，它坐落在阿尔汉布拉宫西北边的山坡上。那是一栋白色小房子，庭院青翠。从这里可以看见格拉纳达及远方田野。法亚曾骄傲地说："我这儿有世界上最美的全景。"

1921年夏，洛尔迦厌倦了呆板的学校生活，常和朋友们到阿尔汉布拉宫围墙内的一家小酒馆聚会。老板的儿子是吉他手，为大家演奏"深歌"（deep song），一种古老的安达卢西亚吉卜赛民歌，十九世纪被弗拉明戈取代。在重重古塔的包围中，他们倾听深歌的哭泣。参加聚会的有个秃顶小个子，他就是法亚，著名的西班牙作曲家。洛尔迦一伙嚷嚷着要搞个音乐咖啡馆，而法亚提议举办深歌艺术节。

两年前他俩曾见过面，直到深歌之夜才成为朋友。表面上，两个人相去甚远。中年的法亚胆小古怪：他连刷牙都害怕；睡在储藏室般小屋的窄床上，头上悬着十字架；每天早上工作前他都要做弥撒。他是个工作狂，认为自己的天才是上帝的礼物。在法亚看来，深歌才是正宗的。为寻找源头，他带洛尔迦去吉卜赛人的洞穴。

1921年除夕夜，洛尔迦雇来一个街头乐队，踮着脚尖来到法亚的窗户下，在洛尔迦的指挥下，突然演奏小夜曲。法亚笑得几乎开不了门。深夜，法亚请小乐队分四次演奏他们的乐曲，由他钢琴伴奏。

他和法亚忙于筹备深歌艺术节，为寻找比赛歌手而走遍大街小巷。与此同时他开始写作。1921年11月初，他在十天内写了二十三首，月底前又成八首。这组诗命名为《深歌集》。

二

吉 他

吉他的呜咽
开始了。
黎明的酒杯
碎了。

吉他的呜咽
开始了。
要止住它
没有用,
要止住它
不可能。
它单调地哭泣,
像水在哭泣,
像风在雪上
哭泣。
要止住它
不可能。
它哭泣,是为了
远方的东西。

南方的热沙
渴望白色山茶花。
哭泣,没有鹄的箭,
没有早晨的夜晚,
于是第一只鸟

死在枝上。
啊,吉他!
心里插进
五柄利剑。

《吉他》来自洛尔迦《深歌集》(1921)。我在戴望舒的译稿上做了小小改动,主要是某些词显得过时,比如"吉他琴"、"晨晓"。仅一句改动较大,戴译稿是"要求看白茶花的／和暖的南方的沙"。我参照英译本,并请教懂西班牙语的美国诗人,改动了语序,以求更接近原意:"南方的热沙／渴望白色山茶花。"一首诗中最难译的部分是音乐,几乎是不可能的,除非译者在别的语言中再造另一种音乐。洛尔迦诗歌富于音乐性,大多数谣曲都用韵,戴望舒好就好在他不硬译,而是避开西班牙文的韵律系统,尽量在中文保持原作自然的节奏,那正是洛尔迦诗歌音乐性的精髓所在。

洛尔迦被吉卜赛人的深歌赤裸的热情所感动,他认为,那被置于短小形式中的所有生命的热情,"来自第一声哭泣和第一个吻"。他认为,深歌是他写作的源泉:爱,痛苦与死亡。他推崇其形式中异教的音调,直率的语言，泛神论，和多种文化的融合。他说自己《深歌集》中的诗，"请教了风、土地、大海、月亮，以及诸如紫罗兰、迷迭香和鸟那样简单的事物。"洛尔迦试图通过短句和单纯的词，以及主题的变奏重复，找到与深歌相对应的诗歌形式。

吉他的呜咽／开始了。／黎明的酒杯／碎了。用黎明的酒杯与吉他的呜咽并置，构成了互涉关系，使色泽与音调、情与景交融。碎了与开始了对应，呈不祥之兆。要止住它，先是没有用，继而进一步强调不可能。紧接着是五次哭泣。先是单调地哭泣，像水在哭泣，像风在雪上／哭泣，再次插入要止住它／不可能。再次否定后出现音调上的转换：它哭泣，是为了／远方的东西。

第二段音调的转换也带来意义的延展。远方的东西是什么？南方的热沙／渴望白色山茶花。然后又回到哭泣：没有鹄的箭，／没有早晨的夜晚。哭泣并非来自现实，很可能是青春的骚动，或本质上对生命的绝望。于是第一只鸟／死在枝上。死亡出场，以第一只黎明之鸟的名义。结尾与开始呼应，主角再次显现：啊，吉他！／心里插进／五柄利剑。结尾突兀，像琴声戛然而止。

此诗的妙处是既简单又丰富，多变而统一，意象透明但又闪烁不定，特别是回旋跌宕的效果，像音乐本身。记得纽约派的代表人物约翰·阿什伯里（John Ashbery）在一次采访中说过，对他来说，音乐是诗歌最理想的形式。

这里基本采用的是英美新批评派的细读方法。它的好处是通过形式上的阅读，通过词与词的关系，通过句式段落转折音调变换等，来把握一首诗难以捉摸的含义。说来几乎每一首现代诗都有语言密码，只有破译密码才可能进入。但由于标准混乱，也存在着大量的伪诗歌，乍看起来差不多，其实完全是乱码。在细读的检验下，一首伪诗根本经不起推敲，处处打架，捉襟见肘。故只有通过细读，才能去伪存真。但由于新批评派过分拘泥于形式分析，切断文本与外部世界的联系，最后趋于僵化而衰落，被结构主义取代。新批评派虽已过去，但留下细读这份宝贵遗产。作为一种把握文本的基本方法，细读至今是必要的。

三

1922年6月7日，即二十四岁生日两天后，洛尔迦在格拉纳达一家旅馆朗诵了《深歌集》。一周后,深歌艺术节在阿尔汉布拉宫拉开序幕,吸引了近四千穿传统服装的观众。参加比赛的歌手一一登场,响板迭起,吉他悸动,从吉卜赛人中传出阵阵哭声,他们跟着沉吟起舞,如醉如痴。次日晚大雨,人们把椅子顶在头上,比赛照常进行。洛尔迦对一个本地记者说:"告诉你,亲爱的朋友,这深歌比赛是独一无二的。它是和月亮和雨比赛,正像太阳与阴影之于斗牛一样。"

1923年春,洛尔迦勉强通过大学毕业考试,一周后和弟弟去马德里。在寄宿学院,一个叫萨尔瓦多·达利(Salvador Dali)的青年画家进入他视野。他们随即形影不离:散步、逛博物馆、泡酒吧、听爵士乐。有一回,达利把一张二流作品卖给一对南非夫妇。兴奋之余,他们叫了两辆出租车回学院,自己坐头一辆,让另一辆空车跟着。此举被马德里富家子弟效法,流行一时。由于野心的互相投射,以及被对方才能的强烈吸引,他们的关系很快从友谊发展成爱情。

1925年复活节假期,洛尔迦应邀到达利家作客,他们住在地中海边一个风景秀丽的小镇里。达利的妹妹阿娜(Ana Maria),按洛尔迦的说法,是"那些美丽得让你发疯的姑娘之一"。他们仨沿海滨散步。达利察看光线、云和大海，洛尔迦背诵自己的新作。一天下午，他们围坐在餐桌旁，洛尔迦读了他新写的剧本，阿娜感动得哭了。达利的父亲声称，他是本世纪最伟大的诗人。

洛尔迦回到格拉纳达，他近乎绝望地怀念那段美好时光。达利在巴塞罗那附近服兵役。他们书信频繁，字里行间情谊绵绵。洛尔迦写了首诗《萨尔瓦多·达利颂歌》，达利在信中称他为"我们时代唯一的天才"。洛尔迦深知同性恋的危险，特别是在一个天主教国度。他得学会伪装，避免来自社会习俗的惩罚。

1927年5月，洛尔迦来到巴塞罗那，参加他的新戏彩排。服兵役的达利一有空就溜回来，和他在一起。他们在街头漫步，迷失在关于艺术与美学的热烈讨论中。达利为他的新戏做舞台设计。6月17日，达利和他妹妹来参加首演。演出获得巨大成功。

在西班牙文学史上，1927年无疑是重要的一年。为纪念西班牙诗人贡古拉（Luis de Góngora）逝世三百周年，洛尔迦和朋友们举办一系列活动，马查多、法亚、毕加索和达利等人都热烈响应。在马德里，年轻人焚烧了贡古拉当年的敌人的书；由于西班牙文学院对贡古拉的冷落，他们半夜在文学院围墙上撒尿。

高潮是在塞维利亚（Sevilla）举办三天的纪念活动，洛尔迦和其他几个年轻诗人在邀请之列。他们一行六人登上火车，一路喧闹，深夜到塞维利亚。迎接他们的是退休的斗牛士梅亚斯（Ignacio Sanchez Mejias），他是个文学鉴赏的行家，几乎能背诵贡古拉所有诗篇。他是那种极有魅力的男人，身材矫健，脸上是斗牛留下的伤疤。他把客人带到自己在郊外的农场，给他们披上阿拉伯长袍，打开香槟酒。梅亚斯和一个吉卜赛朋友唱深歌，洛尔迦和朋友们朗诵诗。

三天正式的纪念活动，包括演讲、朗诵和本地报纸的采访留影。此外是流水宴席，在塞尔维亚朋友的陪伴下，他们每天都喝到天明。贡古拉三百年祭，促成西班牙诗歌"二七一代"的诞生。塞维利亚之行后，洛尔迦画了一张诗歌天体图。据说，他把自己画成被卫星环绕的最大行星。

从1928年春到夏初，洛尔迦忙于整理他的《吉卜赛谣曲集》。7月此书问世，获意想不到的成功，人们甚至能背诵吟咏。后获诺贝尔奖的阿列桑德雷（Vicente Aleixandre）在贺信中写道："我相信你那纯粹的无法模仿的诗歌。我相信你是卓越的。"其中《梦游人谣》，是洛尔迦的代表作之一。

四

梦游人谣 [1]

绿啊,我多么爱你这绿色。
绿的风,绿的树枝。
船在海上,
马在山中。
影子缠在腰间,
她在露台上做梦。
绿的肌肤,绿的头发,
还有银子般沁凉的眼睛。
绿啊,我多么爱你这绿色。
在吉卜赛人的月亮下,
一切都望着她,

---

[1] 译文参考姚风《以最合适方式走近洛尔迦——〈梦游人谣〉中译本对比评析》一文做了修订。姚文以西班牙语原诗为依据,评论中肯有识见,特此感谢。

而她却看不见它们。

绿啊，我多么爱你这绿色，
霜花的繁星
和那打开黎明之路的
黑暗的鱼一起到来。
无花果用砂纸似的树枝
磨擦着风，
山，未驯服的猫
耸起激怒的龙舌兰。
可是谁将到来？从哪儿？
她徘徊在露台上，
绿的肌肤，绿的头发，
梦见苦辛的大海。
——朋友，我想
用我的马换你的房子，
用我的马鞍换你的镜子，
把我的短刀换你的毛毯。
朋友，我从卡伯拉关口流血回来。
——要是我办得到，年轻人，

这交易一准成功。
可是我已不再是我。
我的房子也不再是我的。
——朋友,我要善终在
我自己的铁床上,
如果可能,
还得有细亚麻被单。
你没有看见我
从胸口到喉咙的伤口?
——你的白衬衫上
染了三百朵褐色玫瑰,
你的血还在腥臭地
沿着你腰带渗出。
但我已不再是我,
我的房子也不再是我的。
——至少让我爬上
这高高的露台;
让我上来,让我
爬上那绿色露台。
月亮的露台,

那儿水在回响。

于是这两个伙伴
走向那高高的露台。
留下一缕血迹。
留下一缕泪痕。
许多铁皮小灯笼
在屋顶上闪烁。
千百个水晶的手鼓,
在伤害黎明。
绿啊,我多么爱你这绿色,
绿的风,绿的树枝。
两个伙伴一起上去。
长风在品尝
苦胆薄荷和玉香草的
奇特味道。
朋友,告诉我,她在哪儿?
你那苦涩姑娘在哪儿?
她多少次等候你!
她多少次等候你,

冰冷的脸，黑色的头发，
在这绿色露台上!

那吉卜赛姑娘
在水池上摇曳。
绿的肌肤，绿的头发，
还有银子般沁凉的眼睛。
月光的冰柱
在水上扶住她。
夜亲密得
像一个小广场。
醉醺醺的宪警，
正在砸门。

绿啊，我多么爱你这绿色。
绿的风，绿的树枝。
船在海上，
马在山中。

在戴译稿上我做了某些改动。除了个别错误外，主要是替换生僻的词，调整带有翻译体痕迹的语序与句式。总的来说，戴的译文非常好。想想这是大半个世纪前的翻译，至今仍新鲜生动。特别是某些诗句，如"船在海上，马在山中"，真是神来之笔：忠实原文，自然顺畅，又带盈盈古意。

全诗共五段。首尾呼应，环环相扣，关于绿的主旋律不断出现，贯穿始终，成为推进整首诗的动力。一首好诗就像行驶的船，是需要动力来源的，要么是靠风力，要么是靠马达。而推动一首诗的动力来源是不同的，有时是一组意象，有时是音调或节奏。[1]

1　戴望舒译《梦游人谣》：绿啊，我多么爱你这绿色。／绿的风，绿的树枝。／船在海上，／马在山中。／影子裹住她的腰，／她在露台上做梦。／绿的肌肉，绿的头发，／还有银子般沁凉的眼睛。绿啊，我多么爱你这绿色。／在吉卜赛人的月亮下，／一切东西都看着她，／而她却看不见它们。

绿啊，我多么爱你这绿色，／繁星似的霜花／和那打开黎明之路的／黑暗的鱼一同来到。／无花果用砂皮似的树叶／磨擦着风，／山像野猫似的耸起了／它的激怒了的龙舌兰。／可是谁来了？从哪儿来的？／她徘徊在露台上，／绿的肌肉，绿的头发，／在梦见苦辛的大海。

——朋友，我想要／把我的马换你的屋子，／把我的鞍辔换你的镜子，／把我的短刀换你的毛毯。／朋友，我是从喀勃拉港口／流血回来的。／——要是我办得到，年轻人，／这交易一准成功。／可是我已经不再是我，／我的屋子也不再是我的。——朋友，我要善终在／我自己的铁床上，／如果可能，／还得有荷兰布的被单。／你没有看见我／从胸口直到喉咙的伤口？——你的白衬衫上／染了三百朵黑玫瑰，／你的血还在腥气地／沿着开篇的名句绿啊,我多么爱你这绿色,是从吉卜赛人的歌谣转换而来的,令人警醒。绿的风,绿的树枝。/船在海上,/马在山中。如同切换中的电影镜头,把读者带入梦幻的境地。对吉卜赛姑娘的勾勒中注重的是颜色:绿的肌肤,绿的头发,/还有银子般沁凉的眼睛。第二段再次以绿啊,我多么爱你这绿色引路,紧接着是一组奇特的意象:霜花的繁星/和那打开黎明之路的/黑暗的鱼一起到来。/无花果用砂纸似的树枝/磨擦着风,/山,未驯服的猫/竖起激怒的龙舌兰。这些意象把梦幻效果推到极致,与本诗的题目《梦游人谣》紧扣。

(接上页)你的腰带渗出。/但我已经不再是我,/我的屋子也不再是我的。/——至少让我爬上/这高高的露台;允许我上来!允许我/爬上这绿色的露台。/月光照耀的露台,/那儿可以听到海水的回声。

于是这两个伴伴/走上那高高的露台。/留下了一缕血迹。/留下了一缕泪痕。/许多铅皮的小灯笼/在人家屋顶上闪烁。/千百个水晶的手鼓,/在伤害黎明。/绿啊,我多么爱你这绿色,/绿的风,绿的树枝。/两个伴伴一同上去。/长风留给他们嘴里/一种苦胆,薄荷和玉香草的/稀有的味道。/朋友,告诉我,她在哪里?/你那个苦辛的姑娘在哪里?/她等候过你多少次?/她还会等候你多少次?/冷的脸,黑的头发,/在这绿色的露台上!

那吉卜赛姑娘/在水池上摇曳着。/绿的肌肉,绿的头发,/还有银子般沁凉的眼睛。/一片冰雪似的月光/把她扶住在水上。/夜色亲密得像/一个小小的广场。/喝醉了的宪警/正在打门。

绿啊,我多么爱你这绿色。/绿的风,绿的树枝。/船在海上,/马在山中。

第三段是个转折。与其他四段的抒情风格不同，这是两个吉卜赛男人的对话，带有明显的叙事性，在吉卜赛人的传奇故事中插入戏剧式对白。这段远离整体上抒情风格，造成某种间离效果。

第四段达到全诗的高潮。两个吉卜赛男人爬向想象的露台时，先是视觉上：许多铁皮小灯笼／在屋顶上闪烁。／千百个水晶的手鼓，／在伤害黎明，在主旋律：绿啊，我多么爱你这绿色，／绿的风，绿的树枝重现后，又转向嗅觉：长风在品尝／苦胆薄荷和玉香草的／奇特味道。这一句有如叹息，但又是多么奇妙的叹息！

在一次演讲中，洛尔迦认为，隐喻必须让位给"诗歌事件"（poetic event），即不可理解的非逻辑现象。接着他引用了《梦游人谣》的诗句为例。他说："如果你问我为什么我写'千百个水晶的手鼓，／在伤害黎明'，我会告诉你我看见它们，在天使的手中和树上，但我不会说得更多，用不着解释其含义。它就是那样。"

最后一段采用的是虚实对比的手法：那吉卜赛姑娘／在水池上摇曳。／绿的肌肤，绿的头发，／还有银子般沁凉的眼睛。／月光的冰柱／在水上扶住她。接着，梦幻被突然打碎：夜亲密得／像一个小广场。／醉醺醺的宪警，/正在砸门。宪警在西班牙，特别在安达卢西亚是腐败政治势力的代表。洛尔迦专门写过一首诗《西班牙宪警谣》："他们随心所欲地走过，/头脑里藏着/一管无形手枪的/不测风云。"这两句更触目惊心，把冷酷现实带入梦中。最后，一切又归于宁静，与全诗的开端呼应：绿啊，我多么爱你这绿色。/绿的风，绿的树枝。/船在海上，/马在山中。

《梦游人谣》如醉如痴，扑朔迷离，复杂多变又完整统一，意象奇特，音调转换自如，抒情与叙事兼容，传统要素与现代风格并存。值得一提的还是音乐性。现代抒情诗与音乐结合得如此完美，特别是叠句的使用出神入化，洛尔迦堪称一绝。

五

1928年春，洛尔迦有了新的男朋友，叫阿拉俊（Emilio Aladren），是马德里美术学校雕塑专业的学生。洛尔迦带他出入公开场合，下饭馆泡酒吧，为他付账。阿拉俊口无遮拦，把他和洛尔迦的隐私泄露出去，闹得满城风言风语。

达利显然听说了传闻，和洛尔迦的关系明显疏远了。1928年9月初，他写了一封七页长的信给洛尔迦，严厉批评他刚出版的《吉卜赛谣曲集》："你自以为某些意象挺诱人，或者觉得其中非理性的剂量增多了，但我可以告诉你，你比那类安分守法者的图解式陈词滥调强不了多少。"达利认为洛尔迦应该从现实中逃跑。信中的主要观点，出现在不久发表的文章《现实与超现实》中。在这篇文章中，他进一步强调："超现实主义是逃避的另一层意思。"

当年的伙伴布努埃尔这时和达利结成新同盟。他专程去看望达利，他们开始合作一部超现实主义电影。在达利面前，布努埃尔大骂洛尔迦。他们用一周的时间完成电影脚本初稿。他们创作的一条原则是，任何意象都不应得到理性的解释。布努埃尔给朋友写信说："达利和我从来没这么近过。"

阿拉俊原来是个双性恋，他突然有了女朋友，和洛尔迦分道扬镳。在寂寞中，洛尔迦开始寻找新朋友。他结识了智利外交官林奇（Carlos Morla Lynch）夫妇，很快成了他们家座上客。"他常来常往，留下吃午饭晚饭、打盹，坐在钢琴前，打开琴盖，唱歌，合上，为我们读诗，去了又来",自幼写日记的林奇写道。

洛尔迦精神濒临崩溃,几乎到了自杀的地步。他需要生活上的改变。那年年初,有人为他安排去美国和古巴做演讲,这计划到4月初终于定下来。他将和他的老师里奥斯同行。三十一岁生日那天,他收到护照。他们乘火车到巴黎,转道英国,再从那儿乘船去美国。"向前进!"他写道。"我也许微不足道,我相信我注定为人所爱。"

1929年6月26日,风和日丽。"S. S. 奥林匹克"客轮绕过曼哈顿顶端,逆流而上,穿过华尔街灰色楼群,停泊在码头上。洛尔迦吃惊地打量着周围的一切。他写信告诉父母,巴黎和伦敦给人印象深刻,而纽约"一下把我打倒了"。他还写道:"整个格拉纳达,也就能塞满这里两三座高楼。"抵达两天后,他半夜来到时代广场,为灯火辉煌的奇景而惊叹:纽约的一切是人造的,达利的机械时代的美学成为现实。

他对美国人的总体印象是:友好开放,像孩子。"他们难以置信的幼稚,非常乐于助人。"而美国政治系统让他失望。他告诉父母说,民主意味着"只有非常富的人才能雇女佣"。他生来头一回自己缝扣子。

在里奥斯催促下,他很快就在哥伦比亚大学注册,并在学生宿舍住下来。他给父母的信中假装喜欢上学，实际上他在美国几乎一点儿英文都没学会，除了能怪声怪调地说"冰激凌"和"时代广场"，再就是去饭馆点火腿鸡蛋。他后来告诉别人，在纽约期间他吃的几乎全都是火腿鸡蛋。他在英语课上瞎混，模仿老师的手势和口音。他最喜欢说的英文是"我什么都不懂"。他担心，英文作为新的语言，会抢占自己母语的地盘。某些西班牙名流的来访给他当家作主的自信。他接待了梅亚斯，那个在塞维利亚认识的斗牛士。他把梅亚斯介绍给他在纽约的听众。

二十年代的哈莱姆（Harlem）是美国黑人的巴黎。洛尔迦迷上了哈莱姆与爵士乐，经常泡在那儿的爵士酒吧里。他时不时抬起头嘟囔："这节奏！这节奏！真棒！"他认为，爵士乐和深歌十分相近，都植根于非洲。只有通过音乐才能真正了解黑人文化；像吉卜赛人一样，黑人用音乐舞蹈来承受苦难，"美国除黑人艺术外一无所有，只有机械化和自动化，"他说。

到美国六周后，他开始写头一首诗《哈莱姆之王》。他后来写道，纽约之行"丰富并改变了诗人的作品，自从他独自面对一个新世界"。夜深人静，他常常漫步到布鲁克林大桥上，眺望曼哈顿夜景，然后在黎明前的黑暗中，返回哥伦比亚的住所，记下自己的印象。

他跟同宿舍的美国邻居格格不入。他告诉父母说："这是地道的野蛮人，也许因为没有阶级的缘故。"他把自己关起来，要么写作，要么无所事事，整天躺在床上，拒绝访客，也不起来接电话。

1929年10月29日是历史上著名的"黑色星期二"，即纽约股市大崩盘。在此期间，洛尔迦和里奥斯一起去华尔街股票市场，目睹了那场灾难。洛尔迦在那儿转悠了七个小时。事后他写信告诉父母："我简直不能离开。往哪儿看去，都是男人动物般尖叫争吵，还有女人的抽泣。一群犹太人在楼梯和角落里哭喊。"回家路上，他目睹了一个在曼哈顿中城旅馆的跳楼自杀者的尸体。他写道："这景象给了我美国文明的一个新版本，我发现这一切十分合乎逻辑。我不是说我喜欢它，而是我冷血看待这一切，我很高兴我是目击者。"

他对自己在纽约写的诗充满信心，他认为是他最出色的作品。他常为朋友们朗诵新作。"他的声音高至叫喊，然后降为低语，像大海用潮汐带走你。"一个朋友如是说。这些诗作后结集为《诗人在纽约》，直到1940年才问世。

六

黎 明

纽约的黎明
有四条烂泥柱子
和划动污水行进的
黑鸽子的风暴。

纽约的黎明
沿无尽楼梯叹息
在层层拱顶之间
寻找画出苦闷的甘松香。

黎明来了,无人迎入口中
没有早晨也毫无希望
硬币时而呼啸成群
穿透并吞噬弃儿们。

他们从骨子里最先懂得
既无天堂也无剥光树叶的恋情:
出路只是数字与法律的污泥,
无艺术的游戏,不结果的汗。

无根科学的无耻挑战中
光被链条与喧嚣埋葬。
而晃荡的郊区不眠者
好像刚从血中的船骸上得救。

在《洛尔迦诗抄》编者后记中,施蛰存先生写道:"望舒的遗稿中没有一篇《诗人在纽约》的作品。为了弥补这个缺憾,我原想补译两首最重要的诗,即《给哈仑区之王的颂歌》及《惠特曼颂歌》。我借到了西班牙文原本,也有英法文译本做参考,但是每篇都无法译好,因此只得藏拙。但为了不让洛尔迦这一段的创作生活在我们这个集子里成为一个空白,我还是选译了一首短短的《黎明》聊以充数。这不能不说是这部诗抄的一大缺点。"寥寥数语,施先生重友尽责谦卑自持的为人之道尽在其中。说实话,《黎明》译稿错误较多,总体上也显拗口。

我在改动中尽量保留原译作的风格。

此诗共五段。开篇奇,带有强烈的象征风格:*纽约的黎明／有四条烂泥柱子／和划动污水行进的／黑鸽子的风暴*。用四条烂泥柱子和黑鸽子的风暴来点出纽约的黎明,可谓触目惊心。这两组意象在静与动、支撑与动摇、人工与自然之间,既对立又呼应。

第二段,纽约的黎明是通过建筑透视展开的:*无尽楼梯和层层拱顶之间*。洛尔迦曾这样描述纽约:"这城市有两个因素一下子俘虏旅行者:超人的建筑和疯狂的节奏。几何与苦闷。"几何是纽约建筑的象征,与之对应的是苦闷:*寻找画出苦闷的甘松香*。自然意象甘松香的引入,以及画这个动词所暗示的儿童行为,可以看作是一个西班牙乡下孩子对冷漠大都市的独特反应。

黎明来了,无人迎入口中,这个意象很精彩,甚至有某种宗教指向("太初有言,上帝说有光,于是有了光。"《旧约圣经》)。没有早晨也毫无希望。在这里出现早晨与黎明的对立,即黎明有可能是人造的,与自然进程中的早晨无关。*硬币时而呼啸成群／穿透吞噬弃儿们*。作为纽约权力象征,硬币像金属蜂群充满侵略性。弃儿在这里,显然是指那些被社会遗弃的孩子们。

第四和第五段带有明显的论辩色彩，弃儿们懂得：既无天堂也无剥光树叶的恋情：/出路只是数字与法律的污泥，/无艺术的游戏，不结果的汗。最后，又回到了早晨与黎明的对立：光被链条与喧嚣埋葬。而晃荡的郊区不眠者/好像刚从血中的船骸上得救。作为黎明的基本色调，血似汪洋大海，那些建筑物如出事后的船骸，郊区不眠者正从黎明中生还。

这首诗从形式到主题，都和洛尔迦以前作品相去甚远。他开始转向都市化的意象，并与原有的自然意象间保持某种张力。他以惠特曼式的自由体长句取代过去讲究音韵的短句，显得更自由更开放。他所使用的每个词都是负面的，故整体色调沉郁顿挫。按洛尔迦自己的话来说，他写纽约的诗像交响乐，有着纽约的喧嚣与复杂。他进一步强调，那些诗代表了两个诗歌世界之间的相遇：他自己的世界与纽约。"我所作出的是我的抒情反应，"他说。他的观点并非来自游客，而是来自"一个男人，他在仰望那吊起火车的机械运转，并感到燃烧的煤星落进他眼中"。

如果说这首诗有什么不足之处，我以为，后半部分的理性色彩，明显削弱了最初以惊人意象开道的直觉效果。这是洛尔迦的新尝试，显然不像他早期作品中那样得心应手。但从诗人一生的长度来看，这一阶段的写作是举足轻重的，开阔了他对人性黑暗的视野，扩大了他的音域特别是在低音区，丰富了他的语言经验和意象光谱。这一点我们会在他后期作品中发现。

七

在纽约住了九个月后，洛尔迦于1930年3月7日乘船抵达哈瓦那（Havana），一群古巴作家和记者在码头迎接他。回到自己的母语世界，他如鱼得水。在第一封家书中他描述古巴是"抚爱而流畅的，特别感官的"。和纽约相比，哈瓦那简直是天堂。铺鹅卵石的街头，雪茄和咖啡的香味混在一起，让人感到亲切。他的朗诵和演讲获得成功。几乎每夜都和朋友们一起泡酒吧、朗诵、弹钢琴，直到天明。

三个月后洛尔迦返回祖国。在格拉纳达街头，他碰见一个自大学时代就认识的牧师。牧师为他外表的变化大吃一惊，问纽约是否也改变了他的个性。"没有，"洛尔迦快活地回答，"我还是我。纽约的沥青和石油改变不了我。"

与家人团聚,让他真正放松下来。他夜里读书写作,白天穿睡袍在屋里晃荡。他常把白发苍苍的母亲举起来,"天哪,你在杀死我!"母亲大声惊呼。当母亲睡午觉时,他坐在旁边为她扇扇子,驱赶苍蝇。

他一直在写新剧本《观众》。初稿完成后不久,他回到马德里,一家报纸的记者好奇地向他打听。"那是个六幕剧谋杀案。"他答道。

"此戏的意图何在?我指的不是谋杀,而是作品本身。"记者追问。

"我不知道是否真能制作。这出戏的主角是一群马。"

"了不起,费特列戈。"记者喃喃说。

1930年底,西班牙政局再次动荡。里奥斯和他的同志们一度入狱,他们在狱中发表宣言,呼吁在西班牙建立共和制。不久,国王宣布举行全国选举。一天夜里,在去咖啡馆的半路,洛尔迦被卷进支持共和的游行队伍中。宪警突然出现并开枪,示威者逃散,洛尔迦摔倒在地。当出现在咖啡馆朋友们面前时,他上气不接下气,满脸大汗,浑身是土,嘬着受伤的手指,声音颤抖地讲述他的遭遇。

1931年4月14日,国王最终离开西班牙,共和运动领导人包括里奥斯被释放。西班牙第二共和国的新时期开始了。里奥斯立即被任命为司法部长。新政府立即将政教分离，实行一系列社会政治改革。

在新政的影响下，牛郎喷泉镇政府决定，以他们最值得骄傲的儿子的名字，取代原来的教堂街。1931年9月初，洛尔迦在为他举行的命名仪式上演讲。他强调说，没有书籍与文化，西班牙人民就不可能享有基本权利和自由。"如果我流落街头，我不会要一整块面包，我要的是半块面包和一本书。"他注视着洒满阳光的广场和乡亲们熟悉的面孔，后面是三十三年前他出生的白房子。

洛尔迦全力支持新政府。一天夜里，他冲进智利外交官林奇的公寓，情绪激动。他要建立一个全国性的剧团，叫"巴尔卡"(La Barraca)，指的是那种乡村集市演木偶戏之类的临时木棚。新政府重新调整后，里奥斯成为教育部长，促进了"巴尔卡"计划的实现，特别是财政上的支持。洛尔迦谈到"巴尔卡"总体规划时说："我们要把戏剧搬出图书馆，离开那些学者，让它们在乡村广场的阳光和新鲜空气中复活。"

作为剧团的艺术总监，洛尔迦招兵买马，亲自负责选目排演。他和演员们一起身穿蓝色工作服，唱着歌穿过大街小巷。在两年多的时间，"巴尔卡"几乎走遍西班牙，吸引了无数的平民百姓。他说："对我来说，'巴尔卡'是我全部工作，它吸引我，甚至比我的文学作品更让我激动。"在"巴尔卡"活跃的那几年，他很少写诗。这似乎并不重要，戏剧在某种程度上比诗歌更让他满足。"巴尔卡"无疑振兴了三十年代西班牙的戏剧舞台，实现了他毕生的梦想。

1933年初，剧团来了个名叫拉潘（Rafael Rodriguez Rapun）的小伙子。他相貌英俊，身材健壮，具有一种古典的美。这个马德里大学学工程的学生，转而热爱文学，偶尔也写写诗。他成了洛尔迦的男朋友兼私人秘书。四年后，在洛尔迦逝世周年那一天，拉潘为保卫共和国战死在沙场。

那年夏天，远在六千英里以外，一个阿根廷女演员在布宜诺斯艾利斯上演洛尔迦的戏《血腥婚礼》，她和她丈夫邀请洛尔迦到阿根廷访问。9月28日，洛尔迦从马德里出发到巴塞罗那乘船，两周后抵达阿根廷。他为重返美洲而激动。与上次不同，他写信对父母说，他来到的是"我们的美洲，西班牙语的美洲"。

阿根廷之行获得了意想不到的成功。他的戏不断加演，好评如潮。他告诉父母："我在这个巨大的城市像斗牛士一样出名。"他被记者包围被观众簇拥，常在大街上被认出来。

洛尔迦和博尔赫斯只见了一面。见面时，他明显感到博尔赫斯不喜欢他，于是故意模仿博尔赫斯，庄重地谈到美国的"悲剧"体现在一个人物身上。"是谁？"博尔赫斯问。"米老鼠。"他回答。博尔赫斯愤然离去。以后他一直认为洛尔迦是个"次要诗人"，一个"对热情无能"的作家。

而他和聂鲁达则一见如故。聂鲁达当时是智利派驻布宜诺斯艾利斯的领事。聂鲁达喜欢洛尔迦的丰富以及他对生活的健壮胃口。他们俩背景相似——都来自乡下，对劳动者有深厚的感情。他对聂鲁达的诗歌十分敬重，常打听他最近在写什么。当聂鲁达开始朗诵时，洛尔迦会堵住耳朵，摇头叫喊："停！停下来！够了，别再多念了——你会影响我！"

除演讲费外，票房收入源源不断。洛尔迦一生中第一次有钱，他开始寄钱回家，给母亲买狐狸皮大衣。母亲来信说："没有别的穿戴皮毛的女人像我那样骄傲和满足,这是你用劳动成果买来的纪念品。"

离开布宜诺斯艾利斯前夜,他去看望聂鲁达。他对在场的朋友说:"我在喧嚣的纽约待了几个月后,离开时我似乎挺高兴……现在虽说我急于见到亲人,我好像把自己的一部分留在这奇异的城市。"他哭了起来。聂鲁达打破沉默,转移话题。第二天,他登上开往西班牙的越洋轮船。一周前,他对记者说:"对我自己来说,我仍觉得像个孩子。童年的感情依然伴随着我。"

1934年4月14日,是西班牙第二共和国成立三周年。新的联合政府废除了不少共和派的法案,恢复宗教教育。很多西班牙人开始担心,这儿的天主教会会扮演希特勒兴起中的角色。

那年夏天,聂鲁达作为外交官被派往西班牙,先住巴塞罗那,又搬到马德里。他家几乎夜夜笙歌,客人们横七竖八地过夜。洛尔迦和聂鲁达常在一起朗诵演讲。他俩互相赞美,不吝辞句;尤其是洛尔迦,有时简直是挥霍。这似乎是一个天才的特权——对他人才华无节制的激赏。在一次正式场合,他介绍说,聂鲁达是当今最伟大的拉丁美洲诗人之一,是"离死亡比哲学近,离痛苦比智力近,离血比墨水近"的作家。聂鲁达"缺少两样众多伪诗人赖以为生的因素：恨与嘲讽"。聂鲁达认为洛尔迦是"我们语言此刻的引导性精神"。

洛尔迦打算8月11日和剧团一起去北海岸的小镇桑坦德（Santander）演出一周。就在当天下午，他的好朋友梅亚斯在斗牛场上受重伤，先进本地医院，再转到马德里抢救。得知梅亚斯受伤的消息，洛尔迦立即取消原计划，留在马德里。由于伤势严重，医院不许任何外人看望，洛尔迦用电话把病情及时告诉朋友们。8月13日上午，梅亚斯死了。

他到桑坦德后，独自关上门哀悼梅亚斯。自从在塞维利亚相识，他们成为好朋友。梅亚斯老了，发福了，但他宁愿死在斗牛场，也不愿意死在自己床上。听说梅亚斯重返斗牛场，洛尔迦对朋友说："他对我宣布了他自己的死亡。"在桑坦德，他和一个法国作家散步时说："伊涅修之死也是我自己的死，一次死亡的学徒。我为我安宁惊奇，也许是因为凭直觉我预感到这一切发生？"

1934年10月底，洛尔迦开始写他一生最长的一首诗《伊涅修·桑切斯·梅亚斯的挽歌》。他起稿于格拉纳达和马德里两地之间，最后在聂鲁达的公寓完成。这首长诗是洛尔迦的巅峰之作。

八

伊涅修·桑切斯·梅亚斯的挽歌

一 摔[1]与死

在下午五点钟。
正好在下午五点钟。
一个孩子拿来白床单
在下午五点钟。
一筐备好的石灰
在下午五点钟。
此外便是死。只有死
在下午五点钟。

风带走棉花。
在下午五点钟。

---

[1] 原译注:"摔"是斗牛的术语,原文Cogida,就是牛用角把斗牛师挑起来,摔出去。

氧化物散播结晶和镍
在下午五点钟。
现在是鸽与豹搏斗
在下午五点钟。
大腿与悲凉的角
在下午五点钟。
低音弦响起
在下午五点钟。
砒素的钟与烟
在下午五点钟。
角落里沉默的人群
在下午五点钟。
只有那牛警醒！
在下午五点钟。
当雪出汗
在下午五点钟。
斗牛场满是碘酒
在下午五点钟。
死亡在伤口生卵
在下午五点钟。

在下午五点钟。
正好在下午五点钟。

灵车是他的床
在下午五点钟。
骨与笛响在他耳边
在下午五点钟。
那牛向他额头咆哮
在下午五点钟。
屋里剧痛大放异彩
在下午五点钟。
坏疽自远方来
在下午五点钟。
绿拱顶中水仙喇叭
在下午五点钟。
伤口像太阳燃烧
在下午五点钟。
人群正砸破窗户
在下午五点钟。
在下午五点钟。

噢，致命的下午五点钟！
所有钟表的五点钟！
午后阴影中的五点钟！

这首长诗共四节，由于篇幅关系我只选第一节和第四节。在戴望舒译文的基础上，我参考英译并设法对照原作做了改动。遗憾的是，这首诗的戴译本有不少差错。比如在第一节中，他漏译了一句，并颠倒另两句的顺序。

在洛尔迦看来，《挽歌》不仅是为他的朋友骄傲，也是为了展现"存在于人与牛的搏斗中英雄的、异教的、流行而神秘的美"。他喜欢斗牛的仪式和"神圣的节奏"。在这节奏中，"一切都是计量好的，包括痛苦和死亡。"也许这是理解这首诗的关键。无论在音调还是在节奏上，这四节都有明显的区别，展示了他对朋友之死的不同反应，以及他对死亡的总体思考。

第一节非常奇特，急迫得让人喘不过气来，也许这就是洛尔迦所说的"神圣的节奏"。而急迫正是由"在下午五点钟"这一叠句造成的。它短促而客观，不容置疑。伴随着这节奏的是大量的医疗细节（石灰、棉花、氧化物、砒素、碘酒、剧痛、坏疽、伤口），展开斗牛士从受伤走向死亡的过程。洛尔迦说："当我写《挽歌》时，致命的'在下午五点钟'一行像钟声充满我的脑袋，浑身冷汗，我在想这个小时也等着我。尖锐精确得像把刀子。时间是可怕的东西。"据马德里报纸说，当时送葬开始于下午五点钟。正像他所说的，在这节奏中，"一切都是计量好的，包括痛苦和死亡。"

这一节最初相当克制。在下午五点钟。／正好在下午五点钟。／一个孩子拿来白床单／在下午五点钟。／一筐备好的石灰／在下午五点钟。／此外便是死。只有死／在下午五点钟。随着死亡步步逼近，变得越来越焦躁不安，直至终点的叫喊：伤口像太阳燃烧／在下午五点钟。／人群正砸破窗户／在下午五点钟。／在下午五点钟。／噢，致命的下午五点钟！／所有钟表的五点钟！／午后阴影中的五点钟！

在我看来，这首长诗的第一节最精彩，无疑是现代主义诗歌的经典。由在下午五点钟这一叠句切割的意象，有如电影蒙太奇。前几年看过一部故事片《加西亚·洛尔迦的失踪》，影片开始用的就是这一节。诗句伴随着急促的鼓点，镜头不断切换，仿佛是洛尔迦专为此写的。正如他所说的:"我在想这个小时也等着我。尖锐精确得像把刀子。"他预见了自己的死亡。

  四　缺席的灵魂

牛和无花果树都不认识你,
马和你家的蚂蚁不认识你,
孩子和下午不认识你
因为你已长眠。

石头的腰肢不认识你,
你碎裂其中的黑缎子不认识你。
你沉默的记忆不认识你
因为你已长眠。

秋天会带来白色小蜗牛,
朦胧的葡萄和聚集的山,
没有人会窥视你的眼睛
因为你已长眠。

因为你已长眠,

像大地上所有死者，
像所有死者被遗忘
在成堆的死狗之间。

没有人认识你。没有。而我为你歌唱。
为了子孙我歌唱你的优雅风范。
歌唱你所理解的炉火纯青。
歌唱你对死的胃口和对其吻的品尝。
歌唱你那勇猛的喜悦下的悲哀。

这要好久，可能的话，才会诞生
一个险境中如此真实丰富的安达卢西亚人，
我用呻吟之词歌唱他的优雅，
我记住橄榄树林的一阵悲风。

与第一节相比，第四节无论音调还是节奏都有明显变化。第一节急促紧迫，用时间限定的叠句切断任何拖延的可能。而第四节的句式拉长，舒展而富于歌唱性。如果说第一节是死亡过程的展现的话，那么这一节则是对死亡的颂扬。

这一节可分成两部分。第一部分包括前三段，第二部分包括后两段，中间是过渡。第一部分皆为否定句，三段均以因为你已长眠的叠句结尾，带有某种结论性。接着因为你已长眠出现在第四段开端，从果到因，那是转折前的过渡：因为你已长眠，/像大地上所有死者，/像所有死者被遗忘/在成堆的死狗之间。最后是颂歌部分：没有人认识你。没有。而我为你歌唱。

我用呻吟之词歌唱他的优雅，/我记住橄榄树林的一阵悲风。呻吟之词与歌唱之间存在着对立与紧张。精彩的是最后一句，那么简单纯朴，人间悲欢苦乐都在其中了。在西班牙乡下到处都是橄榄树，在阳光下闪烁。那色调特别，不起眼，却让人惦念。橄榄树于西班牙，正如同白桦树于俄罗斯一样。梅亚斯曾对洛尔迦讲述过他的经历。十六岁那年，他从家里溜到附近的农场，在邻居的牲口中斗牛。"我为我的战绩而骄傲，"斗牛士说，"但令人悲哀的是没人为我鼓掌。当一阵风吹响橄榄树林，我举手挥舞。"

老天成就一个人，并非易事。洛尔迦扎根格拉纳达，在异教文化的叛逆与宽容中长大；自幼有吉卜赛民歌相伴入梦，深入血液；父慈母爱，家庭温暖，使个性自由伸展；三位老师守护，分别得到艺术、社会和文化的滋养；与作曲家法亚、画家达利交相辉映，纵横其他艺术领地；马查多等老前辈言传身教，同代诗人砥砺激发，再上溯到三百年前的贡古拉，使传统融会贯通；从格拉纳达搬到马德里，是从边缘向中心的转移；在纽约陌生语言中流亡，再返回边缘；戏剧的开放与诗歌的孤独，构成微妙的平衡；苦难与战乱，成为无尽的写作源泉。

九

1934年10月西班牙北海岸矿工起义，随后遭到佛朗哥将军的残酷镇压。1935年5月初，内阁改组，包括五个极右组织的成员，并将摩洛哥任职的佛朗哥调回，政变后正式任命为总司令。不久，保守政府切断了财政支持，"巴尔卡"陷入危机。

洛尔迦在朗诵排戏的同时，卷入各种政治活动。他谴责德国和意大利的法西斯暴政，声援两国作家和艺术家，并在反对埃塞俄比亚战争的公开信上签名，为入狱的年轻诗人赫尔南德兹呼吁。

在巴塞罗那上演新戏期间，达利的妹妹阿娜到剧院来看望他，她比以前更美了。他们去咖啡馆小坐，一直在谈达利。洛尔迦终于和达利见面,这是七年来第一次。那年秋天他俩常来常往。他抓住每一次机会证明他对老朋友的感情。有一次在巴塞罗那书店朗诵,他专门念了那首《萨尔瓦多·达利颂歌》。他们计划一起合作写书配画,但并未实现。几个月后,两人友谊重又落到低谷。

1936年元旦,洛尔迦收到从牛郎喷泉寄来的有镇长和近五十名村民签名的贺年卡,上面写道:"作为真正的人民诗人,你,比他人更好地懂得怎样把所有痛苦,把人们承受的巨大悲剧及生活中的不义注入你那深刻之美的戏剧中。"

6月5日,洛尔迦过三十八岁生日。他从来不想长大,时不时深情地回首童年。一年前,他曾对记者说:"还是我昨天同样的笑,我童年的笑,乡下的笑,粗野的笑,我永远,永远保卫它,直到我死的那天。"他还开玩笑说,他怕出版纽约的诗集,那样会让他老去。

西班牙政局进一步恶化,濒临内战边缘。在马德里,左右派之间互相暗杀、绑架,血染街头。除了1919年格拉纳达的冲突,洛尔迦从未经历过像马德里7月初那样血腥的暴力。他变得越来越神经脆弱。他总是让出租司机减速,叫喊道:"我们要出事了!"过马路他要架着朋友的胳膊，随时准备跳回便道上。

7月13日，得知一个右翼领袖被暗杀的消息，洛尔迦决定马上离开马德里。他和一个朋友几乎整天都在喝白兰地。他激动地吐着香烟说："这里将尸横遍野。"停顿了一下，"不管怎样，我要回格拉纳达。"晚九点，他按响他的小学老师家的门铃。在老师的询问下，他回答道："只是来借两百比索。我要乘十点半的火车回格拉纳达。一场雷雨就要来了，我要回家。我会在那儿躲过闪电的。"

回家第二天，本地报纸就刊登了他的消息。西班牙内战开始了。7月20日，支持右翼的格拉纳达要塞的军人起义，占领了机场和市政厅，逮捕了省长和新选的市长，那是洛尔迦的妹夫。三天后，他们完全控制了局势。到处在抓人，每天都有人被处决。

长枪党分队接连不断到洛尔迦家搜查，第三次他们把洛尔迦推下楼梯，又打又骂。他们离去后，洛尔迦给一个写诗的年轻朋友若萨勒斯（Luis Rosales）打电话，他三个兄弟都是长枪党铁杆。若萨勒斯马上赶来。他提出三个方案：其一，逃到共和派控制的地区；其二，到一向保守的法亚家避风；其三，搬到他们家小住，待局势稳定下来再说。第三个方案似乎最安全。当天夜里，父亲吩咐他的司机把洛尔迦送到位于格拉纳达市中心的若萨勒斯家。

8月15日，长枪党再次冲进洛尔迦家，威胁说若不说出去处，就要带走洛尔迦的父亲。走投无路，他妹妹说出实情。

次日晨传来洛尔迦妹夫被处决的消息。下午1点，一辆汽车停在若萨勒斯家门口，下来三个军官，领头的是原右翼组织的国会议员阿龙索（Ruiz Alonso）。他早就恨死了洛尔迦。若萨勒斯的母亲边阻拦边打电话，终于找到一个儿子。那儿子赶来，问洛尔迦犯了什么罪。"他用笔比那些用手枪的人带来的危害还大。"阿龙索答道。洛尔迦被带走，先关在市中心的政府大楼，18日凌晨被转到西北方山脚下的小村庄，和一个中学老师及两个斗牛士一起关在旧宫殿里。看守是个虔诚的天主教徒。他告诉他们要被处决，让他们做临终祷告。"我什么也没干！"洛尔迦哭了，他试着祷告。"我妈妈全都教过我，你知道，现在我忘光了。"

四个犯人被押上卡车，来到山脚下的一块空地上，周围是橄榄树林。在破晓以前，一阵枪声，洛尔迦和三个同伴倒在橄榄树林边。

Georg Trakl
特拉克尔

陨星最后的金色

一

给孩子埃利斯

埃利斯,当乌鸫在幽林呼唤,
那是你的灭顶之灾。
你的嘴唇饮蓝色岩泉的清凉。

当你的额头悄悄流血
别管远古的传说
和鸟飞的晦涩含义。

而你轻步走进黑夜,
那里挂满紫葡萄,

你在蓝色中把手臂挥得更美。

一片荆丛沙沙响,
那有你如月的眼睛。
噢埃利斯,你死了多久。

你的身体是风信子,
一个和尚把蜡白指头浸入其中。
我们的沉默是黑色洞穴。
有时从中走出只温顺的野兽
慢慢垂下沉重的眼睑。
黑色露水滴向你的太阳穴,

是陨星最后的金色。

　　这首诗是以绿原的译本为主,张枣的译本为辅,并参照英译本拼凑成的。翻译与创作的区别在于,创作是单干户,自给自足,一旦成书就算盖棺论定了;而翻译是合作社,靠的是不同译本的参照互补,前赴后继,而永无终结之日。绿原和张枣都是诗人又精通德文,在《给孩子埃利斯》的翻译上各有千秋，基本反映了他们各自在写作中的追求。绿译朴实干净，但有时略显粗糙，甚至有明显错误，比如把"乌鸫"译成"乌鸦"，把"眼睑"译成"棺盖"；张译更有诗意，他甚至在翻译中寻找中国古诗的神韵，但有时过于咬文嚼字而显得拗口。比如"你在蓝色中把手臂挥得更美"这句，被他译成"你的双臂摇步有致，融入蓝色"。翻译理论众多，各执一词。依我看，千头万绪关键一条，是要尽力保持语言的直接性与对应性，避免添加物。挥舞手臂就是挥舞手臂，而不是"双臂摇步有致"。

先来看看这首诗的色彩：黑夜、蓝色岩泉、紫葡萄、蜡白指头、黑色洞穴、黑色露水、陨星最后的金色。基本色调是冷色，只在结尾处添上一点金色。其整体效果很像一幅表现主义油画。再来看和身体有关的部分：嘴唇、额头、轻步、手臂、眼睛、指头、眼睑、太阳穴。它们暗示厄运，暗示孩子与自然融合的灵魂无所不在，漫游天地间。

开篇即不祥之兆，为全诗定音："埃利斯，当乌鸫在幽林呼唤，/那是你的灭顶之灾。"紧接着是一组凄美意象：饮蓝色岩泉的清凉的嘴唇，悄悄流血的额头，走进黑夜的轻步，在蓝色中挥得更美的手臂。沙沙作响的荆丛是特拉克尔诗中常用的意象，让人联想到《圣经》典故，即摩西在燃烧荆丛中得到神示。而荆丛与埃利斯如月的眼睛并置，显然带有某种宗教意味。

噢埃利斯，你死了多久。直到此处，我们才知道埃利斯已经死了，前面种种不祥之兆终于得到证实。在众多奇特的意象之上，用如此平实的口语点穿真相，令人惊悚。这一句是转折点，把全诗一分为二。第一部分是埃利斯所代表的那个纯洁的世界，而第二部分是失去的乐园。第五段以"你的身体是风信子"开端，标志着埃利斯的世界和我们的距离。而和尚与温顺的野兽，蜡白指头与沉重的眼睑有互文关系，暗示超度亡灵及生死大限。黑色洞穴指的是虚无，有时从中走出只温顺的野兽/慢慢垂下沉重的眼睑，野兽指的是死亡。滴落到埃利斯太阳穴的黑色露水，是陨星最后的金色。陨星代表着分崩离析的世界。

特拉克尔的诗歌，往往是由两组意象组成的。一组是美好或正面的，一组是邪恶或负面的。这两种意象互相入侵，在纠葛盘错中构成平衡。比如，金色的正与陨星及最后的负，相生相克，互为因果。

埃利斯这名字来自十七世纪瑞典的一个青年矿工，他结婚那天掉进矿井而死，很多年后他的尸体保存完好，而新娘变成了干瘪的老太婆。在特拉克尔之前，不少德国作家都涉猎过这个题材。特拉克尔还写了另一首诗《埃利斯》。如果说《给孩子埃利斯》写的是对一个纯洁世界的召唤的话，那么《埃利斯》则是关于这个世界的崩溃与荒凉。在这两首诗中，他用不同方式处理相似意象，例如，《埃利斯》正是在《给孩子埃利斯》结束的地方开始的："完整是这金色日子的寂静／在老橡树下／你，埃利斯，以圆眼睛的安息出现"、"一只蓝色野兽／在荆丛中悄悄流血"、"蓝鸽子／从埃利斯水晶的额头／夜饮淌下的冰汗"。

这两首诗中的意象显然有互文关系。在新批评派看来，每首诗的文本是一个完整自足的客体，因而对文本的阅读是封闭的。这就是新批评派的局限。其实，一个诗人的作品是开放的，不同的诗作之间彼此呼应。这种现象也反映在不同诗人的作品中。这就是新批评派衰微而结构主义兴起的重要起因。

每年一度的柏林国际文学节有个项目，请每个应邀的作家挑选任何时代任何语言的三首诗，汇编成书。我和用俄文写作的楚瓦什诗人杰南迪·艾基（Gennady Aygi）不约而同都选了这首诗。可以肯定的是，中文或英文的特拉克尔，与俄文或楚瓦什文的特拉克尔难以重合，但其诗意显然超越了语言边界得以保留下来，成为人类的共同财富。

二

1914年4月末的一个晚上，在贝尔格莱德（Beograd）的一家小咖啡馆，几个年轻人围坐在一张小桌旁，默默传递着从报纸上剪下来的消息：奥匈帝国皇储斐迪南大公和夫人将于同年6月28日到萨拉热窝访问。其中有个名叫普林西普（Gavrilo Princip）的十九岁的塞尔维亚大学生，因患肺结核而脸色苍白。他们属于一个激进的秘密团体"年轻的波斯尼亚人"。在摇曳的煤油灯下，他们神情激动，甘愿为他们祖国从奥匈帝国的占领下解放出来而献出生命。

策划这一刺杀行动的是塞尔维亚民族主义者组织——黑手党的首领迪米特里耶维奇（Dragutin Dicmitrijevic），他也是塞尔维亚军事情报部门的头子。他有暗杀天才，曾于 1903 年策划暗杀了塞尔维亚的国王和王后。他行动诡秘阴险，对成员约束极严。这回他挑选了三个患肺结核的富于理想主义的年轻人，因为他们会更不吝啬生命。1914 年 6 月初，他把普林西普和两个同伙送过国境，进入波斯尼亚。他们每人身上带着手枪和手榴弹，还有一小瓶氰化物。他们在萨拉热窝和其他密谋者会合。

统治近千年的哈布斯堡王朝经历了奥匈帝国的鼎盛时期，进入二十世纪已是危机四伏，气息奄奄了，虽然老皇帝的长寿造成一种长治久安的假象。暗杀和革命的恐怖主义风靡一时，那似乎是爱国青年解决重大问题的灵丹妙药。

1914 年 6 月 28 日上午，奥匈帝国皇储斐迪南大公和夫人索菲亚乘火车抵达萨拉热窝。作为奥地利军队总监，他是应波斯尼亚殖民总督的邀请来视察军事演习的。而 6 月 28 日是东正教的节日，塞尔维亚人为 1389 年他们被奥斯曼帝国及土耳其人打败而默哀，并悼念他们的民族英雄。为什么斐迪南会选中这样一个日子到帝国最具反抗性的省份来？更何况他当时已得到有关刺杀可能性的警告。

当斐迪南夫妇登上豪华轿车前往市政厅时，他俩似乎心情很好。车队刚出发不久，暗杀小组就向他们投掷手榴弹，司机及时闪避并加快车速，手榴弹落在后面轿车轮子下，造成多人受伤，包括两个随行官员。车队继续向市政厅开去。

在欢迎仪式上，萨拉热窝市长拿出事先准备好的讲稿，念道："值此殿下访问之际，我们心中充满欢乐，这是殿下给予我们首都的最大荣誉……"斐迪南大公愤然打断他的讲话："你有什么好说的？我来萨拉热窝访问，居然有人向我扔炸弹。真是无礼！"

欢迎仪式后，斐迪南要去市立医院看望伤员。总督决定让车队改变路线，避开市中心，但一时疏忽，忘记把这一决定告诉司机了。途中，当与斐迪南同车的总督发现汽车仍按原路，马上命令司机掉头。正好普林西普坐在街角的咖啡馆，他正为同伴刺杀的失败及自己的不利位置而懊恼。历史，让总督的疏忽和普林西普的运气拼在一起。他大步走过去，从外套口袋抽出勃朗宁手枪，离那辆敞篷轿车仅三步之遥。第一颗子弹射穿索菲亚的腹部，另一颗击中斐迪南胸口。然后他掉转枪口对着自己，被一个旁观者夺下。军官们赶来，用刀背把他抽得皮开肉绽，押往警察局。八个同案犯被送上法庭，但由于普林西普不到被处死的法定年龄,被判二十年监禁。1918年4月28日,普林西普因肺结核死于狱中。

他用于行刺的是一把1910年制造0.32英寸口径的半自动勃朗宁手枪。

这枪声改变了人类历史:一个月后,奥匈帝国向塞尔维亚宣战,引发了第一次世界大战,到1918年底结束时共有八百六十万军人和六百五十万平民死亡,欧洲几乎损耗了最优秀的一代,包括奥地利青年诗人特拉克尔。

三

特拉克尔服用过量的可卡因,于1914年11月3日在波兰克拉科夫(Cracow)一所军医院的精神病房死去,年仅二十七岁。

一个作家和一个帝国,就像花草和其生长的水土气候的关系一样微妙,往往超越种族和语言的界限。奥匈帝国鼎盛时期包括十五种语言。在我看来,近千年的超稳定结构和日耳曼刻板严谨的民族性格相结合,构筑了一个举世无双的庞大的官僚机构,而卡夫卡的"城堡"正是其捷克版的偏离。从这一点出发,我们可以找到不同作家的血缘联系，他们是同属奥匈帝国"植被"的。其中有卡夫卡、哈谢克、特拉克尔、里尔克、策兰、赫伯特、米沃什、茨维格、约瑟夫·罗斯、维特根斯坦、本雅明等。如果可以重新分类的话，他们是奥匈帝国的作家。

茨威格曾在他的回忆录《昨天的世界》中描述了十九世纪末奥匈帝国的生活："我试图找到第一次世界大战前我成长时期的简单模式，但愿我能复原这个被称为'安全的黄金时代'。在我们近千年的奥地利君主统治中，一切似乎永久不变，国家本身是这稳定的主要保证人……在这个广阔帝国，一切坚定不移地立在指定的地方，头头就是老皇帝；他死了，人们知道（或相信）另一个会代替他，什么也不会改变明文规定。没有人想到战争、革命、叛乱。所有激进和暴力在一个理性的时代似乎都是不可能的。"

这就是格奥尔格·特拉克尔（Georg Trakl）生长的社会背景。他于1887年2月3日出生在萨尔茨堡（Salzburg）一个中产阶级家庭，在六个孩子中排行第四。信奉天主教的母亲玛丽亚（Maria）和第一任丈夫离婚后，改嫁给新教徒图彼亚斯·特拉克尔（Tobias Trakl）。按新教受洗的格奥尔格，从小经历了家庭的宗教分裂：他上午去天主教小学，每周两个下午接受一个新教牧师的训导。

父亲图彼亚斯是个受益于物质进步时代的商人，从小资产阶级爬到萨尔茨堡的上流社会。他为人可靠工作努力，为家人提供了物质上的舒适，但在格奥尔格的感情生活中他只是个影子而已，无足轻重。

母亲玛丽亚比父亲小十五岁。她热衷于收藏巴洛克家具、贵重的玻璃器皿和陶瓷，越堆越多，占据家里的大部分空间，以致于不少房间成了孩子们的禁区。格奥尔格的弟弟费里茨（Fritz）回忆道："我们依恋的是我们的法语老师和父亲。母亲总是更担心她的古董收藏。她是个冰冷寡言的女人；她照顾我们，但缺乏温暖。她觉得自己被丈夫被孩子被整个世界所误解。她只有单独留在她的收藏中才真正幸福——然后好几天闭门不出。"

玛丽亚除了古董外，还喜爱音乐。而孩子的文化教育主要来自奥地利家庭女教师，她不仅教他们法文，还带他们去参加各种音乐戏剧演出。母亲吸毒，在这一阴影下，四个孩子后来都染上了毒瘾。格奥尔格对她的感情复杂。一方面，他依恋她惦念她；一方面又恨她。他曾对朋友承认：他恨不得亲手杀了她。

妹妹格瑞塔（Grete）在他的一生中扮演了最重要的角色。她是个很有才能的画家，同时又是个好斗的、歇斯底里的怪人。格奥尔格和格瑞塔的关系非同一般，传记作者为证实他们是否乱伦而困惑——亲戚朋友们守口如瓶。而这一点似乎有诗为证：乱伦于特拉克尔是个反复出现的主题。无论在肉体和精神上，妹妹都深深吸引着他。特拉克尔在学校曾对一个好朋友说过，格瑞塔是"最美的姑娘，最伟大的艺术家，最不寻常的女人"。他早年逛过妓院，和一个满脸褶子的老妓女有过一段柏拉图式的关系。据说他喝醉了，会在老妓女面前滔滔不绝地自言自语。或许可以说，在他的生活中，除了他妹妹没有别的女人。

关于他早年的各种回忆无法统一。有个朋友的第一印象是他害羞内向；而另外的人坚持说，他健壮如牛，热衷于参与各种恶作剧。但有一点是可以肯定，他自幼生性怪僻。有一次他径直走向池塘，消失在水中，幸好根据浮在水面的帽子才被及时救上来。

十岁那年，特拉克尔考上一所注重拉丁文和希腊文的八年制文科学校。他因成绩不好而蹲班，再次不及格被赶出了学校。1905年秋天，他在给同学的信中写道，为这次失败的考试他全力以赴，被死记硬背和毒品弄得精疲力尽。他通过一个药剂师的儿子与毒品结下不解之缘。在格奥尔格离开学校时已经染上了毒瘾，他总是随身带着三氯甲烷（一种镇静剂）的小瓶，并常把烟卷浸入鸦片溶液里，并开始吸吗啡和致命的可卡因。这种自毁的习惯部分来自对波德莱尔的模仿，那是一种时髦的颓废，被当时雄心勃勃的青年诗人们所崇尚。

通往大学的门已关上，他面前另有一种相当诱人的选择：三年学徒外加大学两年的课程就可以成为药剂师。他先到萨尔茨堡一家名叫"白天使"的药房学徒，并在维也纳大学注册。三年的学徒期间，他工作认真，口碑不错，虽然老板并不看好他作为药剂师的前景。其实，这一行对他的最大吸引力是容易接近毒品。

他最早的诗写于1904年。这无害的怪僻并未引起家人注意。特拉克尔在朋友圈子中找到知音，他开始谈论文学，朗诵自己诗作，成了每月聚会的文学俱乐部的一员。这个俱乐部名叫"阿波罗"（Apollo），后改成"密涅瓦"（Minerva，智慧女神）。成员们热衷于波德莱尔、尼采、陀思妥耶夫斯基等人的作品。特拉克尔外表的变化越来越明显。他留长发蓄络腮胡子，穿戴古怪，抽烟喝酒毫无节制，处处表现出他对中产阶级的轻蔑。他的好朋友布鲁克保尔（Bruckbauer）回忆他经常是"阴郁、暴躁、骄傲、充满自我意识而倦世"。主宰他最后几年的感情模式已显露出来：欢快的瞬间伴随着周期性的沉默和抑郁。自杀威胁成了家常便饭，以致于朋友们都不再当回事了。有一次，他威胁着要自杀，同伴说："请便，只是等我不在场的时候。"

1905年，他和本地名流——剧作家兼散文家斯特瑞克（Gustav Streicher）相识。斯特瑞克对他十分赏识，把他的两个短剧推荐给本巾剧院的主仕。这两个短剧于1906年先后上演，《所有灵魂的日子》毁誉参半，而《法塔·莫尔甘娜》被全盘否定。独幕剧《所有灵魂的日子》是一个悲剧式的爱情故事。男主角是个盲人，他因一个叫格瑞塔（和特拉克尔妹妹同名）的女人的不贞而最终发疯并自杀。这两个剧本后来被特拉克尔销毁了。

1908年特拉克尔结束了学徒，在维也纳大学注册上了两年课。1910年秋天毕业后，又在维也纳服兵役一年。在这一期间，他察觉到维也纳那虚假的欢乐，以及居民"可憎的敦厚"。他一生不同阶段对住过的城市均有负面评价，包括他的家乡萨尔茨堡。

在维也纳,他孤僻自傲羞怯,和别人很少接触,直到1909年秋天他的好朋友布什贝克(Buschbeck)从萨尔茨堡到维也纳来学法律。布什贝克活泼外向,善于交际,很快就把他带进维也纳不同的文学艺术圈子。维也纳正在经历一场艺术上的骚动。勋伯格(Arnold Schoenberg)及其弟子,还有建筑师路斯(Adolf Loos)和画家科科施卡(Oskar Kokoschka)开始颠覆占据主导地位的艺术原则。由布什贝克鸣锣开道,特拉克尔认识了诗人兼评论家波尔(Hermann Bahr),他对维也纳的文学品位有巨大影响。特拉克尔满怀希望,但波尔对他的兴趣很快就消退了,唯一成果是他的三首诗发表在著名的《新维也纳人》杂志上。特拉克尔后来参加了由布什贝克领导的一个艺术先锋派团体。布什贝克继续推销他的诗歌,1909年12月把特拉克尔第一本诗集寄给一家出版社,被退了回来。直到1939年,布什贝克才找到出版社出版了这本早期诗选《来自金圣餐杯》。

1909年,格瑞塔到维也纳专攻音乐一年,常和哥哥在一起。在哥哥的协助下她染上毒瘾,不能自拔。

1910年大学结业后,特拉克尔去服兵役。那时一般兵役期是三年,由于中产阶级家庭地位和教育背景,他可以选择只服一年。更幸运的是，他居然在维也纳的一家医药公司得到份差事，不必住在兵营里。军队生活对他来说甚至是愉快的：一方面，延迟了找工作的现实压力；另一方面，避免了每天要面对生活的选择的必要。那一阵，特拉克尔和来自萨尔茨堡的朋友们经常酗酒作乐。他在1911年3月20日的一封信中写道："舒瓦波（Schweb）在维也纳十四天，我们从未如此荒诞地彻夜狂饮。我看我们俩都彻底疯了。"1913年12月13日在他写给奥地利著名记者卡尔·克劳斯（Karl Kraus）的信中，附上自己的近作《赞美诗》，说明它源于"那些狂饮和犯罪般的忧郁日子……"

到目前为止，他的诗作不会进入任何德语诗歌选本。他的早期作品中充斥着他所崇拜的兰波、荷尔德林和陀思妥也夫斯基的印记，他从尼采、波德莱尔、瓦雷里以及奥地利同时代诗人兼剧作家霍夫曼斯塔尔（Hugo von Hofmannsthal）的诗中获取主题与意象，经他之手后只不过变得轻快而含混了。

1912年是特拉克尔在创作上的转变之年。1912年底，特拉克尔的写作进入风格化试验的新阶段，发现并确定了一种梦幻经验的方式。他献给克劳斯的《赞美诗》代表了这一根本的转变。这首诗放弃他早期作品中的韵律，避开陈词滥调，寻找一种新的声音：

> 疯子死了。这是迎接太阳神的
> 南海上的岛。鼓在敲击。
> 男人表演好战的舞蹈。
> 女人摇臀于藤蔓与罂粟花间
> 海在歌唱。噢我们失去的天堂。

四

夜　曲

屏息凝神。野兽的惊骇面孔
在那圣洁的蓝色前僵住。
石头中的沉默巨增，

夜鸟的面具，三重钟声
悄然合一。埃莱，你的面孔
无言探向蓝色水面。

噢，你这寂静的真理之镜，

孤独者象牙色太阳穴

映照堕落天使的余辉。

这首诗我基本采用的是张枣的译本，对照英译本做了些改动。和后面提到的董继平的译本相比，张要高明多了，他能抓住特拉克尔诗歌那独特的韵味，尽管他也会犯明显的错误，比如第二段："一只夜行鸟的假面具。柔情的三重音/消融于一个尾声。哦，你的面庞/无言地俯视蓝色的水面。"夜鸟与面具本来就够了，简单直接，任何添加物都显得多余。接着，张枣把三重钟声译成三重音了，消融于一个尾声既拗口又费解，其实原意很简单：三重钟声融合在一起。埃莱（Elai）在德文中是人名，而非感叹词。最后一句应该是探向蓝色水面，而不是俯视蓝色的水面。我们再看看董继平的译本："一只夜鸟的面具。三口钟柔和地/鸣响成一口。埃莱！你的脸/在蓝色水上缄默地形成曲线。"相比之下，张译要高明多了。董译造成理解上的混乱，尤其是最后一句，面目皆非。我估计他是根据英译本《秋天奏鸣曲》(*Autumn Sonata*) 译的。原文是 Your face/leans speechless over blue waters，leans over，在这里是探向而非形成曲线，董继平恐怕是把 lean 误认为是 line。为什么人们会觉得外国诗更难把握，往往是和翻译误导有关。

第一段开端就出现了野兽，这是特拉克尔常用的意象，比如在《给孩子埃利斯》一诗邻近结尾处：有时从中走出只温顺的野兽／慢慢垂下沉重的眼睑。在他的意象范围野兽往往代表死亡，时而温顺时而狰厉。它在圣洁的蓝色前惊呆了。石头中的沉默巨增，这个意象非常强烈，原文中的动词是 Gewaltig（英文 grow），即生长，增加。其实石头中的沉默很平常，而这个动词一下把这个意象激活了。动词的运用往往是一首诗成败的关键。由于动词是"动"的——灵活自由，生机勃勃，不会像名词和形容词那样容易磨损变质。特拉克尔的"变法"正是从动词的复杂化入手的。

在我看来，第二段是这首诗最精彩的部分。夜鸟与面具都有隐蔽与孤僻的属性，叠加在一起更古怪神秘，是死亡意义的延伸，让人想到某种宗教仪式。三重钟声／悄然合一，会联想到三位一体联想到祷告或弥撒。而钟本身是声响与寂静（生与死）的中介，它发送声响又归于寂静。埃莱大概是死者，你的面孔／无言探向蓝色水面,与第一段中圣洁的蓝色相呼应。蓝色是特拉克尔诗中的基本色调,代表着虚无和永恒。

你这寂静的真理之镜,/孤独者象牙色太阳穴/映照堕落天使的余辉。用寂静来限定真理之镜,是相当微妙的,很难再找到别的替换词。孤独者的太阳穴显然就是这寂静的真理之镜。真理之镜、孤独者和堕落天使三者间的转换中,有主动和被动、反映与观看的复杂关系,而真理之镜与堕落天使在意义上的对立更加深内在的紧张。堕落天使如今已被人们用俗了,其实这和我们常说的现代性有密切关系。

五

基督教由于对末日即对历史终结的信仰,使得时间进程成为线性的和不可逆转的。颓废因而成为世界终结的痛苦的序曲。颓废得越深,离最后的审判越近。堕落天使正是在这个意义上呈现其余辉的。对那代人来说,第一次世界大战就是末日,人类用高科技互相残杀,欧洲文明几乎被毁灭。如果说欧洲文明来源于基督教和希腊精神,那么一个有意思的说法是,基督教的时间是水平的，而希腊的时间是垂直的。这两种时间的对立经常呈现在特拉克尔诗中。比如，《夜曲》一诗中的蓝色水面和堕落天使这两组意象就是在双重时间维度上展开的，互相交错制约，有一种悖论式的紧张。波德莱尔说过："现代性，意味着过渡、短暂和偶然，它是艺术的一半，另一半则是永恒和不变。"堕落天使其实就是波德莱尔所说的现代性，意味着过渡、短暂和偶然，是艺术的一半；而蓝色水面则是永恒与不变的另一半。这两者之间有一种焦虑，即在一切都处于过渡、短暂和偶然之中，又怎么再现永恒与不变？

这无疑是一种分裂，无法弥合的分裂，在西方以上帝这个偶像所代表的中心消失后不可避免的分裂。或许可以说，这样分裂释放的能量造就了二十世纪现代艺术包括诗歌的辉煌，同时也因为过分消耗带来后患。

现代性是个复杂的概念，一方面是社会的现代性，另一方面是美学的现代性。社会的现代性以进步为本，对基督教的时间观有所继承；而美学的现代性是以颓废为重要特征，是对社会现代性的反动。对进步主义的批评其实早从浪漫派就开始了，而真正的高潮是二十世纪初反科学反理性的艺术运动，表现主义是其中重要的一支。

他们不满足于对客观事物的摹写，要求进而表现事物的内在本质；要求突破对人的行为和人所处的环境的描绘而揭示人的灵魂；要求不停留在对暂时或偶然现象的记述而展示其永恒价值。

尼采在《论瓦格纳》一文中写道："每一种文学颓废的标志是什么？生活不再作为整体而存在。词语变成主宰并从句子中跳脱出来，句子延伸到书页之外并模糊了书页的意义，书页以牺牲作品整体为代价获得了生命——整体不再是整体。但这是对每一种颓废风格的明喻：每一次，原子的混乱，意志的瓦解……"

诗歌上的颓废往往有其特有的意象范围，比如黄昏、秋天、寒风、衰亡、陨星、荆棘等，这在特拉克尔诗中尤其明显。他正是在下沉中获得力量的。在短短的写作生涯中，他完成从浪漫主义向表现主义的过渡。和自称为"未来世界的立法者"（雪莱）的浪漫主义的英雄豪杰不同，他是精神旅途孤独的漂泊者，而诗歌正是其迷失的道路。

六

1911年服完兵役后，特拉克尔开始在维也纳、萨尔茨堡和因斯布鲁克（Innsbruck）三地漂泊。无节制地酗酒与吸毒造成经济上的拮据。1910年6月他父亲去世，使他不得不进一步面对现实。他先在萨尔茨堡"白天使"药房工作。没干多久就不行了，几乎精神崩溃。比如，一天早上他在等顾客时湿透了六件衬衣。不到两个月工夫，他不得不离开了药房。

1912年4月，他重新要求回到军队，被分配到因斯布鲁克一家军医院，在那儿待了半年多。由于手头拮据，他卖掉他大部分私人藏书。而搬到因斯布鲁克却是他一生中最幸运的一步，把他带到当地的知识分子的圈中。他的才能被公认，他的诗作得以发表，更重要的他有了精神庇护所。这个圈子的领地是半月刊《火炬》，而中心人物是主编费克（Ludwig von Ficker）。这回又是布什贝克牵线，为特拉克尔安排与费克见面。

5月的一天，特拉克尔来到马克斯米连咖啡馆，费克通常和朋友、同事们在那儿消磨时光。他坐的位置离费克很远。费克慢慢猜到他就是那个诗人，并没马上跟他打招呼。特拉克尔最终克服了怯懦，让侍者转递他的名片，费克马上请他过去坐在一起。

这一刻，无论对特拉克尔的个人生活还是诗歌创作都至关重要。费克比特拉克尔大七岁,是个善良宽厚有信仰的人。费克和他弟弟的家门永远向特拉克尔敞开,他在那儿感到温暖心定。他在给费克的信中写道:"我越来越深地感到《火炬》对我意味着什么——一个高尚圈子里的家与避难所。在摧毁我或成全我难以言状的情绪的折磨下,在对以往极端绝望以及面向坎坷未来之际,我所感深于言传,是你的慷慨与仁慈带来的幸运,是你的友谊带来的深厚理解。"在特拉克尔最后两年半的余生中,费克扮演了父亲和精神导师的双重角色。

从他们封闭的高山堡垒,费克及其朋友们以诚实正直抵制来自维也纳流行的堕落与平庸。《火炬》追随着克尔凯郭尔的天主教存在主义的价值取向,为维也纳的先锋派所推崇,特别是克劳斯,他认为这是奥地利唯一诚实的杂志。自从1912年底到特拉克尔死去,《火炬》每一期都发表他的诗作。事实上,几乎他所有的重要作品都是在进入这个圈子后写的。甚至可以说,没有费克没有《火炬》及团结在它周围的人,就没有二十世纪德国最伟大的表现主义诗人特拉克尔。

1912年11月,他因随地吐痰遭到一名军官训斥而发生口角,随后他要求从现役转成预备役。在此期间,兰波的德文译诗集的出版，对他产生巨大的冲击，他的诗发生了风格上的变化，从韵体转成自由体，更重要的是动词趋于复杂化，使主题得到进一步的扩展。

1913年1月底，特拉克尔在给布什贝克的信中，描述了他试图在维也纳官僚机构里谋职后不稳定的精神状态。他写道："我的境况依旧不好，虽然这儿比别的地方强。也许最好是让危机出现在维也纳。"他接着写道："几天内，我会寄去一份《赫利安》。对我来说，它是我所写的最珍贵最痛苦的东西。"和里尔克的《杜伊诺哀歌》几乎同时问世的《赫利安》(*Helian*)，写于1912年12月至1913年1月，是特拉克尔最长的诗作。在完成《赫利安》一个月后，他在给另一个朋友的信中写道："我在家中的这些日子很艰难，在这些充满阳光而冷得难以言状的房间，我处于兴奋与无意识状态之间。蜕变的怪异抽搐，肉体上几乎难以忍受；黑暗的视觉快要死去；狂喜如岩石般团结；而悲哀之梦进一步延伸。"

自1912年到1913年，他先后三次在维也纳官僚机构任职，属头一次最短。他先在劳工部谋得一份小职员的位置。那时他正在萨尔茨堡和因斯布鲁克致力于他的长诗《赫利安》，为此他推迟了好几周，直到1912年12月

31日才到劳工部报到。两小时后他就离开了，第二天递交了辞呈。真正的理由很简单，他担心在维也纳无法写作。随后他立即返回因斯布鲁克，在位于郊区的费克的家中完成了《赫利安》。此诗得到费克和朋友们的赞誉，特别是海因里奇（Heinrich），予以极高的评价，认为《赫利安》是德语诗歌史上最伟大的成就之一。

那年冬天余下的时间他留在萨尔茨堡，和母亲弟弟一起，关闭了家里开的商行。1913年4月，他又来到因斯布鲁克，住在费克和他兄弟家。布什贝克再次为他寻找出版商，以失败告终。没过几天，特拉克尔收到德国莱比锡一个年轻出版商沃尔夫（Kurt Wolff）的信，打算出版他的诗集。与此同时，他也要出版卡夫卡早期的作品。沃尔夫后来成为德国表现主义一代的主要出版者。特拉克尔和卡夫卡的作品被放进同一套丛书里，以小册子的形式出版。这引起特拉克尔强烈的不满，他盼的是更厚的选本。由费克起草，他发了一封愤怒的电报，威胁要撕毁合同。出版社对这个无名作者的要求吃了一惊，最后双方妥协。《诗歌》终于在同年7月问世。那时他刚到战争部上班，收到出版社寄来他的处女作的样书后，马上请病假然后辞职了。

他和克劳斯及建筑师路斯熟络起来。特拉克尔特别佩服克劳斯。克劳斯以他尖锐的批评新闻体而出名，他抨击的对象之一是那些因非艺术目的而妥协的作家，指出他们写作与生活之间的裂缝。在特拉克尔看来，克劳斯激烈的文章揭穿了奥地利文化的虚伪，把各种骗局暴露在光天化日之下。特拉克尔称他为"愤怒的魔术师"。

那是战前最后一个平静的夏天。8月间，他和克劳斯及费克等人一起去威尼斯度了两周假。那是他唯一一次离开德语国家。威尼斯的风光和朋友的友情让他感到温暖。

随后几个月，在他从维也纳写给费克的信中，显示出比以往任何时候更深的绝望。但这是他一生中最高产的时期，与《赫利安》前后相比，这一阶段的诗作更加复杂更加自由也更加纯熟。1913年底，他回到因斯布鲁克。《火炬》为他安排了一个朗诵会，这是他一生中唯一面对观众朗诵自己的作品。他开始准备他的第二本诗集《塞巴斯蒂安之梦》(*Sebastian Dreaming*)。沃尔夫希望这本诗集能在1914年夏天出版，后因战争延误，直到特拉克尔死后才问世。

1914年3月，特拉克尔匆匆赶到柏林，他妹妹格瑞塔病倒了。除了1909年在维也纳一起上大学，他俩很少见面。格瑞塔嫁给一个比她大得多的书商,婚姻很不幸。她郁郁寡欢,整天沉溺于毒品中。特拉克尔在柏林住了十天,他走时,格瑞塔的病情明显好转。三年后,由于戒毒失败,她在一次聚会上开枪自杀。

二十七岁的特拉克尔中等身材,肌肉发达,金发,眼睛有点儿斜。人们对他的印象往往是矛盾混乱的。一个瑞士作家认为他外表"不寻常的高贵",接着是"黝黑,魔鬼似的容貌给他一种罪犯般的魅力"。他有时像圣徒有时像凶手,极端的自我封闭与突发式的开放交替。画家科科施卡把他说成是"中产阶级的叛徒伙伴"。特拉克尔常坐在他在维也纳画室的啤酒桶上,长时间一言不发,突然口若悬河地自言自语,然后又归于沉默。据朋友们回忆,他说话总是既神秘又有预言意味。有一次他指着陈列在农贸市场得奖的小牛头说:"这就是我们基督。"一个诗人朋友记得,1914年春,他俩散步穿过乡间时,特拉克尔不停在谈论死亡:"我们掉进费解的黑暗中,当那一刻通向永恒,怎么死才会最快?"

在第一次世界大战爆发前几个月,他为死亡着魔,更加深了他的自杀倾向。1914年6月,他收到一笔两万克朗的匿名捐款,这笔数目在当时相当可观。费克陪特拉克尔去因斯布鲁克的一家银行去取这笔钱。在银行里，特拉克尔突然惊惶失措，大汗淋漓，还没轮到他就冲出去。不久，战争动员开始了，他作为少尉军医应召入伍。遗憾的是，他一直未能用到这笔钱。后来他才知道匿名捐款者是个年轻的哲学家，名叫维特根斯坦。

七

衰 亡

在白色的池塘上
野鸟们已惊飞四散。
黄昏，寒风自我们星球吹来。

在我们的墓地上
夜垂下破损的额头。
橡树下，我们荡起银色小舟。

镇上白墙不断鸣响。
在荆棘的拱门下，

噢我兄弟，我们是攀朐午夜的盲目时针。

　　对这首诗的几种译本都不甚满意，我不得不赤膊上阵。我知道，风险在于我根本不懂德文。好在这首诗的英译本收进我编的教材，跟我的美国学生琢磨了四五年，总不至于差得太远。

　　这首诗五易其稿，我们看到的是第五稿也是最后定稿。原作在形式上十分严谨。一共三段，每段三行中包括两行一句和一行一句，前两段顺序相同，第三段颠倒过来。前两段对应句的音节长度几乎完全相同。我试着在汉语中保持前两段的对称，居然成了，不过这纯属偶然。

　　这三段是按时间顺序展开的：从黄昏到夜晚到午夜。从空间上，与野鸟们的远去相比，寒风和夜正接近诗人及同伴。寒风自我们星球吹来是妙句，既虚无又神秘。而银色小舟像桥一样，把来与去的空间对立取消了。紧接着下一句是取消时间的对立：过去现在将来统统融合在白墙不断鸣响中。趋向终点正是趋向全诗的高峰。荆棘的拱门是关口，是苦难与团结的象征。噢我兄弟，我们是攀朐午夜的盲目时针，时间与空间在此奇妙地汇合在一起。我们再次看到诗中水平与垂直的方向性。这回不是下降，不是陨星和堕落天使；而是上升，是攀响午夜的兄弟。而兄弟即盲目时针，他们在死亡的循环中彼此追逐。盲目与时针是悖论，当时针达到本诗时间进程的最高点，盲目却遮蔽了对自身的认知。这类意象奇特突兀，又在诗意的逻辑上站得住脚，被特拉克尔点石成金。

在二十世纪文学批评中有个非常重要的人物，叫罗曼·雅各布森（Raman Jakobson），他把俄国形式主义、布拉格学派和结构主义串连起来。雅各布森探讨了诗歌语言和日常语言的区别。在他看来，诗性功能使语言最大限度地偏离实用目的，把注意力引向自身的形式因素，诸如音韵、词与词的呼应和句法等。他认为诗句的构成包括选择轴和组合轴。选择轴指的是在诗句中每个词语是可替换的。比如，可用"紫色"代替"银色"，"正午"代替"午夜"，"清醒"代替"盲目"。特拉克尔无疑做了最佳选择。而组合轴指的是前后诗句中词与词之间的相互关系。在特拉克尔这首诗中，前两段的组合轴是显而易见的。比如名词有：池塘和墓地，野鸟和夜，黄昏和橡树，寒风和小舟；动词有：惊飞和垂下，吹来和荡起。而第一段首句的白色的池塘又和第三段的白墙相呼应，从荒野到城镇，从水平到垂直，从静到动，由于白色的连接，不断鸣响才会显得意味深长。

八

维特根斯坦和特拉克尔从未见过面。

1913年1月20日，维特根斯坦的父亲死于喉癌。他写信到剑桥给他的老师罗素．"他在我所能想象的一种最完美的状态中死去，没有丝毫痛苦。像孩子般睡着了。"父亲留下一笔巨大的遗产，维特根斯坦决定把属于自己部分的三分之一捐出去。为此，他求助于德高望重的《火炬》杂志的主编费克："对不起，恳请您满足我的请求，我想托付给您十万克朗的款项，这笔钱按您的意思分发给贫困的奥地利艺术家。"得到捐赠的有十个艺术家，包括诗人里尔克和特拉克尔，画家科科施卡和建筑师路斯等人。

第一次世界大战爆发后，维特根斯坦自愿报名参军。他在日记中写道："我现在不能工作了，但也许能去死——了悟的人生是一种抗议人世困苦的多么幸运的人生。"他想通过战争磨砺自己，使自己能在生死边界上考察哲理体验人生。

1914年到1916年两年间，维特根斯坦写了大量日记，很少谈到他个人的经历，主要记述他的哲学思考。面对战争带来的种种苦难，他又能说什么呢？这正是他早期著作《逻辑哲学导论》中的主题："对不可言说的东西，只能保持沉默。"战争成为他一生中的重大转折，动摇了《逻辑哲学导论》的理性分析的基础，对不确定性的探讨以及对此在意义的怀疑，不断地把他推向疯狂的边缘。

维特根斯坦和特拉克尔同在东部战线，一度离得很近。他作为一名普通士兵先在一艘巡逻艇上服役。有一天，结束巡逻任务返回驻地后，他收到特拉克尔的一张明信片。特拉克尔那时已近于神经崩溃，住进克拉科夫一家军医院的精神病房。他是从费克那儿得到他的地址的，想见见这位未曾谋面的恩人。

维特根斯坦对特拉克尔当时的悲剧一无所知。他于1914年11月6日来到那家医院时，特拉克尔已经安葬了，他于三天前服用过量的可卡因而死去。维特根斯坦在一张给费克的军用明信片上写道:"我很震惊,虽然我不认识他。感谢您寄来的特拉克尔的诗,我虽不懂,但他的心声使我感到荣幸。这是真正的天才人物的心声。"

哲学家和诗人就这样永远错过了,就像他们各自使用不同的语言系统一样:维特根斯坦旨在把可说的东西弄清楚,而特拉克尔则要把不可说的东西表现出来。

九

第一次世界大战爆发了。

特拉克尔在给费克的一张纸条上写道:"在死亡般存在的时刻的感觉:所有人都值得爱。醒来,你感到这世界的苦涩;其中有你所有难赎的罪;你的诗是一种残缺的补偿。"

8月底,他参加一个支队从因斯布鲁克出发,被送往被奥地利占领的波兰的加利西亚(Galicia)省。在俄国军队迅速推进的打击下,奥地利人节节败退,狼狈不堪。根据后来发现的医疗报告,特拉克尔在离开因斯布鲁克后不久,神经上就出了毛病。有一次,他试图单枪匹马冲向战场,被六个人强行解除了武装。而在他较早从前线寄回的信中并无神经崩溃的迹象，甚至还在关注对他的一首诗的反映，为已经发表而后悔。据一位内科医生说，他在一家客栈遇见特拉克尔，他似乎情绪很好，只是不愿意住在他服役的医院，而自己在客栈租了个房间。内科医生问起现代诗歌中哪些东西值得一读，特拉克尔很兴奋，马上开始谈论魏尔伦和兰波。

10月底，特拉克尔从克拉科夫的军医院写信给费克，他由于严重的抑郁症被隔离观察。费克立即赶到克拉科夫，特拉克尔终于说出自己的可怕经历。大约一个多月前，在格鲁代克（Gródek）的一场战斗中，他在一个谷仓照看九十名重伤号。当时没有医生，他必须独自坚持两天。突然一声枪响，他环视四周，原来是一个伤兵开枪自杀，脑浆喷了一墙。特拉克尔实在受不了，走出谷仓，而眼前的一幕更可怕：数名被绞死的人在小广场一排秃树上晃荡，那是被奥地利军队怀疑不忠实的本地老百姓。接着和其他军官共进晚餐时，他突然声称自己活够了，要开枪自杀。于是他冲了出去，在扣动扳机前被别人解除武装，送进军医院的精神病房。

费克发现他正在读十八世纪初的德国诗人君特（Johann Christian Gunther）的诗。特拉克尔认为他们俩之间有血缘关系,他说君特的诗比"所有德国诗人所写过的都苦涩",提醒费克君特死于二十七岁,正好是他自己的年龄。特拉克尔高声朗诵君特的诗,也读了他在前线写的两首诗《挽歌》和《格鲁代克》。在费克逗留期间,他说出内心恐惧,怕自己因战斗中的表现而被送上军事法庭甚至被处死。

费克离开的第二天,特拉克尔寄给他两封信。一封包括他修改过的几年前的两首诗和近作《挽歌》、《格鲁代克》,外加给妹妹留下的遗嘱,让她继承他的钱财和物品。不到 周后,他服用过量的瞒着医院当局保存下来的可卡因而陷入昏迷。他死于11月3日。几天前他写信给维特根斯坦,希望他能到医院来见上一面。那是他一生中最后一封信。

十

挽　歌

睡眠和死亡,黑鹰们
整夜绕着这颗头颅俯冲:

永恒的冰冷波浪
会吞没人的金色影像。
他的紫色身躯
碎裂在可怖暗礁上。
一个黑暗的声音
在海上悲叹。
暴雨般忧伤的妹妹,
看那胆怯的沉船
在群星下。
夜缄默的面孔。

Rainer Maria Rilke

里尔克

我认出风暴而激动如大海

一

秋　日

主呵,是时候了。夏天盛极一时。
把你的阴影置于日晷上,
让风吹过牧场。

让枝头最后的果实饱满;
再给两天南方的好天气,
催它们成熟,把
最后的甘甜压进浓酒。

谁此时没有房子,就不必建造,

谁此时孤独，就永远孤独，

就醒来，读书，写长长的信，

在林荫路上不停地

徘徊，落叶纷飞。

正是这首诗，让我犹豫再三，还是把里尔克放进二十世纪最伟大的诗人的行列。诗歌与小说的衡量尺度不同。若用刀子打比方，诗歌好在锋刃上，而小说好在质地重量造型等整体感上。一个诗人往往就靠那么几首好诗，数量并不重要。里尔克一生写了二千五百首诗，在我看来多是平庸之作，甚至连他后期的两首长诗《杜伊诺哀歌》和《献给奥尔甫斯十四行》也被西方世界捧得太高了。这一点，正如里尔克在他关于罗丹（Auguste Rodin）一书中所说的，"荣誉是所有误解的总和"。

关于《秋日》，我参照了冯至和绿原的两种中译本，以及包括罗伯特·布莱（Robert Bly）在内的三种英译本，最后在冯译本的基础上"攒"成。绿原先生既是诗人又是翻译家，但他《秋日》的译本显得草率粗糙：

主啊，是时候了。夏日何其壮观。

把你的影子投向日规吧，
再让风吹向郊原。

命令最后的果实饱满成熟；
再给它们偏南的日照两场，
催促它们向尽善尽美成长，
并把最后的甜蜜酿进浓酒。

谁现在没有房屋，再也建造不成。
谁现在单身一人，将长久孤苦伶仃，
将醒着，读着，写着长信
将在林荫小道上心神不定
徘徊不已，眼见落叶飘零。

  第一段还不错，问题出在第二段和第三段上。首先，他极力把诗行压成豆腐干，第二段每行字数一样，第三段的两部分也基本如此。为了这种外在形式的工整，他用大量的双音词凑数，这在现代汉语中是最忌讳的，势必破坏自然的语感与节奏。尤其是再给它们偏南的日照两场这一句特别生硬，本来很简单，就是两天南方的好

里尔克 95

天气。第二段最微妙的是一系列强制性动词的转换,这在绿译本中体现不够。比如,并把最后的甜蜜酿进浓酒,酿进原意是压进。第三段开始是祈使句谁此时没有房子,就不必建造,/谁此时孤独,就永远孤独,而绿原使用的是陈述句谁现在没有房屋,再也建造不成。/谁现在单身一人,将长久孤苦伶仃,改变了这一关键处的音调。结尾加了多余的一笔眼见,破坏了作者刻意追求的那种客观性描述。

三种英译本中顶属布莱的最离谱。他首先把题目"秋日"译成"十月的日子",把南方的好天气译成地中海的好天气,把最后一句在林荫路上不停地/徘徊,落叶纷飞译成沿大树下的小路独自走着,/不回家,落叶纷飞。人家根本没提回不回家,而布莱非要画蛇添足。

我之所以不厌其烦地细说翻译,是想让我们知道阅读是从哪儿开始的,又到哪儿结束的,换句话来说,也就是弄清诗歌与翻译的界限。一个好的译本就像牧羊人,带领我们进入牧场;而一个坏的译本就像狼,在背后驱赶我们迷失方向。

我所面临的尴尬处境是,除了英文外我并不懂其他外文,按理说我是无法区分牧羊人和狼的,或许我自己就是披着羊皮的狼。然而为了抛砖引玉，继续我们有关诗歌和翻译的讨论，似乎也只能如此——摸石头过河。

《秋日》是1902年9月21日在巴黎写的，那年里尔克年仅二十七岁。

书归正传，让我们一起来进入《秋日》。开篇就确定了谈话的对象是上帝：主呵，是时候了。这语气短促而庄重，甚至有种命令口吻。夏天盛极一时。参照题目，显然是一种感叹，即不可一世的夏天终于过去了。是时候了，是把你的阴影置于日晷上，/让风吹过牧场的时候了。把……置于及让是命令式的延伸。这两组意象有一种奇妙的对位关系，即你的阴影与风，日晷与牧场在上下文中彼此呼应，互为因果。你的阴影是有形的，而日晷是通过影子的方位确定时间的；而风是无形的，牧场是日晷在时空上的扩展。一般来说，明喻是横向的，靠的是"好像""仿佛""如……似的"这类词来连接；而暗喻是纵向的，靠的是上下文的呼应。另外，说到诗歌的方向性，这首诗是个很好的例子，是由近及远从中心到边缘展开的。日晷是中心，而上帝的阴影为万物定位，从这里出发，风吹向广阔的牧场。

第二段仍保持着开始时的命令式。带动这一转变的是风，是风促成段落之间的过渡。前面说过，这一段最微妙的是一系列强制式动词的层层递进：让……给……催……压。这其实是葡萄酒酿造的全部过程，被这几个动词勾勒得异常生动。让枝头最后的果实饱满；/再给两天南方的好天气，/催它们成熟，把/最后的甘甜压进浓酒。若进一步引申，这里说的似乎不仅仅是酿造，而是生命与创造。

第三段是全诗的高潮。谁此时没有房子，就不必建造/谁此时孤独，就永远孤独，这两个名句几乎概括了里尔克一生的主题，即他没有故乡，注定永远寻找故乡。大约在此两年前，他在给他的女友（后来成为妻子）的信中写道："您知道吗？倘若我假装已在其他什么地方找到了家园和故乡，那就是不忠诚？我不能有小屋，不能安居，我要做的就是漫游的等待。"也许是这两句最好的注释。就醒来，读书，写长长的信，/在林荫路上不停地/徘徊，落叶纷飞。从开端的两句带哲理性的自我总结转向客观白描，和自己拉开距离，像电影镜头从近景推远，从室内来到户外，以一个象征性的漂泊意象结尾。最后三句都是处于动态中：醒来，读书，写信，徘徊。而落叶纷飞强化了这一动态，凸现了孤独与漂泊的凄凉感。这让我想起苏轼的名句："转朱阁，低绮户，照无眠。"其电影镜头式的切换有异曲同工之妙。

这是一首完美到几乎无懈可击的诗作。从整体上看，每段递增一句的阶梯式的结构是刻意营造的，逐步推向最后的高潮。复杂音调的变换成为动力，使主题层层展开：开篇显然与上帝有某种共谋关系，同时带有胁迫意味；第二段的酿造过程是由外向内的转化，这创造本身成为上帝与人的中介；第三段是人生途中的困惑与觉醒，是对绝对孤独的彻悟。

这三段是从上帝到自然到人，最终归结于人的存在。这是一首充满激情的诗：主呵，是时候了和谁此时没有房子，就不必建造／谁此时孤独，就永远孤独，但同时又非常克制，像激流被岩石压在地下，有时才喷发出来。这激情来自正视人类生存困境的勇气，因触及我们时代的"痛点"而带来精神升华。这首诗的玄妙正是基于意象的可感性，读者由此进入，体验一个漂泊者内心的激情。

就在同一天，里尔克还写了另一首诗《寂寞》。特附上绿原译的《寂寞》：

寂寞像一阵雨。

它从大海向黄昏升去；
从遥远而荒凉的平芜
它升向了它久住的天国。
它正从天国向城市降落。

像雨一样降下来在暧昧的时刻。
那时一切街道迎向了明天，
那时肉体一无所得，
只好失望而忧伤地分散；
那时两人互相憎厌，
不得不同卧在一张床上：

于是寂寞滚滚流淌……

  这显然是一首平庸之作，和《秋日》有天壤之别。把寂寞比喻成雨，从雨的生成降落到最后在同床异梦的人中间流淌，暗示寂寞的无所不在，除了这一点还略有新意，此外无可取处。有时我琢磨，一首好诗如同天赐，恐怕连诗人也不知它来自何处。正是《秋日》这首诗，使里尔克成为二十世纪最伟大的诗人之一。

二

在巴黎时,你感到自己的迫切需要。当时你在"恩师"罗丹手下,"工作再工作",显示了一种英雄气概。你焦虑时会通过某种艺术形式,把那使你感到恐惧的东西转化为自己的作品……

在今后的岁月里,无论你在何处逗留,无论你是否向往安全、健康与家园,或者更加强烈地向往流浪者的真正自由,乐于被变化的欲望所驱使,在你的内心深处总有一种无家可归感,而这种感觉是不可救药的。[1]

1902年8月28日,里尔克第一次来到巴黎。那年春天,他答应为一家德国出版社写关于罗丹的专著,先得到一笔预支稿费。7月28日,他用还不熟练的法文给罗丹写信,希望能见到他。那年里尔克二十七岁,是个初出茅庐的诗人;罗丹六十二岁,是早已闻名于世的雕

---

[1] 引自莎洛美(Lou Andreas-Salomé, *Looking Back: Memirs*)。

塑大师。连接他们的是里尔克的新婚妻子克拉拉（Clara Rilke），她曾是罗丹的学生。

巴黎时期的前奏曲是沃尔普斯韦德（Worpswede），那是不来梅（Bremen）和汉堡（Hamburg）之间的一个充满艺术情调的小镇，聚集着不少艺术家。通过一个画家朋友，里尔克加入他们的行列。那是世纪之交的狂欢，对末日审判的恐惧消弭后的狂欢。第一次世界大战尚在地平线以外，自文艺复兴以来的价值观虽被动摇，但还未被彻底粉碎。他们一起听音乐会，参观美术馆，狂欢之夜后乘马车郊游。两个年轻女画家的出现引起骚动。她们像姐妹俩，金发的叫波拉（Paula），黑发的叫克拉拉。里尔克在日记中写道："我推开窗，她俩成了奇迹，向窗外的月夜探出头去，一身银光，月夜冰凉地抚摸着她俩笑得发烫的脸颊……一半是有知有识的画家，一半是无知无识的少女……接着，艺术之神附到她俩身上，他注视着，注视着。当他在此过程中变得足够深沉时，她们又回到了她们特有本质和奇迹的边缘，轻轻地再度潜入了她们的少女生活之中……"这两个女人的双重影像构成了他的少女神话，他写下这样的诗句："少女们，诗人向你们学习，/ 学习如何表达你们的孤独……"

对于一个诗人来说,困难的是如何保持生活与艺术的距离。里尔克其实更喜欢金发的波拉,但他不愿破坏这理想的双重影像。踌躇观望中,一场混乱的排列组合,待尘埃落定,波拉跟别人订了婚。七年后,波拉因难产死去,里尔克在献给她的《安魂曲》中写道:"因为生活和伟大的作品之间/总存在某种古老的敌意……"

正是基于这种古老的敌意,他与克拉拉结为伴侣,在沃尔普斯韦德不远的一个农舍住下来。同年年底,克拉拉生下女儿。里尔克对婚姻并无幻想,他写道:"我感到结婚并不意味着拆除推倒所有的界墙建起一种匆忙的共同生活。应该这样说:在理想的婚姻中,夫妻都委托对方担任自己孤独感的卫士,都向对方表达自己必须交给对方的最大信赖。两个人在一起是不可能的。倘若两个人好像在一起了,那么就是一种约束,一种使一方或双方失去充分自由和发展可能的同心同德。"

婚后的现实压力是难以预料的。他使出浑身解数,为了过上普通人的生活,但很快就发现,靠写作养活一家人几乎是不可能的。他到处投稿,只要能赚钱什么都写,仍入不敷出,不仅婚姻生活成了问题,连他自己的创作也受到威胁。摆在面前只剩下一条路:中断稳定的家庭生活，重新上路。

这是里尔克来巴黎的主要原因：首先要解决温饱。今后的十二年，巴黎成了他地理上的中心。他给克拉拉的信中，描述了他首次拜访罗丹的情形："他放下工作，请我在一张扶手椅上坐下，然后我们交谈起来。他和蔼可亲，我觉得自己好像早就认识他，现在只是重逢而已。我发现他比原先矮小些，但更加健壮、亲切和庄严了。"

整整五年，罗丹是他推崇备至的榜样。"工作"这个词再恰当不过地概括了罗丹对他的影响。和"灵感"这个流行词迥异，"工作"意味着放弃无节制的感情陶醉，最大限度地浓缩题材，使其固定化精确化。罗丹对里尔克的《时辰集》提出尖锐的批评，认为它不伦不类，喋喋不休，是一支饶舌的"即兴曲"。1902年9月5日，即在初次见面的第四天，他在给妻子的信中写道："首先，他为自己的艺术发现了一个全新的基本要素；其次，他对生活别无他求，只想通过这一要素表达自己，表达自己的一切……他沉默片刻，然后极其严肃地说：'应当工作，只要工作。还要有耐心。'"

就在此信的两周后，他写出了《秋日》这首诗。他开始摆脱早期的伤感滥情，以及廉价的韵律和抑扬格等形式上的条条框框。在漫长的写作准备及青春期的感情动荡后，与罗丹见面造成巨大的心理震撼，他如钟一般被敲响。他开始有意识地将自我感觉外化物化，注重意象的准确性与可感性。

1907年12月，里尔克的《新诗集》出版了。这个集子收入1903年至1907年的诗作。他创造了"咏物诗"这一全新的形式。他在1903年致友人的信中提出自己的纲领："创造物，不是塑成的、写就的物——源于手艺的物。""咏物诗"形式实现了这一纲领。自《时辰集》以来，他注重的不再是上帝生死爱情，而是具体的存在物：艺术品、动植物、历史人物、旅游观感和城市印象等。

为此，他做了大量的"语言素描"，即用文字刻画物体，再现其可感的真实。

三

此刻我站在巴黎街头，试图理解一百年前巴黎时期的里尔克。我来参加每年一度的巴黎书展。现在是3月下旬，刚到时几乎是夏天，一件单衣就够了。这两天气温骤降，阴沉沉的，伴有零星小雨。空气污染和全球性的气候反常，巴黎也在所难免。里尔克若活到今天，他的《秋日》会有些尴尬，要不夏天过于盛大，要不冬天不再来临；没有贵夫人和城堡，最多只能求助基金会，或干脆写畅销书；漂泊途中也只能泡泡网吧，无法写长长的信。

从1902年8月起整整十二年，巴黎是里尔克生活的中心，尽管他会时不时离开数日或数月，但最终总要回来。他手头拮据，面临巨大的经济压力，多半在那些廉价的客栈中搬来搬去。巴黎这故乡似乎刚好和俄国截然相反。在他看来，巴黎是恐惧之城，贫困之城，死亡之城。他到巴黎后不久的头几封信里处处流露出一种深深的忧郁，几乎抵消了他和罗丹交往的幸福感："这座城市很大，大得几乎近于苦海。""巴黎？在巴黎真难。像一条苦役船。我无法形容这里的一切是多么令人不快，我难以描绘自己是如何带着本能的反感在这里混日子！"

而巴黎这所苦难的学校带给他的是艺术上的挑战。在1903年7月18日，他给莎洛美的信中写道："正如以前一种巨大的惊恐曾慑住我一样，现在这对所有在不可名状的迷惘困惑中被称为生命的东西的惊愕又向我进攻了。"他给自己作为诗人的使命找到一个公式："恐惧造物。"

1910年他完成长篇小说《马尔特纪事》，这是一本现代主义杰作。他提出后来存在主义提出的问题："我们怎样才能生活，如果我们根本无法领会这生活的诸要素？"他在这部小说里系统地分析了"恐惧"："恐惧在空气中无所不在。你吸进了透明纯净的恐惧，但一到你的体内，它就沉淀下来，渐渐变硬，变成尖尖的几何体横亘在你的五脏六腑之间，因为所有在法场上，在刑讯室里，在疯人院，在手术室，在秋夜的桥拱下着手制造痛苦和惊恐的东西，所有这一切都具有一种顽强的永恒性，坚持自己的权利，都嫉妒一切存在物，眷恋自己可怕的真实性。"

在巴黎书展的诗歌专柜上，我无意中找到一本里尔克的法文诗集。书的设计很特别，封面上有个圆孔，正对着扉页上里尔克的一只眼睛——他在窥望我。他有一双泪汪汪的眼睛，其中有惊奇有怜悯，还有对自己孤独的漂泊生活的忠诚。这张照片摄于巴黎。

他最常去的地方是卢浮宫和法国国家图书馆。里尔克借助他小说主人公马尔特之口描述了他在法国国家图书馆读书时的感受："我想，我也会成为这样一个诗人，要是我能在某处居住，在世上某个地方，在无人照管的那许多关门上锁的别墅里找一个住处的话，那样我就会使用一个房间（靠山墙的那明亮的房间），在那里和我的旧物、家人照片和书本一起生活，就会有安乐椅、鲜花、家犬和一根走石子路用的手杖。如此而已……然而，事情发展并非如此，上帝会知道，这是为什么。我获准放在一间谷仓的旧家具在朽烂，连我自己也在腐败，是的，我的上帝，我上无片瓦，雨水直扑我的眼睛。"

与里尔克的命运相仿，我和巴黎也有不解之缘。自1992年起，我在巴黎先后住过多次，少则几天，多则半年。不同的是，巴黎是里尔克漂泊中停留的港口，而巴黎于我是为寻找港口搭乘的船。

巴黎的天空很特别，高深莫测，变幻不定，让一个漂泊者更加晕眩。巴黎的放射性街区像法文语法一样容易迷路。我不懂法文，如同盲人在街上摸索。而里尔克法文好，甚至专门用法文写了一本诗集。漂泊与漂泊不同，"同是天涯沦落人"，可人家心明眼亮。

很多年，里尔克都生活在相悖的两极：他向往人群渴望交流，但又独来独往，保持自身的孤独状态；他辗转于巴黎廉价的小客栈，又向往乡村别墅和自然。

1905年秋，里尔克接受罗丹的建议，帮他收发信件，做类似私人秘书的工作，每月得到两百法郎的报酬。但里尔克发现，这极大地限制了他外出旅行的自由，本来算好的两个小时的秘书工作渐渐吞噬了他整天的时间，他的独立性受到威胁。1906年5月12日，在一场激烈的口角后，他和罗丹分道扬镳。他在当天致罗丹的信中写道，他发现自己"像个手脚不干净的仆人一样被赶了出来"。

里尔克在巴黎待不下去了，他开始四海为家，在庄园、别墅和城堡寄人篱下，接受富人的施舍。1906年秋因过冬成问题，一位贵夫人请他到别墅去住几个月。在第一次世界大战爆发前的四度春秋中，他在欧洲近五十个地方居住或逗留。他心神不宁，但意志坚定地走在他乡之路上：

谁此时没有房子，就不必建造，
谁此时孤独，就永远孤独……

四

预　感

我像一面旗帜被空旷包围，
我感到阵阵来风，我必须承受；

下面的一切还没有动静:
门轻关,烟囱无声;
窗不动,尘土还很重。

我认出风暴而激动如大海。
我舒展开来又卷缩回去,
我挣脱自身,独自
置身于伟大的风暴中。

我在陈敬容和绿原的两种中译本基础上,参照英译本而修改而成。由于这首诗篇幅短小,我把他们的译本也抄录如下:

我像一面旗被包围在辽阔的空间,
我感到风从四方吹来,我必须忍耐;
下面一切都还没动静,烟囱里没有声音,
窗子都还没抖动,尘土还很重。

我认出了风暴而且激动如大海。
我舒展开又跌回我自己,

又把自己抛出去,并且独个儿
置身在伟大的风暴里。

陈敬容 译

我像一面旗帜为远方所包围。
我感到吹来的风,而且必须承受它,
当时下界万物尚无一动弹:
门仍悄然关着,烟囱里一片寂静;
窗户没有震颤,尘土躺在地面。

我却知道了风暴,并像大海一样激荡。
我招展自身又坠入自身
并挣脱自身孑然孤立
于巨大的风暴中。

绿原 译

陈敬容是我所敬佩的"九叶派"诗人之一。她译的波德莱尔的九首诗散见于二十世纪五六十年代的《世界文学》,被我们大海捞针般搜罗到一起,工工整整抄在本子上。那几首诗的翻译,对发端于六十年代末的北京地下文坛的精神指导作用，怎么说都不过分。

陈敬容的《预感》有错误有疏漏，比如她把第一段第三四句下面的一切还没有动静：／门轻关，烟囱无声；合并为下面一切都还没动静，烟囱里没有声音，把门给省略了。另外，第二段的第二三句有点儿别扭：我舒展开又跌回我自己，／并且独个儿。但就总体而言，陈译本感觉好气势好，更有诗意。比如我认出风暴而激动如大海是此诗最关键的一句。我们再来看看绿译本：我却知道了风暴，并像大海一样激荡，相比之下显得平淡无奇。

绿译本中也有明显错误。比如，当时下界万物尚无一动弹这一句，语言拗口，更致命的是以带禅味的阐释，特别是下界这一概念造成误导，其实原作意思很简单，就是下面一切。还有像尘土还很重被他译成尘土躺在地面。这就是我所说翻译中的对应性和直接性的问题。有人说，译者是仆人。意思是他必须忠实于原文，无权加入自己的阐释。尘土还很重转译成尘土躺在地面虽然有逻辑上的合理性——既然重还不躺在地面吗？其实这很危险，是以阐释为名对原文的僭越。

话又说回来了，正是由于前辈的译本，使我们能获得一个理解的高度，并由此向上攀登。我尽量扬长避短。

比如，第一句陈译成辽阔的空间，而绿原译成远方，相比陈比绿更接近原意。我要找到一个与辽阔相对应的名词，斟酌再三，我选择了空旷，正好反衬出旗帜的孤独。第一段的四五行与别处相比是十分克制的，故我用了短句门轻关，烟囱无声；/窗不动，尘土还很重。为了避免两句过于对称，我采用了陈的译法尘土还很重，仔细体会，这个还字的确用得妙。最难译的其实还是第二段头一句我认出风暴而激动如大海，陈译得让人叫绝。接下来的几句从技术上处理更难。综合陈绿译本的好处，我译成我舒展开来又卷缩回去，/我挣脱自身，独自/置身于伟大的风暴中。孑然显得过于文绉绉的，但陈译的独个儿又太口语化了，我挑选了独自，似乎也不太理想。

把翻译顺一遍就几乎等于细读了。也许这回我们试着从整体上来把握。《预感》这首诗把自我物化成旗帜。第一段显然展示的是一种期待情绪，和题目"预感"相呼应。开篇好：我像一面旗帜被空旷包围，空旷与旗帜的对应，再用包围这个动词介入，造成一种奇特效果，有一种君临天下而无限孤独的感觉。接着是风暴到来前的寂静，是通过门、烟囱、窗和尘土这些细节体现的，那是"预感"的由来。第二段以我认出风暴而激动如大海与我像一面旗帜被空旷包围相呼应,更有气势更独具匠心。如果这一句压不住开篇那一句,整首诗就会呈颓势。随后两句借旗帜的舒卷暗示内与外的关系。结尾处我挣脱自身,独自的悖论式处理,指的是超越的自我,置身于伟大的风暴中。在里尔克看来,拯救世界的方法是将全部存在——过去的、现在的和将来的存在放进"开放"与"委身"的心灵,在"内心世界"中化为无形并永远存在。

俄国形式主义批评的代表人物之一维克多·什克洛夫斯基(Viktor Shklovsky)指出:"艺术之所以存在,就是为了使人恢复对生活的感觉,就是为了使人感受事物,使石头显出石头的质感。艺术的目的是要人感觉到事物,而不仅仅知道事物。艺术的技巧就是使对象陌生化,使形式变得困难,增加感觉的难度和时间的长度,因为感觉过程本身就是审美目的,必须设法延长。艺术是体验对象的艺术构成的一种方式,而对象本身并不重要。"《预感》和《秋日》一样,也突显了这种陌生化的效果。里尔克通过一面旗帜展示了诗人的抱负,而旗帜本身的孤独寂寞,是通过周围环境反衬出来的:诸如空旷、风、门、烟囱、窗、尘土及风暴,正是这一系列可感性的精确细节,延长了我们体验的过程。在这首诗中,反衬法就是一种陌生化。如果我让我的学生写一首关于旗帜的诗,他们多半只会去写旗帜本身,即质地颜色和飘扬状态。

最后值得一提的是《预感》这个题目起得好,与旗帜在风中舒展的过程同步,预感既悬而未决但又充满期待,强化了这首诗的神秘性。设想一下,如果题目叫"旗帜"就差多了。一首好诗的题目,往往不是内容的简单复述或解释,而是与其有一种音乐对位式的紧张。

陈译本标明的写作时间是1900年,而绿译本中却不然:写作日期不明,1902—1906年,或系1904年秋,瑞典。《预感》和《秋日》都收入《图像集》。

五

是因为你的内疚与它(恶魔般的妄想)绑在一起,自童年时代就已存在,当你还是个孩子时它就施加恶劣影响,甚至后来,我们被一种道德教化的内疚所折磨,它时而是以肉体惩罚的方式表现出来的。于是当我们长大成人,这种内疚侵入肉体的运行,并孕育了灾难。[1]

1875年12月4日,勒内·玛利亚·里尔克(Rainer Maria Rilke)出生于布拉格。父亲是个退役军官,在铁路公司供职。母亲来自一个富有家庭,她爱慕虚荣,渴望上流社会的生活。他们的婚姻生活并不幸福。

也许为了纪念在此前夭折的女儿,他被母亲当成女孩抚养,穿裙子烫头发抱娃娃,在性别错乱中一直长到七岁。但母亲整天做白日梦,很少关心他。他后来的成名,多少满足了母亲的虚荣心。里尔克写给初恋女友的信中,称他母亲是一个"追求享乐的可怜虫"。里尔克一方面讨厌母亲,一方面又继承了母亲的某些秉性,比如,他自认为是贵族后裔,一直设法证明自己的贵族血统。其实,里尔克的天才跟家族毫不沾边,祖先们都是农民军官房地产商,别说诗人,甚至连教师学者牧师都没有。

在天主教贵族小学毕业后,他被送进军事学校,以了父亲未遂之愿。里尔克一直认为,这段生活是他特有的痛苦经验的原型。他满腔怨恨地写道:"我童年时熬过的

---

[1] 1925年12月12日莎洛美致里尔克的信。

那邪恶可怕的五年残酷极了，没有一丝怜悯可言；可是，我到现在还记得当时我顽强地在里面找到了某种帮助。"

在那种学校拳头就是权力。里尔克后来追忆道："在我幼稚的头脑里我相信自制让我接近基督的美德，有一次我的脸被痛击时膝盖发抖，我对那个不义的攻击者——我至今还能听见——以最平静的声音说：'我受苦因为基督受苦，在无怨的沉默中，你打我，我祈祷我主宽恕你。'不幸的人群愕然立在那儿，然后跟他一起轻蔑地笑起来，与我绝望的哭声相连。我跑到最远的窗角，强忍住泪水，只让它们夜里滚烫地流淌，当男孩们均匀的呼吸在大宿舍里回响。"

1891年7月，他由于身体欠佳被除名离开了军事学校，终于脱离苦海。翌年春，他回到布拉格。当律师的叔父希望他能继承自己的事业。苦读三年，里尔克考上大学。开始他选了哲学系，半年后转修法学，但他对法学毫无兴趣。不久他决心放弃学业，打破束缚他自由发展的精神桎梏。他告别布拉格，搬到慕尼黑，专心于写作。1921年底，在他给一个瑞士年轻人的信中写道："为了在艺术上真正起步，我只得和家庭、和故乡的环境决裂，我属于这么一种人：他们只有在以后，在第二故乡才能检验自己性格的强度和承受力。"

里尔克文学起步时很平庸,且是个名利之徒。他到处投稿,向过路作家毛遂自荐,在一个权威前抬出另一个权威,并懂得如何跟出版商讨价还价。

1893年初,他在布拉格初次堕入情网。他写了大量情诗,并把第一部诗集《生活与歌》献给女友,这本诗集也是由她赞助出版的。两年半后,由于一次海边度假时的邂逅,他和女友分手了。三十年后,那位一直未婚而心怀怨恨的女友开始报复他:她出售当年里尔克写给她的信,并写文章辱骂他,说他是同性恋,长得奇丑无比等。

里尔克不久就全盘否定了《生活与歌》,甚至中止发行这部处女作。至于其他三部早期诗作《宅神祭品》、《梦中加冕》和《基督降临节》,他一生都还认为它们尚有几分存在的理由。他在1924年一封写给友人的信中,描绘了自己的青年时代:"我当时傻里傻气抛出那些一文不值的东西,是因为当时有一种不可遏制的愿望推动我,要向格格不入的环境表明我有权从事这种活动。我推出这些习作,别人便会承认我有这种权利。那时我最希望的是在社会中找到能助我一臂之力的人,跻身于精神运动之列。在布拉格，即使在比我所经历的更理想的情况下，我都感到自己被排挤在这类精神运动之外。我一生唯有这段时间不是在工作的范围中奋斗，而是以可怜的早期作品追求世人的承认。"

六

我陷入困境。首先是关于里尔克的数据浩繁无边，包括他无数诗作散文艺术随笔书信日记，还有关于他的多种传记和回忆录。我就像个初学游泳的人，在汪洋大海挣扎。而更困难的是，如何评价他一生的写作。

和里尔克相识是七十年代初，我从《世界文学》上初次读到冯至先生译的里尔克的诗，其中包括《秋日》。说实话，他并没有像洛尔迦那样让我激动，我们擦肩而过。人到中年重读里尔克，才终有所悟。他的诗凝重苍凉，强化了德文那冷与硬的特点，一般来说，这样的诗是排斥青年读者的，只有经历磨难的人才准许进入。

他的写作高峰无疑是巴黎时期，特别是从1902年到1907年这五年的时间。《秋日》和《豹》都写于这一时期。在我看来，《杜伊诺哀歌》和《献给奥尔甫斯十四行》的成就被人们夸大了，特别是在德语世界。

莎洛美（Lou Audreas-Salomé）一针见血地指出："上帝本身一直是里尔克诗歌的对象，并且影响他对自己内心最隐秘的存在的态度，上帝是终极的也是匿名的，超越了所有自我意识的界限。当一般人所接受的信仰系统不再为'宗教艺术'提供或规定可见的意象时，我们可以这样来理解，里尔克伟大的诗歌和他个人的悲剧都可以归因于如下事实：他要把自己抛向造物主，而造物主已不再具有客观性。"

要想理解里尔克，非得把他置于一个大背景中才行。他从早期的浪漫主义向中后期的象征主义的过渡，正好反映了现代性与基督教的复杂关系。按墨西哥诗人奥克塔维欧·帕斯（Octavio Paz）的观点，现代性是一个"纯粹的西方概念"，而且它不能与基督教分离，因为"它只有在这样不可逆的时间的思想中才会出现"。

现代性与基督教的紧张，可追溯到文艺复兴及整个启蒙时期，虽然权威原则在宗教内外都受到挑战，神学仍是传统的基石。十八世纪后半叶兴起的浪漫主义，则是反对启蒙时期理性主义的一场新古典主义运动。而尼采提出"上帝之死"，正是对千禧年周期结束前带宿命意味的悲叹。按帕斯的观点，上帝之死的神话实际上不过是基督教否定循环时间而赞成一种线性不可逆时间的结果，作为历史的轴心，这种不可逆时间导向永恒。但问题在于，"在作为一个线性不可逆进程的时间概念中，上帝之死是不可想象的，因为上帝之死敞开了偶然性和无理性的大门……尽管每一种态度的源泉都是宗教的，但这是一种奇怪而矛盾的宗教，因为它包含了宗教乃空虚的意识。浪漫派的宗教是非宗教的、反讽的；浪漫派的非宗教是宗教的、痛苦的。"

而从十九世纪中期起至二十世纪初，世俗化运动和基督教的对立，似乎是对上帝之死的进一步的肯定。其实无论如何离经叛道，大多数西方作家都延续着犹太—基督教的传统。"上帝之死"开启了宗教求索的新纪元，一种以自身为途的求索。

在这个大背景下，我们就比较容易理解里尔克的反叛与局限。他早期的浪漫主义对上帝之死这一主题的迷恋，到中晚期作品中对上帝之死的后果的探索，正反映了现代性在文学领域的嬗变，里尔克的诗歌与基督教的平行与偏离，最终导致一种乌托邦的新的宗教形式。他的二元性的信念是根深蒂固的，恰恰来自于基督教的心智结构。他的诗歌中反复出现的是二元对立的意象，诸如上帝／撒旦、天堂／地狱、死亡／再生、灵魂／肉体。换言之，他没有脱离基督教的话语系统，这从根本上影响了他在写作中的突破。而巴黎时期显然是他对这套话语系统的最大偏离，这与和莎洛美的恋情、俄国原始精神的感召、巴黎的世俗与厌世的对立，以及罗丹的言传身教有关。

七

> 如果说我是你那几年的妻子，那是因为你是我生活中第一个男人，肉体与男性是不可分割的，无疑是生活的本来面目。我可以用你曾向我表白时所说的话，一个字一个字向你坦白："只有你才是真的。"[1]

一个作家的命运往往是被一个女人改变的。1897年5月初，在一位朋友家喝茶时，里尔克结识了莎洛美。那年她三十六岁，比里尔克大十四岁。莎洛美是俄国将军

1　引自莎洛美（Lou Andreas-Salomé, *Looking Back: Memirs*）。

的女儿，在彼得堡冬宫附近官邸中长大，后出国求学，在意大利结识了当时尚未成名的哲学家尼采，尼采向她求爱，被拒绝了。他向朋友们这样描述莎洛美："目锐似鹰，勇猛如狮，尽管如此，还是个孩子气的姑娘"，"是目前我所认识的最聪明的人。"除了尼采的母亲和姐妹，莎洛美无疑是他一生中最重要的女人。后来莎洛美和弗洛伊德又成为好朋友。

莎洛美的丈夫安德里斯（Friedrich Carl Andreas），经过多年的冒险旅行后成为柏林大学东方语言系的讲师。当着莎洛美的面，他用匕首刺进自己胸膛，险些致命。在死亡威胁下，莎洛美同意和他结婚，但有言在先。从新婚之夜到安德瑞斯死去的四十三年中，她一直拒绝与丈夫同床。

里尔克一见到莎洛美就堕入情网。他在头一封信中写道："亲爱的夫人，昨天难道并非是我享有特权和你在一起的破晓时光？"在猛烈的词语进攻下，一个月后，莎洛美投降。整整三年，莎洛美成为他生活的中心。

莎洛美在她的回忆录中写道："尽管我们邂逅于社交场合，但从那以后我们俩就生活在一起，把自己的一切都交给了对方。""后来，里尔克紧随他的目标，即追求艺术的完美。很明显，为了达到目标，他付出了内心和谐的代价。从最深刻的意义上来说，这种危险毫无疑问存在于所有艺术努力之中，而且跟生活是敌对的。对于里尔克而言，这种危险更加严重，因为他的才华被转而用来对那些几乎无法表达的东西做出抒情性的表达，最终目的是要通过他的诗歌的威力说出那些'无法说出的东西'。"

认识莎洛美后，里尔克的改变是不可思议的，从对风景气候动植物的感知到身体上的需求。比如，他开始喜欢素食，跟莎洛美在林中光脚散步。在这一切之上，沙洛美给予他的是安全感和真正自信。从两件事上可以看出，爱情穿透得有多么深：其一，在莎洛美鼓励下，他从此把名字按照德文拼法，完成了对自我的重新命名；其二，他的书写体大变，有一种老式的优雅。他们于1901年曾一度中断通信，大约两年半后，即1903年6月他俩又恢复通信。里尔克在信中写道："谁知道我会不会在最黑暗的时刻到来呢？"此后，里尔克和她的关系从顶礼膜拜转为相敬如宾，友谊持续了一生。

和莎洛美紧密相联的是两次俄国之行。1899年春，里尔克和莎洛美夫妇一起从柏林抵达莫斯科。到达后第二天晚上，他们见到了列夫·托尔斯泰，一起在克里姆林宫庆祝复活节之夜。五年后，里尔克写信给莎洛美："我有生以来只经历过这一次复活节，那是个漫长、不寻常、令人战栗而振奋的夜晚，街上挤满人群，伊凡·维里奇（克里姆林宫的钟楼）在黑暗中敲打我，一下又一下。这就是我的复活节，我想人生有此一次足矣。在莫斯科之夜，我得到那信息及非凡的力量，它进入我的血液和心灵。"

他们还认识了俄国画家列昂尼德·帕斯捷尔纳克（Leonid Pasternak），他是诗人鲍里斯·帕斯捷尔纳克（Boris Pasternak）的父亲。那时鲍里斯只有十岁，他跟父亲在火车站遇见莎洛美和里尔克，他们搭乘同一列火车。在他父亲的安排下，莎洛美和里尔克中途下车，去拜访托尔斯泰。帕斯捷尔纳克后来非常推崇里尔克，把他的诗译成俄文。

首次俄国之行只是走马观花。1900年5月7日，第二次俄国之行开始了，这次只有他们俩。为了这次旅行，他们做了大量的准备工作。与第一次相比，这次旅行丰富多了。他们专程到图拉（Tula）去拜访托尔斯泰；去基辅（Kiev）参观名胜古迹，加入宗教游行队伍；乘船沿伏尔加河漂流，看望他曾翻译过的农民诗人。里尔克作了如下描述：

"在伏尔加河上,在这平静地翻滚着的大海上,有白昼,有黑夜,许多白昼,许多黑夜。……原有的一切度量单位都必须重新制定。我现在知道了:土地广大,水域宽阔,尤其是苍穹更大。我迄今所见的只不过是土地、河流和世界的图像罢了。而我在这里看到的则是这一切的本身。我觉得我好像目击了创造;寥寥数语表达了一切存在,圣父尺度的万物……"他在1903年8月15日致莎洛美的信中声称:"我赖以生活的那些伟大和神秘的保证之一就是:俄国是我的故乡。"

八

豹

(在巴黎植物园)

他因望穿栅栏
而变得视而不见。
似有千条栅栏在前
世界不复存在。

他在健步溜达
兜着最小的圈子。
如中心那力的舞蹈,
伟大的意志昏厥。

眼睑偶尔悄然
张开——一个影像进入
贯穿四肢的张力——
到内心,停住。

似乎有必要把参照的两种译本抄录在下,有助于展开关于翻译的讨论:

扫过栅栏的他的视线,
逐渐疲乏得视而不见。
他觉得栅栏仿佛有千条,
千条栅栏外不存在世界。

老在极小的圈子里打转,
壮健的跨步变成了步态蹒跚;

犹如力的舞蹈，环绕个中心，
伟大的意志在那里口呆目惊。

当眼睑偶尔悄悄地张开，
就有个影像进入到里边，
通过四肢的紧张的寂静，
将会要停留在他的心田。

陈敬容 译

他的视力因栅木晃来晃去
而困乏，什么再也看不见。
世界在他似只一千根栅木
一千根栅木后面便没有世界。

威武步伐之轻柔的移行
在转着最小的圆圈，
有如一场力之舞围绕着中心
其间僵立着一个宏伟的意愿。

只是有时眼帘会无声

掀起——。于是一个图像映进来，
穿过肢体之紧张的寂静——
到达心中即不复存在。

绿原 译

说实话，这两个译本都让我失望。陈的形式上工整破坏了中文的自然节奏，显得拗口，以致于会产生这样的句式：千条栅栏外不存在世界、壮健的跨步变成了步态蹒跚。还有伟大的意志在那里口呆目惊。相比之下，绿原的译本较好，但也有败笔。比如，威武步伐之轻柔的移行/在转着最小的圆圈，/有如一场力之舞围绕着中心/其间僵立着一个宏伟的意愿。首先两个"之"的用法破坏了总体上口语化的效果，轻柔的移行其实就是溜达，而僵立着一个宏伟的意愿显然是误导，原意是昏厥、惊呆。结尾处到达心中即不复存在就更是错上加错。参照英文译本，我压缩了中文句式，尽量使其自然顺畅。

《豹》写于1902年11月，仅比《秋日》晚两个月，收入1907年出版的《新诗集》中。据作者自己说，这是他在罗丹影响下所受的"一种严格的良好训练的结果"。罗丹曾督促他"像一个画家或雕塑家那样在自然面前工作，顽强地领会和模仿"。本诗的副标题"在巴黎植物园"就含有写生画的意味。

开篇表明困兽的处境：他因望穿栅栏／而变得视而不见。／似有千条栅栏在前／世界不复存在。用人称代词"他"有作者自喻的意味，豹是作者的物化。"千条栅栏"用得妙，是从豹的眼中看到那遮挡世界的无尽的栅栏。在这里栅栏不再是静止的，随困兽的行走而滚动延伸。而栅栏这一隐喻代表着虚无，故世界不复存在。一般来说，隐喻是纵向的，是在与望穿、视而不见和世界不复存在的关联中展现自身的。

第二段第一句健步与溜达的对立，而兜着最小的圈子加剧了这内在的紧张，与伟大的意志昏厥相呼应。中心既是舞台的中心，又是作者内在的中心，是内与外的契合点。在我看来，力的舞蹈是这首诗的败笔，因过度显得多余；伟大的意志昏厥则是这首诗的高光点，由内在紧张而导致的必然结果。按雅各布森所说的横向组合轴来看，力和舞蹈显然是陈词滥调，伟大的意志与昏厥之间则有一种因撞击而产生火花的奇特效果。幸好有了这不同凡响的后一句，才得以弥补前一句的缺憾。

第三段是全诗的高潮：眼睑偶尔悄然／张开——一

个影像进入／贯穿四肢的张力——／到内心，停住。显然与开篇他因望穿栅栏／而变得视而不见，与第二段伟大的意志昏厥相呼应。在昏厥之后，眼睑偶尔悄然张开意味着那清醒的瞬间。接着是一连串动词的巧妙运用，从一个影像进入，于是贯穿四肢的张力最后到内心，停住，戛然而止。原文中动词比贯穿生动，有滑动穿过之意，而张力指的是静止中的紧张，即静与动的对立。影像到底是什么？显然是外部世界的影像，当它最后抵达内心时停住，暗示着恐惧与死亡。

九

任何人如果在内心深处看到这情景都会明白：要减缓里尔克在终极意义上的孤独感，我们所能做的是多么微乎其微。只在一瞬间，他能亲手阻断这种孤独感与幻象之间的联系。那是在高山之巅，他防护着自己免于走向深渊，因为他就是从那深渊里出来的。那些看着这情景的只能听之任之，虔诚但无力。[1]

---

1 引自莎洛美（Lou Andreas-Salomé, *Looking Back: Memirs*）。

在长篇小说《马尔特纪事》到《杜伊诺哀歌》的十多年时间，里尔克只出版了一本小册子《玛利亚的一生》。里尔克的创作与生活出现全面危机。他在写给莎洛美的信中缅怀最美好的巴黎时期，即《新诗集》的时期，那时他的写作如泉涌，不可遏制。"现在我每天早上睁开眼睛，一边肩膀总是冰凉的。我做好了创作的一切准备，我受过如何创作的训练，而现在却根本没有得到创作的委托，这怎么可能呢？我是多余的吗？"尤其是第一次世界大战的后三年，他几乎在文坛销声匿迹。

1910年他和塔克西斯侯爵夫人（Marie Taxis）的相识，对他的余生举足轻重。侯爵夫人不仅是他的施主，也是他由衷钦佩的女性。他们经常见面的地点，是现在意大利境内亚得里亚海边的杜伊诺（Duino）城堡，那是侯爵夫人的领地之一。1910年4月20日，里尔克第一次到杜伊诺小住，他惊叹这宏伟的宫殿与壮丽的景观。1911年10月他重返杜伊诺，一直住到第二年5月。

有一天，他为回复一封讨厌的信而心恼，于是离开房间，信步朝下面的城堡走去。突然间，狂风中似乎有个声音在向他喊叫："是谁在天使的行列中倾听我的怒吼？"他马上记下这一句，一连串诗行跟进。他返回自己房间,到晚上第一首哀歌诞生了。不久,第二首哀歌以及其他几首的片断涌现,"晚期的里尔克"登场了。经过数年挣扎,他于1915年11月完成了第四首哀歌,接着是长达六年的沉默。

他后来在给朋友的信中回首在第一次世界大战期间他的状态:"战争期间,确切地说出于偶然,我几乎每年都在慕尼黑,等待着。一直在想:这日子一定会到头的。我不能理解,不能理解,还是不能理解!"他遇到前所未有的创作危机,他不得不终日伏案,博览群书。1914年夏,荷尔德林(Johann Holderlin)诗集的出版让他欣喜若狂,他那一时期的写作留下明显的荷尔德林的痕迹。

第一次世界大战结束后不久,他来到瑞士,这里的好客和宁静让他感动,他再也没有踏上德国的土地。瑞士成了他的又一个故乡。

1921年春,他深入研究了法国文学,特别是迷上了瓦雷里。瓦雷里在艺术上的完美让他激动。他写道:"当时我孑然一身,我在等待,我全部的事业在等待。一天我读到瓦雷里的书,我明白了:自己终于等到了头。"他开始把瓦雷里的诗翻译成德文。而瓦雷里以同样的情感报答了里尔克。1924年4月,他拜访了里尔克,里尔克还在他当时居住的城堡种了一棵柳树，以致纪念。1926年9月13日，即在里尔克逝世前不久，他们还在日内瓦湖畔相聚。

1921年6月底，在一次漫游途中，他来到慕佐（Muzot），一下子就爱上了这瑞士山间的小镇，并决定在这里定居。东道主帮他租下一栋小楼，里尔克很快就搬进去。慕佐成了他一生中最后的避风港。随后几个月，他几乎没离开慕佐一步，等待着那最伟大的时刻再次降临。同年11月，他在给友人的信中写道，他必须像戒斋一样"戒信"，以节省更多的精力工作。

这一伟大的时刻终于到来了。1922年2月2日到5日，二十五首十四行诗接踵而至，后来又增补了一首，完成了《献给奥尔甫斯十四行》的第一部分。紧接着，2月7日到11日，《杜伊诺哀歌》第七至第十首完稿。14日，第五首哀歌被另一首精品取代，于是《杜伊诺哀歌》珠联璧合。其源泉并未到此停歇，奥尔甫斯的主题仍萦绕在心头，从2月15日到23日，他又完成《献给奥尔甫斯十四行》的第二部分共二十九首。此外，还有若干短诗问世。

2月11日他在给杜伊诺女主人的信中欢呼："终于，

侯爵夫人，终于，这一天到来了。这幸福，无比幸福的一天呵。我可以告诉您，哀歌终于大功告成了，一共十首！……所有这些哀歌是在几天之内一气呵成的。这是一股无以名状的狂飙，是精神中的一阵飓风（和当年在杜伊诺的情形相仿），我身上所有的纤维，所有的组织都咔咔地断裂了——根本不吃饭，天知道是谁养活了我。"他在1925年给波兰文的译者写道："我觉得这确实是天恩浩荡：我一口气鼓起了两张风帆，一张是小巧的玫瑰色帆——十四行诗，另一张是巨大的白帆——哀歌。"

1922年被称为现代派文学的"神奇之年"，里尔克的这两组诗与艾略特的《荒原》、瓦雷里的《幻美集》、巴列霍的长诗《特里尔塞》以及乔伊斯的《尤利西斯》一起问世。

十

行文至此，我对开篇时对两首长诗的偏激做出修正，这与我重新阅读时被其中的某些精辟诗句感动有关。但无论如何，我仍偏爱里尔克的那几首短诗。在某种意义上，一个诗人对另一个诗人的某种排斥往往是先天的，取决于气质和血液。总体而言，我对长诗持怀疑态度，长诗很难保持足够的张力，那是诗歌的奥秘所在。

这并非仅仅是个人好恶的问题，也许值得再回到西方诗歌的大背景中来考察里尔克。在德语诗歌中有一条由克洛普斯托克、歌德、席勒到荷尔德林将哀歌与赞歌相结合的传统，里尔克正是这一传统的继承者。他特别受到荷尔德林的影响。荷尔德林由于疯狂而独树一帜，先知先觉，极力偏离德语诗歌的正统轨道。里尔克对荷尔德林情有独钟，是他懂得这偏离的意义，他试图在这条路上走得更远。在这一传统链条上，《杜伊诺哀歌》和《献给奥尔甫斯十四行》在德语诗歌中的重要地位是不容置疑的。

问题在于，我在前面提到西方基督教的传统以外，还有一个所谓的以希腊理性精神为源头的逻各斯传统，而西方诗歌一直是与这一传统相生相克相辅相成的。自《荷马史诗》以来，由于其他文类的出现，诗歌的叙事性逐渐剥离，越来越趋于抒情性及感官的全面开放。但植根于西方语言内部的逻各斯成为诗人的怪圈，越是抗拒就越是深陷其中不能自拔。到了二十世纪，更多的西方诗人试图摆脱这个怪圈，超现实主义就是其中重要的一支，他们甚至想借助自动写作来战胜逻各斯的阴影。

敏感的里尔克从荷尔德林那儿学到的是这种怀疑精神。他的第四首哀歌，是在阅读刚出版的荷尔德林诗集后完成的。这首诗反的正是柏拉图和基督教的基本精神。里尔克越来越坚定地认为，必须扬弃自然与自由之间的区别。人应该向自然过渡，消融在自然里，化为实体中的实体。

1912年1月12日，即他刚刚开始进入《杜伊诺哀歌》时，他一封从杜伊诺寄出的信中写道："我在不同的时期有这种体会：苹果比世上其他东西更持久，几乎不会消失，即使吃掉了它，它也常常化成精神。原罪大概也是如此（如果曾有原罪的话）。"

他的好朋友在里尔克和侯爵夫人的通信集的导言中特别提了这席话，并做了如下评述："一切都应是精神的，一切都应是苹果……理解和品尝之间应毫无区别。正如艺术中图像与本质毫无区别一样。归根结底，不应有什么逻各斯，居于理解和品尝之间，不溶化在舌尖上，正是为了不溶化在舌尖上而存在的逻各斯。里尔克生逻各斯的气，生不像水果的滋味那样溶化在舌尖上的逻各斯的气，生耶稣基督的气。尼采断言：怨恨是随着基督教一起来到世上的……"

反过来说，里尔克的局限也恰恰在于此。由于他的家庭环境、教育背景、人生阅历，都注定了他反抗的局限。特别应该指出的是，他为上流社会所接受并得其庇荫，势必付出相当大的代价。他必须知道如何和上流社会打交道，深谙他们的语言和教养，其大量的书信正反映了这一点。他行文睿智幽默，寓于一种贵族式的优雅中。相比之下，后继的德语诗人保尔·策兰（Paul Celan），由于其边缘化的背景和苦难的历程，在对逻各斯的反叛与颠覆上，他比里尔克成功得多。

如果说《杜伊诺哀歌》是里尔克试图打造的与天比高的镜子，那么《献给奥尔甫斯十四行》就是他在其中探头留下的影像，他想借希腊神话中的歌手奥尔甫斯反观自己肯定自己。《杜伊诺哀歌》包罗万象而显得空洞浮华，相比之下，《献给奥尔甫斯十四行》在不经意中更自由，也由于形式局限更克制。

与逻各斯话语相对应的是形式上的铺张扬厉及雄辩口气，这在《杜伊诺哀歌》中特别明显。里尔克在其中扮演的是先知，他呼风唤雨，"敢上九天揽月，敢下五洋捉鳖。"由于篇幅限制，我们就不在此多说了。

十一

> 我自己也在悄悄跟你的那种宿命感较量,没能得出任何结论。我知道,诗人一方面受到命运的加冕和垂顾,另一方面却被命运的轮子碾得粉身碎骨。他天生要承受这种命运。[1]

从《杜伊诺哀歌》和《献给奥尔甫斯十四行》那疯狂的2月以后,大概由于过度消耗,里尔克的健康开始走下坡路。他感到极度疲倦,嗜睡,体重明显下降。他不得不求助医生,一再去疗养院治疗。

1924年初他重访巴黎,住了七个月,直到8月才离开。这对他来说是几乎是他一生中最快乐的时光。四分之一世纪以前,他是一个默默无闻的诗人,为写一本关于罗丹的专著来到巴黎,如今他功成名就,巴黎笔会俱乐部为他举办招待会,贵夫人争相请他去做客。更重要的是,他想写的作品已经完成。

1　引自莎洛美(Lou Andreas-Salomé,*Looking Back: Memirs*)。

里尔克的健康状况越来越坏。1926年10月,在采摘玫瑰时,他被玫瑰刺破左手而引发急性败血症,更加剧了病情。他整日卧床,备受痛苦煎熬。11月30日起,为了迎接死亡,他拒绝再用麻醉剂,闭门谢客。12月13日,他在给莎洛美最后的信中写道:"你看,那就是三年来我警觉的天性在引导我警告我……而如今,鲁,我无法告诉你我所经历的地狱。你知道我是怎样忍受痛苦的,肉体上以及我人生哲学中的剧痛,也许只有一次例外一次退缩。就是现在。它正彻底埋葬我,把我带走。日日夜夜!……而你,鲁,你俩都好吗?多保重。这是岁末一阵多病的风,不祥的风……"他最后用俄文写下"永别了,我亲爱的"。1926年12月29日凌晨三时半,里尔克安静地死去。按照他的意愿,他被埋葬在一个古老教堂的墓地中。墓碑上刻着他自己写的墓志铭:

> 玫瑰,纯粹的矛盾,乐
> 为无人的睡梦,在众多
> 眼睑下。

Paul Celan
策兰

是石头要开花的时候了

一

"首先请原谅我未给你写信。我并没理由。"他接着写道,他是"属于闪米特族的犹太人……是的,我们学校正在反犹,关于这我可以写一本三百页的巨著……我今天没上学,因为昨天我在冰上跌倒,自作聪明地把背摔伤了"。

这是保尔·安切尔(Paul Antschel)1934 年 1 月写给姑妈的信,即他十三岁施犹太教成人礼后不久。他姑妈刚移居到巴勒斯坦。这是他留下的最早的文字。在"二战"结束后,他改名为保尔·策兰(Paul Celan)。

1920 年 11 月 23 日,策兰出生在罗马尼亚切尔诺维茨(Czernowitz,现乌克兰境内),位于奥匈帝国最东端。在他出生两年前,哈伯斯堡王朝寿终正寝,主权归罗马尼亚。那里语言混杂，人们讲乌克兰语、罗马尼亚语、德语、斯瓦比亚语和意第绪语。镇上十万居民中近一半是犹太人，他们称该镇为"小维也纳"。

德语是策兰的母语。他母亲温文尔雅，热爱德国文学，特别强调要讲标准德语（High German），以区别当地流行的德语。策兰说过："我们在家只讲标准德语，不幸的是，方言对我来说很隔膜。"他父亲曾当兵负过伤，信奉东正教并热衷犹太复国主义。六岁那年，他从德语小学转到希伯来语小学，后来又进了国立小学，但家里一直请人教他希伯来语。父亲在他诗中的缺席，多少反映了他们关系的疏远。

成人礼后，策兰不再学希伯来语，并脱离犹太复兴运动。当收音机里传来希特勒的叫嚣时，他加入一个以犹太人为主的反法西斯青年组织，在油印刊物《红色学生》上发表文章。1936年西班牙内战期间，他为共和派募捐，并参加示威游行。后来虽放弃了共产主义，但对社会主义无政府主义一直有特殊的感情。

策兰在文学上没有那么激进。他读歌德、海涅、席勒、荷尔德林、特拉克尔、尼采、魏尔伦、兰波、卡夫卡等人的作品。他特别钟爱里尔克。一个同学还记得，他们俩到乡间散步,躺在树荫下,策兰背诵里尔克的诗。

策兰年轻时很帅。一个朋友这样描述他:"身材修长,黑发黑眸,一个不苟言笑具有诗人气质的英俊小伙儿……他比较沉默,杏仁脸……嗓音悦耳温柔……声调抑扬顿挫。他幽默犀利尖刻,又往往和蔼可亲。"

父母本来盼儿子能成为医生,但罗马尼亚医学院给犹太人的名额极少。1938年春策兰高中毕业时,德国军队进军维也纳。父亲打算攒钱移民,而策兰渴望继续读书,得到母亲支持。1938年11月9日,他动身去法国上医学预科,火车经柏林时,正赶上纳粹对犹太人的第一次大屠杀。他后来回首那一刻:"你目睹了那些烟/来自明天。"那是欧洲犹太人生活终结的开始。

他在巴黎看望了想当演员的舅舅,并遇见大批西班牙难民。他对先锋艺术的兴趣超过了医学。就在那一年,布鲁东、艾吕雅和杜尚等人在巴黎举办国际展览,把超现实主义运动推向高潮。

1939年夏策兰回到家乡,改行学浪漫主义哲学。1939年9月,罗马尼亚把部分土地割给苏联,1940年6月,苏军占领切尔诺维茨。策兰不得不学习俄语和乌克兰语。一位乌克兰老师在课上,背诵叶赛宁和隐去姓名的曼德尔施塔姆的诗。

1941年6月22日，希特勒大举入侵苏联。策兰的朋友不是和俄国人一起逃难，就是被苏军征兵入伍。罗马尼亚加入轴心国，对犹太人的迫害比纳粹还残暴。1941年7月5日和6日，切尔诺维茨被轴心国占领。罗马尼亚军人和警察协助德国人，试图抹去犹太人六百年的存在。他们烧毁犹太寺院，强迫佩戴黄星标志，一昼夜屠杀了包括社区领袖在内的三千人，把犹太人赶进隔离区，随后再把其中十万人送往集中营。隔离区的条件可想而知，四五十个人挤在一个小单元里。但据策兰的朋友回忆，那六七个星期的隔离经验并非那么可怕，大家同甘共苦，讲故事，唱意第绪语歌。策兰甚至还在翻译莎士比亚十四行诗。

1941年秋，由于好心的市长，策兰一家得到许可离开隔离区，暂时逃脱被遣送的命运。策兰把黄星标志藏起来，冒着风险到公园散步。好景不长。1942年6月，省长下达驱逐犹太人的指示。6月6日和13日接连两个星期六，弧光灯照亮夜空，盖世太保和本地宪兵把犹太人赶到街上，押上卡车，开到火车站，再塞进装牲口的车厢。

1942年6月27日，按策兰的朋友蕾克娜（Ruth Lackner）的说法，她为策兰在化妆品工厂找到藏身处。策兰催父母帮他想办法躲藏，母亲说："我们逃脱不了我们的命运。毕竟有很多犹太人在特朗斯尼斯蒂尔（Transnistria）集中营了。"（她无从知道那儿三分之二犹太人已经死去。）策兰在和父亲口角后愤然离去。据另一个朋友回忆，策兰的父母让他躲到外面。那个星期六晚上，他和策兰到另一个朋友家，由于宵禁留下过夜。第二天策兰回家，人去楼空，门上贴着封条。

父母被送往集中营后，策兰进了劳改营，在离家四百公里的地方干苦力。他在给蕾克娜的信中写道："你写信让我不要绝望。不，茹丝，我不绝望。但我母亲让我很痛苦。最近她病得很重，她一定惦记我，甚至没道别我就离开了，也许是永别。"他在另一封信中说："我目睹我自己的生活变得苦不堪言，但最终成为正直忠诚的人性之路，我将一如既往地追寻。"

使策兰一举成名的《死亡赋格》写于1944年春。他的朋友还记得，一天早上，在大教堂的铁栏杆旁，策兰为他朗诵了这首诗。后来策兰在此诗后标明"布达佩斯，1945年"。有可能是他在家乡写成初稿，1945年4月移居布加勒斯特最后完成的。1947年5月,《死亡赋格》发表在罗马尼亚文刊物《同时代》上。罗马尼亚文译者索罗蒙(Petre Solomon)写道:"我们发表译文的原作,是基于一个事实。在鲁比林(Lublin),如其他众多'纳粹死亡营'一样,当别人掘墓时,一组赴死的人被迫唱怀旧的歌。"

《死亡赋格》是他第一首公开发表的诗作,不是德文,而是罗马尼亚文译本。他第一次写下自己的新名字:保尔·策兰。

二

死亡赋格

清晨的黑牛奶我们傍晚喝
我们中午早上喝我们夜里喝
我们喝呀喝
我们在空中掘墓躺着挺宽敞
那房子里的人他玩蛇他写信
他写信当暮色降临德国你金发的马格丽特
他写信走出屋星光闪烁他吹口哨召回猎犬

他吹口哨召来他的犹太人掘墓
他命令我们奏舞曲

清晨的黑牛奶我们夜里喝
我们早上中午喝我们傍晚喝
我们喝呀喝
那房子里的人他玩蛇他写信
他写信当暮色降临德国你金发的马格丽特
你灰发的舒拉密兹我们在空中掘墓躺着挺宽敞
他高叫把地挖深些你们这伙你们那帮演唱
他抓住腰中手枪他挥舞他眼睛是蓝的
挖得深些你们这伙用锹你们那帮继续奏舞曲

清晨的黑牛奶我们夜里喝
我们中午早上喝我们傍晚喝
我们喝呀喝
那房子里的人你金发的马格丽特
你灰发的舒拉密兹他玩蛇

他高叫把死亡奏得美妙些死亡是来自德国的大师

策兰

他高叫你们把琴拉得更暗些你们就像烟升向天空
你们就在云中有个坟墓躺着挺宽敞

清晨的黑牛奶我们夜里喝
我们中午喝死亡是来自德国的大师
我们傍晚早上喝我们喝呀喝
死亡是来自德国的大师他眼睛是蓝的
他用铅弹射你他瞄得很准
那房子里的人你金发的马格丽特
他放出猎犬扑向我们许给我们空中的坟墓
他玩蛇做梦死亡是来自德国的大师

你金发的马格丽特
你灰发的舒拉密兹

我手头上有两个中译本,一个是钱春绮译的《死亡赋格曲》,另一个是王家新和芮虎合译的《死亡赋格》。我对这两种译本都不满意,最主要的是它们失去原作那特有的节奏感。我决定自己试试。我参照的三种英译本,一个是最流行的汉伯格(Michael Hamburger)的译本,一个是美国诗人罗森伯格（Jerome Rothemburg）的译本，另一个是费尔斯蒂纳（John Felstiner）的译本。这首诗至少有十五种英译本。

由于篇幅所限，只能从钱译本和王／芮译本各选某些片断。先来看第一段：

清晨的黑牛奶，我们在晚上喝它
我们在中午和早晨喝它我们在夜间喝它
我们喝喝
我们在空中掘一座坟墓　睡在那里不拥挤
一个男子住在屋里他玩蛇他写信
天黑时他写信回德国你的金发的玛加蕾特
他写信走出屋外星光闪烁他吹口哨把狗唤来
他吹口哨把犹太人唤出来叫他们在地上掘一座坟墓
他命令我们奏舞曲

钱春绮 译

清晨的黑色牛奶我们在傍晚喝它
我们在正午喝在早上喝我们在夜里喝

我们喝呀我们喝

我们在空中掘一个墓那里不拥挤

住在那屋里的男人他玩着蛇他书写

他写着当黄昏降临到德国你的金色头发呀
玛格丽特

他写着步出门外而群星照耀他

他打着呼哨就唤出他的狼狗

他打着呼哨唤出他的犹太人在地上让他们掘个坟墓

他命令我们开始表演跳舞

王家新 / 芮虎 合译

相比之下，王 / 芮译本前三句比钱译本好，但紧接着就乱了方寸。我们在空中掘一个墓 那里不拥挤显然是步钱译本的后尘：我们在空中掘一座坟墓 睡在那里不拥挤。它们越到后面就越拖沓：他吹口哨把犹太人唤出来叫他们在地上掘一座坟墓（钱译）；他打着呼哨唤出他的犹太人在地上让他们掘个坟墓（王 / 芮合译）。

再来看看倒数第三段：

他叫　把死亡曲奏得更好听些死神是来自德国的大师

他叫　把提琴拉得更低沉些　这样你们就化作烟升天

这样你们就有座坟墓在云中　睡在那里不拥挤

钱春绮 译

他叫道更甜蜜地和死亡玩吧死亡是从德国来的大师

他叫道更低沉一些现在你们拉你们的琴尔后你们就会

化为烟雾升在空中

尔后在云彩里你们就有一个坟在那里不拥挤

王家新／芮虎 合译

在此处，王／芮译本显然远不如钱译本，把诗歌降到连散文都不如的地步，对了解像策兰这样的语言大师的中国读者，不能不说是一种遗憾。中文其实是特别适于翻译的语言。比如，关于题目《死亡赋格》，英译者因所属格而头疼，而中译却很自然。中文没有拼音文字的

"语法胶"（grammatical glue），故灵活多变，左右逢源，除造词和双关语难以应付外，几乎无所不能。策兰的写作，在某种意义上是抵抗翻译的，而《死亡赋格》却以罗马尼亚文译本问世。

这首诗原题为《死亡探戈》，策兰在罗马尼亚文译本发表后改成《死亡赋格》。让人想到巴赫晚期重要的代表作之一"赋格的艺术"。赋格一词来自拉丁文 fuga（即幻想的飞行），是一种在中世纪发展起来的复调音乐，在巴赫手中变得完美。赋格建立在数学般精确的对位法上，其呈示部或主题，总是被模仿呈示部的发展的"插曲"（称为对句）打断。呈示部往往较短，与其他对句唱和呼应，循环往复。

据说，在奥斯威辛司令官的住宅常传出巴赫的赋格曲（死亡是来自德国的大师）。1944 年，苏联作家西蒙诺夫（Kanstantin Simonov）在他的报告文学中，记述了某个纳粹集中营的日常生活："许多高音喇叭播放震耳欲聋的狐步舞和探戈。从早上到白天，从傍晚到夜里一直喧嚣不停。"

整首诗没有标点符号，突出了"音乐性"，使语言处于流动状态。作者采用了"对位法"，以赋格曲的形式展开这首诗。清晨的黑牛奶是主题，它短促醒目，贯穿全诗。由它在其他声部发展成不同的对句，重叠起伏，互相入侵。以黑牛奶这一极端意象开篇，并作为主格，显得尤为荒诞：作为人类生命之源的牛奶却是黑的。清晨的黑牛奶我们傍晚喝／我们中午早上喝我们夜里喝／我们喝呀喝，让人想起《旧约圣经》中《创世记》的开篇："上帝称光为昼，称暗为夜。有晚上有早晨，这是头一日……上帝称空气为天，有晚上有早晨，是第二日……"一直命名到第七日。《死亡赋格》的主题，显然戏仿《创世记》对时间的命名过程，而黑牛奶改变了这命名的神圣性，似乎在以上帝之声反驳圣言。

驱动这首诗的节奏感单调而紧迫，像个破旧钟表，与时间脱节但却在奔忙，死亡即发条。若译者找不到这节奏感，就等于把钟表砸了，只剩下破零件。

在他和我们之间，有一种对应关系。他——在房子里、玩蛇、写信、吹口哨、做梦、放出猎犬；我们——喝黑牛奶、奏舞曲、在空中掘墓。其实，他和我们在同一个地方，使用同一种语言，对音乐有相似的趣味。但他拥有一种绝对的权力：死亡是来自德国的大师。

诗中出现了两位女性。金发的马格丽特是德国浪漫主义的典型，与歌德《浮士德》的女主角同名。而灰发的舒拉密兹则代表了犹太人。在犹太圣经的《索罗门之歌》（又称《歌中歌》）中，舒拉密兹是个黑发女仆。在逾越节读经时，她成为犹太人重返家园的保证。这两个名字并置诗中，但又被行隔开。尤其全诗以此结尾，暗示着其命运相连，但不可和解。而灰发的舒拉密兹，这纳粹试图抹去的古老的犹太象征，保留最后的发言权，却以特有方式保持沉默。

读者或许会注意到，死亡是来自德国的大师是在《死亡赋格》过半时才出现的，接连重复了四次。第一次是在他高叫把死亡奏得美妙些之后，显然和音乐演奏有关。在我看来，这是对艺术本质的置疑：音乐并不妨碍杀人，甚至可为有良好音乐修养的刽子手助兴。也许《死亡赋格》正是对阿多诺（Theodore Adorno）那句名言的响应，阿多诺在《文化批评与社会》（1949年）一文中写道："在奥斯威辛以后写诗是野蛮的。"他后来撤回了这个说法。

我前两天去斯坦福大学朗诵，和策兰的传记作者费尔斯蒂纳（John Felstiner）教授共进早餐。在教授的建议下，我们早餐后跟着去听他的课。那是一个相当现代化的阶梯教室,讲坛上放着三角钢琴。我们到得早。学生们开始陆续出现,睡眼惺忪。扩音器播放着策兰自己朗诵《死亡赋格》的录音带,声调急促但克制,有时干巴巴的,有时刺耳。我只听懂了一个德文词"德国"。死亡是来自德国的大师。教授把他的中国助教介绍给我们,她已拿到博士学位,正在找工作。死亡是来自德国的大师。教授正做上课前最后的准备,用投影机把一张画投到墙上。死亡是来自德国的大师。策兰的声音在空旷的教室回荡:死亡是来自德国的大师。

三

1945年4月下旬,策兰搭乘一辆苏军卡车离开切尔诺维茨,前往布加勒斯特。切尔诺维茨重新落到苏联手中。他告别了家乡和童年,随身只带着几本好书和自己的诗稿(可能包括《死亡赋格》),还有关于父母的记忆。

到布加勒斯特后,他通过一个来自家乡的犹太诗人,在一家名叫"俄文书"的出版社找到工作。他阅读稿件,把俄国文学译成罗马尼亚文。此前他已有丰富的翻译经验:自幼起就试着就把英法俄文诗译成德文,把马克思著作译成罗马尼亚文，从劳改营回来后在一家乌克兰报纸做翻译。翻译对他如同跨越边界，在异地他乡寻找身份认同。当他译的俄文名著出版并受到好评，他骄傲地对朋友说："要是我妈妈活着看见它就好了！我觉得她有时对我没信心。"

从 1945 年 4 月到 1947 年 12 月，策兰在布加勒斯特住了将近两年，是他人生的重要过渡：战后的轻松气氛和青春的成就感相呼应。据出版《死亡赋格》的杂志编辑回忆，除夕夜的晚会上，策兰唱着一首古老的日耳曼民谣，他坐在地板上，用拳头捶地打拍子。这民谣恰好是希特勒年轻时也喜欢的。

策兰和朋友们一度为双关语的游戏着迷。罗马尼亚文译者索罗蒙还记得他的不少妙语，比如"一个诗人并不等到拨号音才打电话"。这语言游戏也包括名字。他的原名在罗马尼亚文中是 Ancel，他把它颠倒成 Celan（策兰），对一个现代作家，安切尔多少意味着旧世界。他给自己下的定义是：策兰，诗人，一个不受欢迎的人，受限于炉箅与炉渣之间。

他每天从事翻译，但一直坚持用德文写作。被问及这一点时，他答道："只有用母语一个人才能说出自己的真理。用外语诗人在撒谎。"

作为德语诗人,策兰在罗马尼亚看不到多少希望。1947年12月,国王迫于共产党压力退位,人民共和国宣布诞生。匈牙利开始遣返难民,罗马尼亚捕杀他们。据说,有四万罗马尼亚犹太人于1947年逃到维也纳。

策兰在最后一刻逃离布加勒斯特,他没有任何合法文件,只是带着大批诗稿。策兰付很多钱给蛇头偷渡边境。策兰说,冬天穿越匈牙利边境是"可怕的艰难之旅",睡在废弃的火车站,在匈牙利农民帮助下,向维也纳——他童年时代的北极星进发。在布达佩斯逗留一周后,他终于抵达维也纳。这城市成为他战后的终点,一个说德语但没有德国人的地方。

策兰带着他老师斯伯波(Alfred Margul-Sperber)的介绍信,去拜访奥地利文学界的名人巴塞尔(Otto Basil)。介绍信中写道:策兰是"德国新一代最有原创性最明白的诗人"。巴塞尔回忆道:"出现在计划办公室的是个面容消瘦目光忧愁的年轻人。他声音柔和,似乎谦卑内向,甚至胆怯。这就是保尔·策兰。看起来饥寒交迫,他刚穿越匈牙利来到维也纳,有时候长途跋涉……他带给我诗稿和斯伯波的信。"

在维也纳的一次朗诵后，策兰写信给老师："相信我，老天知道他们说（就他们所知）我是奥地利及德国最伟大的诗人，我有多高兴。"这多少说明他当时处境的艰难。在另一封寄往布加勒斯特的信上，他署名为"条顿母语的悲哀诗人"。

策兰确实获得了某种成功。巴塞尔在自己的刊物上发表了他的一组诗，还有人帮他出版诗集，安排他在奥地利电台朗诵。

他成为著名超现实主义画家杰尼（Edgar Jene）的好朋友。他为画家的小册子写了篇序言。他认为这篇序言并非阐释杰尼的作品，而是一种"不能满足的发现"的"漫游"，是布莱克、爱丽斯漫游奇境和维特根斯坦的混合："我在说我在深海听到的几个词，那里如此沉默，又有很多事发生。"他十年后说到欧洲犹太人的灾难的发生不是历史的附加，而是变形。人无法说话，因为他们的词语在虚情假意的"千年包袱下呻吟"。我们表达的古老挣扎如今感到"烧成灰的意义，不仅如此"。

1947年，策兰到达维也纳后结识了巴赫曼（Ingeborg Backmann），她正在写关于海德格尔的博士论文，关于诗歌语言的限度，特别是在法西斯主义以后。巴赫曼后来参加德国"四七社",成为奥地利战后最重要的女诗人。策兰和巴赫曼一度堕入情网。策兰在维也纳的诗大都是给她的,其中包括《卡罗那》。1971年,即策兰死后第二年,巴赫曼出版了长篇小说《玛琳娜》。那是公主和一个东方来的陌生人的寓言故事。那身穿黑色长斗篷的陌生人,有着温暖的眼睛和磁性的声音。巴赫曼把策兰的情诗,特别是《卡罗那》织进她的寓言中,试图创造一种超自然的血缘关系。"你必须回到你的人民中吗?"公主问。"我的人民比世上所有的人民都古老,他们失散在风中。"陌生人回答说。

四

卡罗那 [1]

秋天从我手中吃它的叶子:我们是朋友。
我们从坚果剥出时间并教它走路:
而时间回到壳中。

---

[1] Corona 系拉丁文,意为王冠、冠状物、(花的)副冠、(全蚀时的)日晕,因其多义性,我保留其音译。

镜中是星期天，
梦里有地方睡眠，
我们口说真理。

我的目光落到我爱人的性上：
我们互相看着，
我们交换黑暗的词语，
我们相爱像罂粟和回忆，
我们睡去像海螺中的酒，
血色月光中的海。

我们在窗口拥抱，人们从街上张望：
是让他们知道的时候了！
是石头要开花的时候了，
时间动荡有颗跳动的心。
是过去成为此刻的时候了。

是时候了。

我主要是参照汉伯格的英译本译成的。我手头有王家

新和芮虎的合译本,由于这首诗不长,全文录下:

花　冠

秋天从我手里吃它的叶子:我们是朋友。
从坚果里我们剥出时间并教它如何行走:
于是时间回到壳里。

在镜中是礼拜日,
在梦中被催眠,
嘴说出真实。

我的眼移落在我爱人的性器上:
我们互看,我们交换黑暗的词,
我们互爱如罂粟和记忆,
我们睡去像酒在贝壳里
像海,在月亮的血的光线中。

我们在窗边拥抱,人们在街上望我们,
是时候了他们知道!

>   是石头决定开花的时候，
>   是心脏躁动不安的时候，
>   是时候了，它欲为时间。
>
>   是时候了。

王/芮译本主要来自英文，故和我参考的来源相仿。在我看来，他们的译本主要有如下几个问题：一、题目译成花冠过于轻率，策兰正是用这个词的含混和歧义来展示主题的复杂；二、在梦中被催眠，显然是过度阐释，应为梦里有地方睡眠，后面我再说明为什么；三、在中译本保留原文语序显得很牵强，比如是时候了他们知道！（是让他们知道的时候了！）策兰的诗有时是故意倒装的，比如清晨的黑牛奶我们傍晚喝，这样的地方就要设法保留原来的语序，不能译成傍晚我们喝清晨的黑牛奶。而本来正常的诗句，非要按西方语言结构变成"洋泾浜"，不仅伤及诗意也伤及汉语；四、只要大声读一遍，就知道王/芮译本的问题所在了，还是缺乏语感与节奏感，这甚至比错译更致命。

由于这首诗和里尔克的《秋日》有互文关系，为此，我们先把《秋日》第一段抄录如下：

主呵，是时候了。夏天盛极一时。
把你的阴影置于日晷上，
让风吹过牧场。

策兰显然借用是时候了作为《卡罗那》的主题与基调，但没有了"主"。"主"的在场与缺席，也许这是里尔克和策兰的重要区别。同为德语诗人，里尔克虽一生四海为家，却来自"正统"，纠缠也罢抗争也罢，基督教情结一直伴随着他；而策兰则来自边缘——种族、地理、历史和语言上的边缘，加上毁灭性的内心创伤，使他远离"主"放弃"主"。

也许正是由于这一点，策兰的时间观不同。让我们来看看《卡罗那》的开篇：秋天从我手中吃它的叶子：我们是朋友。/ 我们从坚果剥出时间并教它走路：/ 而时间回到壳中。秋天和我之间有一种共生的私人关系。从秋天孕育的坚果中，时间就像婴儿一样被剥出，并教它走路。它似乎惧怕世界，又回到其庇护所中去。在这里时间如此弱小，易受伤害，与基督教不可逆转的线性时间观相反，它是可以返回源头的。

与第一段形成鲜明对比，第二段采用三个短句：镜中是星期天，/梦里有地方睡眠，/我们口说真理。刻画出场景与状态。镜中是星期天，绝妙：时空的互相映照，造成特有的宁静与空旷，同时意味着——情人躺在床上。梦里有地方睡眠和我们口说真理是第一句的延伸，梦与睡眠，口与真理都彼此映照互为因果。这一段用的是最简约的句式，表明一种朴素而诗意的存在。而王／芮译本中的被催眠，显然是由于没有把握这一点而造成的误译。

第三段是对第二段的强化与变奏，明确了这首诗的爱情主题。首句直截了当提到性（sex）（而非性器），因其普遍性含义更有诗意。我们交换黑暗的词语与我们口说真理相呼应，交换对口说，黑暗的词语对真理。那是战后创伤的自我治疗：情人谈到战争中各自的经历。我们相爱像罂粟和回忆，/我们睡去像海螺中的酒，/血色月光中的海。罂粟是美与毒瘾的象征（或代表遗忘），与记忆连接，有着沉溺与止痛的功效。海螺中的酒与血色月光中的海有相似性，区别在衡量尺度，可以说，后者是前者的扩张与深化。血色暗示着战争创伤。

第四段无疑是全诗高潮。首先我们会注意到情人处境的变化：从第二段静静躺着，到第三段的行动与交流，而此刻他们干脆站起来，在窗口拥抱。接下来就是一系列

"是时候了"，共五句，把诗推向高潮。第一句是让他们知道的时候了，公开他们的爱情秘密，第二句是石头要开花的时候了，是以一种从内心迸发的精神力量否定死亡。在策兰的诗歌符号中，石头是沉重而盲目的。石头要开花，则是一种解放和升华。第三句时间动荡有颗跳动的心是第二句的从句，是说明为什么石头要开花。第四句是对时间的置疑。其中包含两个时间，基于两种动词时态：It is time it were time（是过去成为此刻的时候了），表明这两个时间之间既有对立和裂痕，又有必然的联系。这句很难翻译，大意是：此刻是来自那过去的时间的时间。为此，他感到疑惑。最后的结论是肯定的：是时候了。

在我看来，这是最伟大的现代主义抒情诗之一，和特拉克尔的《给孩子埃利斯》和狄兰·托马斯（Dylan Thomas）《那绿色导火索催开花朵的力量》》一起，作为任何时代任何语言最优秀的诗篇，由我推荐并选入2000年柏林国际文学节的纪念集中。

五

在维也纳，策兰不能继续受教育，又找不到合适的工作，他决定搬到巴黎去，尽管他第一本诗集《骨灰瓮之沙》出版在即。

1948年6月5日，在去巴黎的路上，他在奥地利因斯布鲁克附近下车，专程来到特拉克尔墓前献花，并插上根柳枝。他还拜访了特拉克尔的编辑和恩师费克。在费克面前，他念了自己的几首诗。第二天他给他的老师斯伯波写信说："你可以想象，当我被告知我继承了席勒（Else Lasker-Schuler，犹太女作家），我有多高兴。起初我不知所措，因为——我羞于承认这一点——我与席勒的关联，远不能跟特拉克尔和艾吕雅相比，我也不知道费克对她的诗的看法……他还认为特拉克尔也总是受惠于她。他对我说话时，好像我是他们中的一员。让我特别兴奋的是，他真正涉及我的诗歌中的犹太特性——你是知道的，这对我有多么重要。"

和维也纳相比，巴黎似乎有更多的机会，策兰法语流畅，战前曾到过巴黎。这是世界文化的首都，波德莱尔、魏尔伦、兰波及那些超现实主义者，还有海涅、里尔克都在这儿住过。1948年以色列建国后，很多欧洲的犹太人都迁移过去，但策兰还是决定留在欧洲。他在给以色列亲戚的信中写道："也许我是活到欧洲犹太人的精神命运终结的最后一个人……一个诗人若放弃写作,这世界什么都没有,何况他是犹太人而他的诗歌语言是德文。"

1938年初访巴黎,策兰曾去看望住在索邦大学附近的舅舅。十年过去了,舅舅死于奥斯威辛,自己成了流亡的孤儿,他决定住在同一条街上。

1948年8月,他第一本诗集在维也纳出版,协调出版的画家杰尼,还为它捐献了两张石版画。策兰对纸张装帧不满,再加上几处致命的印刷错误,让他恼羞成怒。他责怪杰尼,并决定放弃这本书。"也许我应该不考虑出版而写诗,"他说。这本诗集三年只卖了二十几本,1952年他得到版税三百五十奥地利先令,等于十四美元。策兰让朋友把存书回收后打成纸浆。

到巴黎头几年,他诗写得很少。除了现实生活的压力外,有着更深刻的原因。1948年10月,他在给一位瑞士编辑的信中写道:"我好几个月没写了,某些不可名状的东西让我残废。"他接着提到自己的处境,像卡夫卡的寓言《在法律面前》,"当门打开时……我犹豫良久,这扇门又关上了。"1949年3月他写道:"我越是痉挛地抓住我的诗,我越是无能为力。我的野心似乎很大,它束缚了我的双手。"新诗集被一家德国出版社拒绝了,他情绪低落,觉得自己"挣扎于天空及其深渊中"。他把1949年称为"暗淡而充满阴影的一年"。1951年2月,他在给费克的信中写道:"沉默,即无法说,转而相信它源于不必说……有时我似乎是自己诗歌的囚徒……有时是看守。"

1948年到1952年四年间,策兰只写了七八首可发表的诗作。教德文和法文的同时,他在巴黎高等师范学院上学,主修文献学和德国文学。

1952年4月,他写就无题诗"数数杏仁",成为他的新诗集《罂粟与记忆》的压轴之作。

六

数数杏仁,
数数苦的让你醒着的,
把我也数进去:

我寻找你的眼睛,你睁开无人看你,
我纺那秘密的线
你在线上的沉思之露

落进被不能打动人心的词语
守护的水罐中。

你全部进入的名字才是你的,
坚定地走向你自己,
锤子在你沉默的钟楼自由摆动,
无意中听见的够到你,
死者也用双臂搂住你,
你们三人步入夜晚。

让我变苦。
把我数进杏仁中。

      北岛 译

这是我根据两种英译本译的。我手头有钱春绮的译本和王家新与芮虎的合译本。由于篇幅不长,全文录下:

数数扁桃,
数数过去的苦和使你难忘的一切,
把我数进去;

当你睁开眼睛而无人看你时，我曾寻觅你的目光，
我曾纺过那秘密的线，
你的思索之露
向坛子里滴下去的线，
那些坛子，有一句不能打动任何人的心的箴言
护住它们。

在那里你才以你自己的名义走路，
你迈着坚定的步子走向自己，
在你沉默的钟楼里钟舌自由摆动，
窥伺者就向你撞来，
死者也用手臂搂住你，
你们三个就一起在暮色中行走。

让我感到苦吧。
把我数进扁桃里去。

钱春绮 译

数数杏仁，
数数这些曾经苦涩的并使你一直醒着的杏仁，

把我也数进去:

我曾寻找你的眼睛,当你睁开它,无人看你时,
我纺过那些秘密的线。
上面有你曾设想的露珠,
它们滑落进罐子
守护着,被那些无人领会的言词。

仅在那里你完全拥有你的名字,
并以切实的步子进入你自己,
自由地挥动锤子,在你沉默的钟匣里,
将窃听者向你撞去,
将死者的手臂围绕着你
于是你们三个漫步穿过了黄昏。

使我变苦。
把我数进杏仁。

王家新 / 芮虎 合译

我们再来看看汉伯格的英译本中的头三句:

策兰　171

Count the almonds,

count what was bitter and kept you awake,

count me in:

汉伯格的英译本，至少在形式上看起来忠实原作——词与词基本对应。不必懂英文，也能看得出这三句多么简洁。特别是第二句：count what was bitter and kept you awake（数数苦的让你醒着的），再看看这样的中文句式：数数过去的苦和使你难忘的一切（钱译），数数这些曾经苦涩的并使你一直醒着的杏仁（土/岜合译）。再来看看第二段后三句：你在线上的沉思之露／落进被不能打动人心的词语／守护的水罐中。而钱译本是这样的：你的思索之露／向坛子里滴下去的线，／那些坛子，有一句不能打动任何人的心的箴言护住它们。我们常说的所谓翻译文体，就是译者生造出来的。我并非想跟谁过不去，只是希望每个译者都应对文本负责。谁都难免会误译，但由于翻译难度而毁掉中文则是一种犯罪。中文是一种天生的诗歌语言，它游刃有余，举重若轻，特别适合诗歌翻译。韵律虽难以传达，但节奏却是可能的。节奏必须再创造，在另一种语言中找到新的节奏，与原节奏遥相呼应。打个比方,这就像影子和移动物体的关系一样。

这首诗是策兰写给他母亲的。他后来写过《杏仁眼的阴影》《死者的杏仁眼》,都与母亲有关。据说,他母亲当年常烤带杏仁的蛋糕和面包。有一首意第绪语的童谣,就叫《葡萄干与杏仁》。对策兰来说,杏仁不仅和母亲有关,也和整个犹太人的命运有关。

全诗的头三句是一种干脆的命令式口气:数数杏仁,/数数苦的让你醒着的,/把我也数进去,指的是他和母亲及犹太人苦难的共存关系,并通过数数的方式,让读者也加入进来。数数的方式,似乎是一种童年行为,把我们拉回诗人或人类开始的地方。我纺那秘密的线/你在线上的沉思之露/落进被不能打动人心的词语/守护的水罐中。那秘密的线,即他和母亲的联系,是亲缘之线思念之线,而沉思之露是母亲的精神存在,被不能打动人心的词语/守护的水罐可理解为诗歌写作。这一组意象奇特而神秘,由纺、落和守护三个动词,把线与露,词与水罐勾连在一起,令人回味无穷。

第三段开端是上一段的延伸:你全部进入的名字才是你的,即存在与命名之间的悖论:只有全部存在才能获得命名，反之，只有命名才能完成全部存在。在策兰的意象语汇里，锤子代表不祥之兆（我们后面还会看到），对沉默的钟楼构成威胁。在这里，无意中听见的、死者和母亲成三人，步入夜晚。最后一段，又回到开始时的祈使语气：让我变苦。/ 把我数进杏仁中。

七

完成《数数杏仁》后，策兰去德国旅行，这是自1938年以来第一次。在前女友巴赫曼的安排下，他和德国"四七社"的成员见面。有一天，在汉堡的街上，他看见一条狗被车撞死，几个女人围着哀悼。他感到惊奇："她们居然为狗抹眼泪！"一个德国同行记得策兰对他说，"我对与德国年轻作者的初次相遇很好奇。我问自己，他们可能会谈什么，他们谈过什么？大众牌汽车。"

"四七社"的某些原则，影响了他们对策兰的接受程度。其中一条是"介入"，与策兰的"纯诗"相反。他们还认为，要把诗朗诵得尽量单调，这可难为了一个来自东欧的诗人。据一个刚在巴黎听过他朗诵的人说，策兰朗诵时"音色低沉"，如同"用唱赞美诗的声音"的"急促低语"。

"四七社"对他的朗诵反应不一,但没人认为是很成功的。"噢,这帮足球队员,"他后来提起"四七社"感叹道。

1952年圣诞节前夕,策兰和吉瑟丽(Gisele de Lestrange)结婚。吉瑟丽是个造型艺术家,喜欢在巴洛克背景音乐中画带细节的抽象图案。她父母是法国贵族,战争期间对抵抗运动毫不同情。他们很难接受一个来自东欧没家没业的犹太诗人。婚后他们在巴黎安家,主要靠策兰教书和翻译为生。

他译了阿波利奈尔(Guillaume Apollinaire)的六首诗,在译文中花样翻新,变成他写作的某种延伸。他少年时代就译过阿波利奈尔的诗,后来又在苏军占领下的家乡专门研究他。这个1918年在战争中受伤而死去的法国诗人,对像他这样漂泊的犹太人有着特别的魅力,其象征主义的忧郁让他不安。

1952年底,他的命运出现转机。斯图加特(Stuttgart)一家出版社买下诗集《罂粟与回忆》的版权,其中收入1944年到1952年的作品,包括《死亡赋格》。诗集题目来自他的那首情诗《卡罗那》。

吉瑟丽怀孕了。不幸的是,他们的儿子法朗兹(Fraz)生下没几天就死了。策兰写了首诗《给法朗兹的墓志铭》,并例外注明了写作日期:1953年10月。紧接着,他又写下另一首诗《用一把可变的钥匙》,显然和这一事件有关。

策兰在1954年的一封信中写道:"什么游戏!多么短暂,又多么昂贵。我生活的景况是,住在外语领地,意味着我比以前更有意识地跟母语打交道——还有:词语经验的质变,是怎么成为诗中词语的,我至今都无法确定。诗歌,保尔·瓦雷里在哪儿说过,是处于诞生状态的语言,成为自由的语言。"一个诗人会希望"窃听那自由的词语,在运动中抓住它……而词语要求独特性,有时甚至以此安身立命,这骄傲基于,依然相信它能代表整个语言,检验全部现实"。

1955年他完成第二本诗集《从门槛到门槛》,和第一本精神与地理上的漂泊不同,这本诗集都写于巴黎。他在德国开始被接受,但法国一直忽视他,生前从未出版过一本法文诗集。早在五十年代初他就得到了法国国籍,但他自认为没有祖国,或者说祖国就是他的家乡口音。他对一个法国诗人说:"你在自己语言的家里,你的参考都在你喜爱的书和作品中。而我,我是个局外人。"

有一天,在塞纳河边的书摊,他看中一对犹太人祭祀用的烛台，买下其中一个带回家。他跟妻子琢磨了好久：这对烛台从哪儿来的？怎么幸存到现在？不信教的人有权拥有它们吗？能把这一对烛台分开吗？最后策兰又去书摊，把另一个也买回来。

八

用一把可变的钥匙
打开那房子
无言的雪在其中飘动。
你选择什么钥匙
往往取决于从你的眼睛
或嘴或耳朵喷出的血。

你改变钥匙，你改变词语
和雪花一起自由漂流。
什么雪球会聚拢词语
取决于回绝你的风。

再来看看王家新和芮虎的合译本：

带上一把可变的钥匙
你打开房子,在那里面

缄默的雪花飞舞。
你总是在挑选着钥匙
靠着血,那涌出你的眼,
嘴或耳朵的血。

你变换着钥匙,你变换着词
它可以随着雪片飞舞。
而怎样结成词团,
靠这漠然拒绝你的风。

首先,怎么会把原作的两段分成三段,这似乎太任意了。依我看这个译本的最大问题,是把两个关键处弄错了。Always what key you choose/ depends on the blood that spurts/ from your eye or your mouth or your ear.(你选择什么钥匙/往往取决于从你的眼睛/或嘴或耳朵喷出的血。)稍懂英文的人都会知道,depends on 在这儿是"取决于"的意思,不能译成"靠"。最后两句也犯了同样错误。在关键处把意思弄拧了,读者自然不知所云。另外,诗中三次提到雪,第一次是雪,第二次是雪花,第三次是雪球。在王／芮译本中不仅体现不出来,甚至干脆取消了雪球,变成令人费解的词团。

这是一首很重要的诗,甚至可以说,它是打开策兰诗歌的"钥匙"。这首诗有两组意象:词和雪。第二段的第一句你改变钥匙,你改变词语,已经点明钥匙就是词。而第一段第三句提到无言的雪,即雪代表不可言说的。词与雪,有着可言说与不可言说的区别。而诗歌写作的困境,正是要用可言说的词,表达不可言说的雪:用一把可变的钥匙／打开那房子／无言的雪在其中飘动。钥匙是可变的,你是否能找到打开不可言说的房子的钥匙,取决于诗人的经历:你选择什么钥匙／往往取决于从你的眼睛／或嘴或耳朵喷出的血。第二段可以理解为写作状态:你改变钥匙,你改变词语／和雪花一起自由漂流,在这里词与雪花汇合,是对不可言说的言说的可能。什么雪球会聚拢词语／取决于回绝你的风,在这里,风代表着苦难与创伤,也就是说,只有与命运处于抗拒状态的写作,才是可能的。

瓦雷里所说的"处于诞生状态的语言，成为自由的语言"，正是说明诗歌写作，有如诞生，是用词语（钥匙）打开处于遮蔽状态的无（雪）。海德格尔在《诗·语言·思》一书中指出："真理，作为在者的澄明之所和遮蔽的斗争，发生于创作中，正如诗人写诗。一切艺术，作为在者真理到来的诞生，本质上都是诗。"

在和费尔斯蒂纳教授共进早餐时，他提出个很有意思的说法：现代主义始于波德莱尔，以策兰告终。由于策兰对语言的深度挖掘，对后现代主义诗歌有开创性作用，特别是美国语言派，奉策兰为宗师。在我看来，美国语言派曲解了策兰的精神本质，只学到皮毛而已。策兰玩的不是语言游戏，他是用语言玩命。

九

1956 年 6 月，策兰的二儿子艾瑞克（Eric）出生了。1957 年春，当他长到二十个月，他说出第一个词"花"。策兰把它从法文转成德文，并以此为诗《花》：

石头。

空中的石头,我跟随。
你的眼睛,石头般盲目。

我们是
手,
我们挖空黑暗,找到
那夏天上升的词:
花。

花——瞎子的词语。
你和我的眼睛:
它们看
水。

成长。
心墙相依
添进花瓣。

还有个这样的词,锤子
在开阔地摆动。

显而易见，他的诗变得黑暗而不透明。形式上极其简短，他虽未完全取消隐喻，但已开始把内与外现实的两半融合在一起。词除了自身外不再有所指。这首诗，按他自己的话来说，是和"隐喻后面捉迷藏游戏"的告别。

策兰的第三本诗集《言说栏杆》(1959)的题目，与他的遭遇有关。1955年，他岳母进了布里多尼的女修道院。策兰去看望她，隔着铁栏杆相对无言。一个法国信天主教的侯爵夫人和一个东欧的犹太诗人，又能说些什么呢？栏杆把人们隔开但容许他们说话，这正是策兰的处境：越是疏离，就越是清晰。他多年后说，"没有一个人像另一个人。只有'距离'能使我的读者理解我……往往抓住的只是我们之间的栏杆。"

1958年年初，他获得不来梅文学奖。在1月26日的授奖仪式上，他发表了演说。

"它。语言，留下来，没失去，是的，即使一切都失去了。而它必须穿过自己的局限，穿过可怕的哑默，穿过带来死亡的言说的千重黑暗，它穿过了，却对发生的不置一词；但它穿过发生的一切。穿过了并会再为人所知，被这一切所'压缩'。自那些年代以来，我用我找到的语言写诗，为了说话，为了引导我自己何去何从，为了勾勒真实……

"一首诗并非没有时间性。当然，它要求永恒，它寻求穿越时间——是穿过而不是跨过。诗歌是语言的表现形式，因而本质上是对话，或许如瓶中信被发出，相信（并非总是满怀希望）它某天某地被冲到岸上，或许是心灵之岸。诗歌正是在这个意义上行进：它们有所指向。"

策兰在获奖辞最后结尾说："我相信这些想法并非只属于我个人，也属于那些更年轻一代的抒情诗人。那是一种努力，让手艺的星星放电的人努力，在如今无梦的意义上无处藏身而备加危险的人的努力，和他的真正存在一起走向语言，被现实击中并寻找现实。"

1960年春，策兰碰上倒霉的事。已故犹太诗人伊万·高尔（Yvan Goll）的遗孀指控他剽窃高尔的诗。这一消息传遍德国。他在1960年5月给一位编辑的信中写道："手艺——意味着和手有关。这手反过来只属于某个人……只有真实的手写真实的诗。我看在握手和诗之间没什么差别。"德国文学界几乎一致驳斥有关剽窃的指控。德国语言文学院于1960年4月底开会，委托专人为策兰作分析性辩护，并告知他会获得下一年度的毕希纳奖（Buchner Prize）。尽管如此，这一事件对他还是造成深深的伤害。

这年春天,策兰和犹太女诗人萨克斯(Nelly Sachs)第一次见面。萨克斯在瑞典女作家的帮助下,于1940年逃离德国,在斯德哥尔摩定居。策兰和萨克斯通信多年,甚是投机,虽为两代人却姐弟相称。1960年春,萨克斯获得一个德国的文学奖。但由于最后一分钟飞离柏林的可怕记忆,她不愿在德国过夜,决定住在苏黎世,然后坐火车到德国领奖。策兰一家专程到苏黎世来看望她。应策兰之邀,萨克斯和她的朋友列娜森(Eva-Lisa Lennarsson)在回家路上,从苏黎世转道来巴黎。

他们在巴黎街头散步,路过一家咖啡馆,列娜森认出画家马克斯·恩斯特(Max Enrst),过去打招呼,希望他也能加入散步。策兰因"剽窃案"心灰意懒,对外人保持高度警惕。但就在那一刻,"保尔的眼睛闪现希望之光,"列娜森回忆说。当恩斯特看清有策兰在场,"他僵住了,转身,好像我们不存在。我们一声不吭离开了。""你明白了吧,"策兰出来说,然后建议一起去海涅的墓地。他们在海涅的墓前献了鲜花,默立了很久,向另一个流亡至死用德文写作的犹太诗人致敬。

在最近的通信中,萨克斯心情很坏,反复提到死。由于神经近于崩溃,她住进医院,给策兰发电报要他马上去一趟。策兰坐火车赶到斯德哥尔摩。在房门口,萨克斯没认出他,或不想接纳他。策兰悻悻回到巴黎。

1963年,策兰完成了第四本诗集《无人的玫瑰》。这题目让人想起里尔克的墓志铭:玫瑰,纯粹的矛盾,乐/为无人的睡梦,在众多/眼睑下。诗集的题记:纪念曼德尔施塔姆。在家乡上学时,乌克兰老师就讲过曼德尔施塔姆的诗。在策兰看来,曼德尔施塔姆是二十世纪最伟大的俄国诗人之一。他也是犹太人,最后被斯大林迫害致死。自1958年春起,他开始翻译曼德尔施塔姆的诗,后结集出版。

1962年12月,在写给他的出版商的信中,策兰谈到自己的近作:"苦,是的,这些诗是苦的。苦的,是的,但在真的苦中,肯定没有更多的苦,难道不是吗?"1963年11月底的一天,策兰写了两首无题短诗。第二首开头为"串成线的太阳"。

十

> 串成线的太阳
> 在灰黑的荒野上。

一棵树——
高高的思想
弹着光调：还有
歌在人类以外
吟唱。

这首诗我是从英文翻译的。手上正好有王家新与芮虎以及张枣的两个译本。诗短，故抄下：

线的太阳群
高悬在灰黑的荒野之上。
树一样
高的思想
弹奏出光的旋律：它依旧是
在人类之外被吟唱的
歌。

王家新 / 芮虎 合译

棉线太阳
普照灰黑的荒原。

一棵树——
高贵的思想
弹奏光之清调：敢有
歌吟动地哀，在那
人类的彼岸。

张枣 译

王/芮译本还是老问题，就不多说了。此外，还有生译硬译。头一句线的太阳群，让人摸不着头脑。其实就是串成线的太阳。第三句树一样/高的思想应为：一棵树——/高高的思想，策兰特地加上破折号，拦在那儿，就是怕译者改成明喻——这一时期他特别忌讳的。最后三句本末倒置，大概本想做解释，却适得其反。

相比之下，张枣译本总体把握要好，基本体现了原作的节奏，但有过度阐释的问题。比如普照灰黑的荒原，这个普照显然是强加的。策兰只是给出太阳的位置，并没有布置任务。他套用鲁迅的名句：敢有歌吟动地哀，把原作的简朴放大变形了。原作中根本没有哀，更何况是动地哀。更危险的是，由于鲁迅的诗句家喻户晓，葬送了策兰刻意追求的陌生化效果。

这首诗,有点儿像一幅半抽象的铜版画(他妻子就有这类作品,也许他从中得到启发),只不过策兰用语言代替了线。串成线的太阳／在灰黑的荒野上。／一棵树——／高高的思想／弹着光调,完全是简约派的白描。这是第一部分,基调是黑白的,大地异常空旷冷漠。接着出现转折,构成第二部分:还有／歌在人类以外／吟唱。人类以外是什么呢?转世来生,难道那儿有另一种歌吗?也许这歌就是诗,能穿越人类苦难的现实,最终留存下来。若第一部分描述的是人类生存的景观,第二部分则是对这一景观的置疑与回答。

策兰这样谈到新的写作倾向:"我不再注重音乐性,像备受赞扬的《死亡赋格》的时期那样,它被反复收进各种教科书……我试着切除对事物的光谱分析,在多方面的渗透中立刻展示它们……我把所谓抽象与真的含混当作现实的瞬间。"

这首短诗是他中晚期诗作中可读性较强的一首。从总体趋势上来看,他的诗越来越短,越来越破碎,越来越抽象。每个词孤立无援,往往只指向自身。他对抒情性回声的压抑,对拆解词义的热衷,使他慢慢关上对话之门。如果说,在他晚期作品中还有对话对象的话,那就是德语。正是他对德语的复杂情结,在另一种语言环境中突显了荒谬意义。"一种心理压力,最终无法忍受。"策兰如是说。

我喜欢策兰中期诗作,包括《卡罗那》《数数杏仁》《用一把可变的钥匙》等。写作是一种危险的平衡。策兰的后期作品,由于脱离了意象和隐喻而失去平衡。也许是内心创伤所致,驱使他在语言之途走得更远,远到黑暗的中心,直到我们看不见他的身影。

十一

四十五岁生日那天,策兰在新的诗集上写下座右铭:"驾驭命运",1965年11月23日。他还为自己生日写了首诗。贯穿诗中的危险感,来自那年春天住院的经历。他健康状况一直不太稳定,加上抑郁,这反而促使他写了很多短诗。1966年底,巴黎庆贺萨克斯七十五岁生日,她刚获得诺贝尔奖。策兰在会上朗诵了她的诗。

《死亡赋格》在德国几乎家喻户晓。阿多诺终于收回他的那句格言:"长期受苦更有权表达,就像被折磨者要叫喊。因此关于奥斯威辛后不能写诗的说法或许是错的。"

1967年的"六日战争"（第三次中东战争）带来新的不安。策兰开始有暴力和自杀倾向。他和妻子决定分居。当索罗蒙夏天到巴黎来看他，发现老朋友"已经全变了，未老先衰，沉默，愁眉不展……'他们拿我做试验'，他呐呐地说，时不时叹息……保尔并不总是抑郁，他时而有非常快乐的瞬间——很短暂，夹杂着不安的笑，刺耳破碎。"

那年夏天，他在德国弗赖堡大学朗诵，有上千听众，海德格尔也在其中。朗诵前集体合影时，海德格尔送书给他，并请他第二天一起郊游，到黑森林的别墅去做客。这是策兰和海德格尔第一次见面。策兰一直在读海德格尔的书，他的诗包括不来梅授奖辞，都有海德格尔的痕迹。海德格尔总是寄书给策兰，并希望能有机会见面。他告诉同事说："我知道他的艰难危机，给他看看黑森林会是有益的。"在黑森林散步时，他们谈到动植物（海德格尔说：策兰关于动植物的知识比他丰富），还谈到法国当代哲学，而策兰似乎对此不太感兴趣。

1968年5月法国学生的暴动，激发了策兰的政治热情。他独居，常回去看刚满十三岁的儿子。策兰带他一起到街上散步，用多种语言高唱《国际歌》和别的革命歌曲。艾瑞克为父亲骄傲。

1969年9月26日,策兰在办公室给布加勒斯特的索罗蒙写信:"原谅我的沉默——是无意的,主要是我的健康问题。我很孤单。三天后我飞往以色列,在那儿待两周。"

以色列之行,是他生命的最后一次高潮。在希伯来语作家协会的演讲中,他热情洋溢,与不来梅授奖辞的基调完全不同:"在外部与内在的风景中,我在这儿找到真理的力量,自我认证和伟大诗歌向世界开放的独特性。"

他在特拉维夫(Telaviv-Yafo)朗诵时,声音近乎低语。朗诵结束后,认识他父母的人过来问候。有个女人还带来块蛋糕,是他母亲常烤的那种,他落泪了。

回到巴黎,他给特拉维夫的一个老朋友写信:"我不再是巴黎人,我一直与这里的艰难抗争……我真高兴如今我去过以色列。"在另一封信中写道:"耶路撒冷让我上升让我强壮,巴黎把我压垮抽空我。巴黎,所有这年月,我拖着疯狂与现实的包袱,穿过它的街道建筑。"

1970年3月,斯图加特举办荷尔德林诞辰两百周年纪念活动,只请策兰来朗诵诗。在随后的讨论会中,策兰显得暴躁,责备海德格尔的疏忽。事后海德格尔说:"策兰病了,是不可治愈的。"

回到巴黎后，有一天他和朋友沃姆（Franz Wurm）坐地铁。沃姆后来回忆说："有人从我们后面一伙年轻人中跳出来，低声吼着：'让犹太人进烤炉吧！'只见他的脸绷紧，越来越悲哀，攥住拳头。"他们随后去邮局。邮局职员一看策兰的航空信是寄往以色列的，就故意把信揉皱，再扔进邮件堆中。一天下午，沃姆请策兰到他家见贝克特（Samuel Beckett），被策兰拒绝了。当沃姆晚上带来贝克特的问候，策兰悲哀地说："也许在这里他是唯一我能相知的人了。"

策兰住在塞纳河米拉波桥附近，这桥因阿波利奈尔的诗而闻名。1970年4月20日左右，策兰从桥上跳下去，没有目击者。他的公寓门前的邮件堆了起来，吉瑟丽向朋友打听她丈夫是否出门了。5月1日，一个钓鱼的人在塞纳河下游七英里处发现了他的尸体。

最后留在策兰书桌上的，是一本打开的荷尔德林的传记。他在其中一段画线："有时这天才走向黑暗，沉入他的心的苦井中，"而这一句余下的部分并未画线："但最主要的是，他的启示之星奇异地闪光。"

Tomas Tranströmer
特朗斯特罗默
黑暗怎样焊住灵魂的银河

一

蓝房子在斯德哥尔摩附近的一个小岛上,是瑞典诗人托马斯·特朗斯特罗默(Tomas Tranströmer)的别墅。那房子其实又小又旧,得靠不断翻修和油漆才能度过瑞典严酷的冬天。

今年[1]3月底,我到斯德哥尔摩开会。会开得沉闷无聊,这恐怕全世界哪儿都一样。临走前一天,安妮卡(Annika)和我约好去看托马斯。从斯德哥尔摩到托马斯居住的城市韦斯特罗斯(Västerås)有两个小时路程,安妮卡开的是瑞典造的红色萨博(Saab)车。天阴沉沉的,时不时飘下些碎雪。今年春天来得晚,阴郁的森林仍在

1　1998年。

沉睡，田野以灰蓝色调为主，光秃秃的，随公路起伏。

安妮卡当了十几年外交官，一夜之间变成上帝的使者——牧师。这事对我来说还是有点儿不可思议，好像长跑运动员，突然改行跳伞。安妮卡确实像运动员，高个儿，短发，相当矫健。我1981年在北京认识她时，她是瑞典使馆的文化专员。西方，那时还是使馆区戒备森严的铁栏杆后面一个相当抽象的概念。我每次和安妮卡见面，先打电话约好，等她开车把我运进去。经过岗楼，我像一口袋面粉往下出溜。

1983年夏末，一大中午，我跟安妮卡去西单绒线胡同的四川饭店吃饭。下车时，她给我一包东西，说是托马斯最新的诗集《野蛮的广场》，包括马悦然（Göan Malmqvist）的英译稿和一封信。马悦然在信中问我能不能把托马斯的诗译成中文，这还是我头一回听到托马斯的名字。

回家查字典译了九首，果然厉害。托马斯的意象诡异而辉煌，其音调是独一无二的。很幸运，我是他的第一个中译者。相比之下，我们中国诗歌当时处于一个很低的起点。

1985年春天，托马斯到北京访问。我到鼓楼后边的竹园宾馆接他。那原是康生的家，大得让人咋舌。坐进出租车，我们都有点儿尴尬。我那时英文拉不开栓，连比画带蹦单词都没用，索性闭嘴。最初的路线我记得很清楚：穿过鼓楼大街，经北海后门奔平安里，再拐到西四，沿着复外大街向西……目的地是哪儿来着？现在怎么也想不起来了，于是那辆丰田出租车开进虚无中。只记得我紧张地盯着计价表上跳动的数字：兜里钱有限。

没过两天，我又陪托马斯去长城。那天作家协会出车，同行的还有《人民画报》社瑞典文组的李之义。他把作协的翻译小姐支走，小姐也乐得去买买衣服。李之义是我哥们儿，没的说，除了不得不对司机保持必要的防范。那年头，我们跟托马斯享受了社会主义的优越性：坐专车赏景，还在长城脚下的外国专家餐厅蹭了顿免费的午餐。

那天托马斯很高兴，面色红润，阳光在他深深的皱纹中转动。他触摸那些城垛上某某到此一游的刻字，对人们如此强烈地要被记住的愿望感到惊讶。我请他转过头来，揿动快门。在那一瞬间，他双手交叉，笑了，风掀起他开始褪色的金发。这张照片后来上了一本书的扉页。那书收入托马斯诗歌的各种译文，包括我译的那几首。

二

果戈理

夹克破旧,像一群饿狼
脸,像一块大理石片
坐在信堆里,坐在
嘲笑和过失喧嚣的林中。
哦,心脏似一页纸吹过冷漠的过道

此刻,落日像狐狸悄悄走过这片土地
瞬息点燃荒草
天空充满了蹄角,天空下
影子般的马车
穿过父亲灯火辉煌的庄园

彼得堡和毁灭位于同一纬度
(你从斜塔上看见)
这身穿大衣的可怜虫

像海蜇在冰冻的街巷漂游

这里，像往日被笑声的兽群围住
他陷入饥饿的利爪
但群兽早已走出高出树木生长的地带
人群摇晃的桌子
看，外面，黑暗正烙着一条灵魂的银河
登上你的火马车吧，离开这国家！

李笠 译

果戈理

夹克破得像狼群。
脸像大理石板。
在那轻率而错误地沙沙作响的小树林中
坐在他的信件的圈里，
心像一片纸屑穿过充满敌意的通道
而飘动着。

日落现在像一只狐狸匍匐爬过这个国度，

一瞬间点燃草丛,
空间充满角与蹄,而下面
双座四轮马车像影子一样在我父亲那亮着灯的
院落之间悄悄滑动。

圣彼得堡与湮灭处于同一纬度
(你看见那斜塔上的美人吗?)
在冰封的居民区周围,穿斗篷的穷人
像一朵水母漂浮。

在这里,笼罩在斋戒中,是那些从前被欢笑的
畜群包围的人,
但这些人很久以前就把自己远远带到树行上的
草地。
人们摇晃的桌子。

看看外面吧,看见黑暗怎样剧烈地焚烧整整一
条灵魂的星系。
于是乘着你的火焰之车上升吧,离开这个国度!

董继平 译

果戈理

外套破旧得像狼群。
面孔像大理石片。
坐在书信的树林里,那树林
因轻蔑和错误沙沙响,
心飘动像一张纸穿过冷漠的
走廊。

此刻,落日像狐狸潜入这国度,
转瞬间点燃青草。
空中充满犄角和蹄子,下面
那马车像影子滑过我父亲
亮着灯的院子。

彼得堡和毁灭在同一纬度
(你看见倾斜的塔中的美人了吗)
在冰封的居民区像海蜇漂浮
那披斗篷的穷汉。

这里，那守斋人曾被欢笑的牲口包围，
而它们早就去往树线以上的远方。
人类摇晃的桌子。
看外边，黑暗怎样焊住灵魂的银河。
快乘上你的火焰马车离开这国度！

　　　　　　　　　　　　　　北岛 译

　　李笠和董继平均为托马斯的重要译者，他们分别把托马斯的诗全部翻成中文，结集在国内出版。李笠是从瑞典文译的，董继平是从英译本转译的。

　　我一向认为李笠的译文很可靠，本无意挑战他的译本。当我重读弗尔顿（Robin Fulton）的英译本（依我看这是最值得信赖的译本）后，我对李笠的翻译感到不安，于是决定自己动手重译这首诗。除了弗尔顿的英译本外，我还参考了李之义的中译本，为保险起见，我最后请马悦然来把关，他只对一个词提出修改建议。

　　在我看来，李笠的译文最大的问题是缺乏力度。托马斯的诗歌风格冷峻节制，与此相对应的是修辞严谨挑剔，不含杂质。而李笠用词过于随便，节奏拖沓，消解了托马斯那纯钢般的力量。例如，哦，心脏似一页纸吹过冷漠的过道，首先在原文中没有感叹词；其次，双音词心脏在这里很不舒服，让人想到医学用语。此刻，落日像狐狸悄悄走过这片土地，显得有些拖泥带水，而且土地不够准确（我译成此刻，落日像狐狸潜入这国度）。这身穿大衣的可怜虫/像海蜇在冰冻的街巷漂游，大衣不够确切，应为斗篷，这样才能和海蜇构成联想关系，可怜虫应为穷汉，因为这个词在原作中并无贬意。但群兽早已走出高出树木生长的地带（我译成而它们早就去往树线以上的远方），由于树线这个关键词没译出来，致使全句溃散不得要领。

另外李笠的翻译中有明显的错误和疏忽，例如，你从斜塔上看见应为你看见倾斜的塔中的美人了吗。他陷入饥饿的利爪应为守斋，只要知道果戈理因守斋而病死的背景，就不会犯此错误。人群摇晃的桌子应为人类摇晃的桌子，对比之下，人群使这个意象变得混乱浑浊，而人类则使它站立，获得重量。黑暗正烙着一条灵魂的银河，应为黑暗怎样焊住灵魂的银河，烙与焊，一字之差，差之千里。

再就是李笠对标点符号及分行的不在意，也显示了翻译中的轻率。标点符号和分行是一首诗结构中的组成部分，其重要程度正如榫之于桌子橡之于屋顶一样。特别是分行，由于中文和西文语法结构的巨大差别，虽然很难一一对应，但要尽量相伴相随，以便让读者体会其结构的妙处。

尽管如此，和董继平的译本相比，李笠的译本可算得上乘了。只要扫一眼董译本那其长无比的句式就够了。仅举最后一段为例：在这里，笼罩在斋戒中，是那些从前被欢笑的畜群包围的人，／但这些人很久以前就把自己远远带到树行上的草地。／人们摇晃的桌子。／看看外面吧，看见黑暗怎样剧烈地焚烧整整一条灵魂的星系。／于是乘着你的火焰之车上升吧，离开这个国度！这是诗歌吗？这是托马斯的诗歌吗？这风格不正与托马斯那凝练的创作原则背道而驰吗？再来看看其中的错误。第一句明明是单数，那守斋的人即果戈理本人。而第二句由此导致了个更大的错误，把畜生当成人：但这些人很久以前就把自己远远带到树行上的草地（而它们早就去往树线以上的远方）。人们摇晃的桌子，则是和李笠犯了类似的错误。看看外面吧，看见黑暗怎样剧烈地焚烧整整一条灵魂的星系（看外边，黑暗怎样焊住灵魂的银河），剧烈地焚烧其实就是焊住，一个关键词的误用就完全废了这神来之笔。最后一句应为乘上,而非乘……上升,这有本质的区别。由于篇幅所限,在此就不多费笔墨了。

言归正传。《果戈理》是托马斯的最早期的作品之一,收入他的第一部诗集《诗十七首》(1954年)。果戈理是俄国十九世纪最重要的作家之一,其代表作有长篇小说《死魂灵》、喜剧《钦差大臣》等。其生平有几个重要因素与此诗有关,其一,他出生在乌克兰一个地主家庭,在乡下长大。其二,父亲早逝,他离家去彼得堡谋生,结识了普希金等人,彼得堡成为他一生中最重要的城市。其三,他一生贫困,终身未娶,死时年仅四十三岁。临终前,他被一个神父所控制,听其旨意烧掉《死魂灵》第二卷手稿;并在封斋期守斋,极少进食,尽量不睡觉以免做梦。守斋致使他大病而终。

*外套破旧得像狼群。/面孔像大理石片。/坐在书信的树林里,那树林/因轻蔑和错误沙沙响,/心飘动像一张纸穿过冷漠的/走廊。*我在教书时,一个美国学生指出,由于外套这个词也有书封套的意思,故此诗是从一本书开始的。我认为有道理。从他的阅读切入点出发,面孔像大理石片(扉页肖像)、坐在书信的树林里、

心飘动像一张纸变得顺理成章。是的,这首诗正是从阅读果戈理开始的,一种由表及里的阅读。最后一句非常奇特,心飘动像一张纸,即写作;而走廊用复数,令人想到迷宫,显然指的是写作中的迷失。

第二段充满了自然意象,是对果戈理在乡下的童年生活的回顾:此刻,落日像狐狸潜入这国度,/转瞬间点燃青草。/空中充满犄角和蹄子,下面/那马车像影子滑过我父亲/亮着灯的院子。落日像狐狸潜入这国度使整个画面变得生动,由未被说出的火红的颜色点燃青草,而空中充满犄角和蹄子显然是点燃的结果,似乎是烟在孩子眼中的幻象,那马车像影子滑过我父亲/亮着灯的院子。在这里,马车代表出走的愿望,和结尾处快乘上你的火焰马车离开这国度相呼应。

彼得堡和毁灭在同一纬度/(你看见倾斜的塔中的美人了吗)/在冰封的居民区像海蜇漂浮/那披斗篷的穷汉。与第二段的明亮的梦幻基调形成对比,第三段由沉重阴郁的都市意象组成,显然和果戈理在彼得堡的生活有关。仅一句代表了另一个世界的幻象:(你看见倾斜的塔中的美人了吗),用括号以示和现实的区别。彼得堡和毁灭在同一纬度是妙句,其妙首先妙在结构上,在起承转合上节外生枝，让人警醒；再就是妙在其独特的隐喻效果，把一个城市和毁灭这样的抽象名词用纬度并置，让地理历史及个人命运压缩在一起，使这隐喻变得非常之重。

最后一段把全诗推向高潮：这里，那守斋人曾被欢笑的牲口包围，/而它们早就去往树线以上的远方。果戈理临终前守斋，成为注脚。欢笑的牲口作为童年的伙伴，已经永远消失。树线其实是生命之线，而树线以上的远方暗指死亡。人类摇晃的桌子，是典型的托马斯式的警句风格——稳准狠，既突然又合理，像炼丹术一般。我们人类的桌子，难道不是在摇晃吗？看外边，黑暗怎样焊住灵魂的银河，依我看，是这首诗中最妙的一句。如果只是灵魂的银河并没有什么，但黑暗和焊住一下激活了它。那种窒息感（即人类的精神困境），却用如此辉煌的意象照亮，想想看，这个意象太大了，要用什么样的尺子才能衡量它？快乘上你的火焰马车离开这国度！如果马车第一次出现的是离开家乡的话，那这次则代表了死亡与超越。

用一首短诗来概括一个作家的一生，谈何容易？但托马斯成功地做到这一点。他从阅读开始进入果戈理的生活，从童年到彼得堡直到死亡；不仅涉足作家的一生，也涉及其内在的危机，并由此展示了人类普遍的困境。

我刚刚收到托马斯的妻子莫妮卡（Monica）的电子邮件，她告诉我，托马斯写《果戈理》年仅十八岁。让我大吃一惊。大多数诗人是通过时间的磨砺才逐渐成熟的，而托马斯从一开始就显示出惊人的成熟。甚至可以说，托马斯的写作不存在进步与否的问题——他一出场就已达到了顶峰，后来的写作只不过是扩展主题丰富音域而已。

三

记　忆

"我的一生。"一想到这词句，我就在眼前看见一道光。再细看，它形如有头有尾的彗星。最明亮的终点，是头，那是童年时代及其成长。核心，最密集的部分，是幼年，那最初的阶段，我们生活最主要的特征已被决定。我试图回忆，试图从中穿越。却很难进入那密集的领域，那是危险的，好像我在接近死亡本身。彗星越往后越稀疏——那是较长的部分，是尾巴。它变得越来越稀疏，却越来越宽。我现在处于彗星尾巴相当靠后的部分，我写下这时我六十岁。

我们最早的经验是最难以接近的部分。复述，关于记忆的记忆，突然照亮生活的情绪的重建。

我最早可追溯的记忆是一种感觉。一种骄傲的感觉。我刚满三岁，那被宣称为意义重大，即我已经长大了。我从一个明亮房间的床上，爬到地板上，吃惊地意识到我已长大成人。我有个娃娃，我起了个我能想到最美的名字：卡琳·斯宾娜（Kalin Spinna）。我待她不像娃娃，更像个同志或情人。

我们住在斯德哥尔摩。父亲仍是家庭成员，但很快就要离开。我们的方式挺"现代"，从一开始我就对父母直呼其名。外公外婆住得很近，就在街角。

我外公生于1860年。他做过领航员，是我的好朋友，比我大七十一岁。奇怪的是，他跟自己的外公的年龄也差这么多，他外公生于1789年：巴士底狱的风暴，安杰拉兵变，莫扎特写下他的单簧管五重奏。回到时间中两个相等的步子,两大步,其实没有那么大。我们能够到历史。

外公说话的方式属于十九世纪。他的很多表达在今天似乎极为过时。但从他嘴中,到我的耳朵,显得自然而然。他个儿不高,小白胡子,天生的勾鼻子——按他自己的话"像土耳其人的鼻子"。他天性活泼,会突然发火。偶尔发发火都不过分,很快就风平浪静。他是那种从没有进攻性的人。那是真的,他息事宁人,以致冒着被扣上软弱的危险。

离婚后,母亲和我搬到一个中等偏低收入的公寓。住在那儿的人混杂彼此接近。关于那儿的记忆如三四十年代的电影镜头井然有序,有一串恰如其分的人物。可爱的门房,我崇拜她那极简洁的丈夫,主要是因为据说他由于英勇接近危险的机器而煤气中毒。

时不时有个把不属于那儿的过客。偶然喝醉的人在楼梯上清醒过来,乞丐一周几次会来按门铃。他们站在门廊嘟哝。母亲给他们做三明治——她宁可给他们面包而不是钱。

我五六岁时,我们的保姆名叫安娜-丽萨(Anna-

Lisa),她来自瑞典南方。我觉得她很有吸引力:金黄的鬈发,翘鼻子,带点儿南方口音。她在画画上极有天赋。迪士尼人物是她所长。我在三十年代末那些岁月几乎从未中断画画。外公带回家一卷棕色的纸,是副食店用的那种,我用连环画填满。有一点可以肯定,我五岁时自学写作。然而进展太慢。我的想象需要更快的表达。我甚至没有足够的耐心把画画好。我发展出一种速写式的方法,暴力动作中人物,伤筋断骨的剧情却无细节。连环画只供我自己消遣。

三十年代中期的一天,我在斯德哥尔摩的中心迷失了。母亲和我参加学校的音乐会。在出口的拥挤中,我没抓住她的手。由于我太小而没人注意,我无助地被人流带走。黑暗降临。我站在那儿,丧失了所有的安全感。我周围有人,但他们都在忙自己的事。我无依无靠。那是我第一次死亡经验。

在最初的惊慌后我开始动脑筋,走回家是可能的。绝对可能。我们是坐公共汽车来的。我像往常那样跪在座位上看窗外。曾穿过卓特宁街(Drottninggatan)。我现在要做的很简单,沿原路一站一站走回去。

我走对了方向。长途跋涉中有一件事我记得很清楚——抵达诺伯罗（Norrbro）并看到桥下的水。车辆很多，我不敢穿过马路。我转向一个站在旁边的男人说："这儿有这么多车。"他牵着手带我过马路。

然后他离开我。我不明白，他和别的陌生成人觉得一个小男孩暗夜独自在斯德哥尔摩漫游挺正常。我回家靠的是和狗和信鸽一样内在的神秘罗盘——无论它们在哪儿放走总是能找回家。我不记得那些细节。那么，是的，我记得——我记得我的自信越来越强，当我终于回到家时我十分欣喜。外公见到我。我绝望的母亲正在警察局办理寻找我的手续。外公坚韧的神经没有垮；他待我很自然。他当然高兴，但并未大惊小怪。让人觉得既安全又自然而然。

摘自《记忆看见我》[1]

---

[1] 托马斯·特朗斯特罗默：《记忆看见我》（Tomas Tranströmer, *Memories Look at Me*）。托马斯关于童年及青少年生活的回忆录。我在本书引用的翻译中做了摘编删节。

四

快到韦斯特罗斯,安妮卡用手机和莫妮卡联系,确认高速公路的出口和路线。托马斯住在一片灰秃秃的没有性格的排房里——我紧跟攥着门牌号码的安妮卡东奔西突,在现代化的迷宫寻找托马斯。

他出现在门口,扔下拐棍,紧紧搂住我。那一瞬间,我真怕我会大哭起来。莫妮卡说:"托马斯正要出去散步……看看我们的托马斯,要不是这两天感冒,简直像个明星……"待坐定,我才能真正看到他。他的头发全白了,但气色很好,眼睛恢复了中风前的镇定。

1990年12月,我得到托马斯中风的消息,马上给莫妮卡打电话。她哭了,"托马斯是个好人……他不会说话了……我能做什么?"莫妮卡是护士,托马斯中风后她辞了职。1991年夏天我来看望他们,托马斯显得惊慌而迷惘。他后来在诗中描述了那种内在的黑暗:他像个被麻袋罩住的孩子,隔着网眼观看外部世界。他右半身瘫痪,语言系统完全乱了套,咿咿呀呀,除了莫妮卡,谁也听不懂。只见莫妮卡贴近托马斯,和他的眼睛对视,解读他的内心。她也常常会猜错，托马斯就用手势帮助她。比如把时间猜成五年，手指向右增加，向左减少，微妙有如调琴。"心有灵犀一点通"，这在托马斯和莫妮卡的现实中是真的，他们跨越了语言障碍。

如今托马斯能说几句简单的瑞典话，常挂在嘴边的是"很好"。托马斯，喝咖啡吗？——很好。去散散步吧？——很好。要不要弹钢琴？——很好。这说明他对与莫妮卡共同拥有的现实的满意程度。我给托马斯带来一套激光唱盘，是格伦·古尔德（Glenn Gould）演奏的巴赫第一、第五和第七钢琴协奏曲，他乐得像个孩子，一个劲儿向莫妮卡使眼色。在我的请求下，他用左手弹了几支曲子，相当专业。弹完他挥挥手，抱怨为左手写的谱子太少了——如今莫妮卡"翻译"得准确无误。

女人们去厨房忙碌，我和托马斯陷入头一次见面的尴尬中。我说了点儿什么，全都是废话。我剥掉激光唱盘上的玻璃纸，把唱盘交给托马斯。放唱盘的自动开关坏了，用一根黑线拴着，托马斯熟练地把唱盘放进去。在古尔德演奏第一协奏曲的前几秒钟，他突然大声哼出那激动人心的第一乐句，吓了我一跳。他两眼放光，让位给伟大的钢琴家和乐队,自己摸索着坐下。音乐给了我们沉默的借口。

茶几上,那团成一团的玻璃纸,像朵透明的花慢慢开放。

五

打开与关闭的房子

有人专把世界当做手套来体验
他白天休息一阵,脱下手套,把它们放在书架上
手套突然变大,舒展身体
用黑暗填满整间房屋

漆黑的房屋在春风中站着
"大赦,"低语在草中走动:"大赦。"
一个小男孩在奔跑
捏着一根斜向天空的隐形的线
他狂野的未来之梦
像一只比郊区更大的风筝在飞

从高处能看见远方无边的蓝色针叶地毯
那里云影静静地站着
不,在飞

李笠 译

开启和关闭的空间

一个人用他的作品像一只手套那样来感觉世界。
他在中午歇息一会儿,把手套放在架子上。
它们在那里突然生长,展开
又从里面对整栋房子实行灯火管制。

实行灯火管制的房子在外面的春风中离开。
"大赦",低语在草丛中流动说:"大赦"。
一个男孩拉着一根倾斜在空中的无形之线全速奔跑
他未来的狂野之梦在天上像一只大于城郊住宅区的风筝飞翔。

更远的北方,你从顶峰上可以看见松林那无际的蓝色地毯。

云朵的影子在其中

正在变得静止。

不,正在飞翔。

董继平 译

开放与关闭的空间

一个人用其手套般的职业感觉世界。

他中午休息一会儿,把手套搁在架子上。

它们突然生长,扩展

从内部翳暗整个房子。

翳暗的房子远在春风中。

"大赦",低语在小草中蔓延:"大赦。"

一个男孩拉着斜向天空看不见的线奔跑

他对未来的狂想像比郊区更大的风筝在飞。

往北,从顶峰你能看到无边的松林地毯

云影在那里

一动不动。

不,在飞。

北岛 译

首先我们会注意到李笠对分行和标点符号的疏忽。第二段明明是四行,让他剁成六行,第三段本来是四行,让他粘成三行,把原作四行一段的对称结构弄得面目皆非。更主要的是误译的地方太多。例如,第一句有人专把世界当做手套来体验就有问题,不是有人而是一个人,不是专把……来体验这样的强制性语态而只是感觉,再就是他把职业这层意思给省了。第二句他白天休息一阵,脱下手套,把它们放在书架上,白天应为中午(或正午),书架应为架子,原作中没有提到脱下。这句多少反映了李笠翻译中的普遍性问题,一、用词随便;二、拖泥带水。第三句手套突然变大,舒展身体,舒展身体应为扩展。第四句用黑暗填满整间房屋,是从内部翳暗而非用黑暗填满。第二段第一句漆黑的房屋在春风中站着,应为:翳暗的房子远在春风中。好了,就此打住。无论如何,李笠是个严肃的译者,他至少提供了托马斯肖像的一个侧面。

至于董译本,我就不想再多说什么了,明眼人一看就知道其问题所在。我只想指出其中一处重大错误:它们在那里突然生长，展开/又从里面对整栋房子实行灯火管制。打哪儿来的灯火管制？还戒严呢。把黳暗翻成灯火管制，这是否也太离谱了吧？

我为中国的诗歌翻译界感到担忧。与戴望舒、冯至和陈敬容这样的老前辈相比，目前的翻译水平是否非但没有进步，反而大大落后了？若真是如此，原因何在？记得二十世纪八十年代中期我翻译《北欧现代诗选》时，作为出版者的湖南人民出版社有一套很严格的选稿与译校制度。首先要和主持这套"诗苑译林"丛书的彭燕郊先生协商，提出选题计划，再由懂外文的资深编辑对译本作出评估，提出修改建议，并最后把关。而如今，眼见着一本本错误百出、佶屈聱牙的译诗集立在书架上，就无人为此汗颜吗？

先来看这首诗的题目"开放与关闭的空间"。乔安娜·班吉尔（Joanna Bankier）指出："他的诗常常在探察睡与醒的边界，意识与做梦的边界。"托马斯自己说过："我的诗是聚合点。它试图在被常规语言分隔的现实的不同领域之间建立一种突然的联系：风景中的大小细节的汇集，不同的人文相遇，自然和工业交错等等，就像对立物揭示彼此的联系一样。"这首诗正是处在开放与关闭的边界,通过从关闭走向开放的过程而揭示彼此的联系。

托马斯谈到他的创作过程时说:"我常常从一个物体或状态着手,为诗建立一个'基础'。这基础有时是一个地点。诗从一个意象中渐渐诞生……我用清晰的方法描绘我感受到的神秘的现实世界。"这首诗正是从手套这个意象开始。手套意味着个人与世界的一种劳动的关系,而这种关系在发生变化,并由此产生一种突然的紧张:它们突然生长,扩展/从内部翳暗整个房子。

第二段从关闭的空间转向开放的空间:翳暗的房子远在春风中。/"大赦,"低语在小草中蔓延:"大赦。"一个新的观察角度,即从开放的空间,拉开了与翳暗的房子的距离,于是有了大赦,在小草中迅速传播。在翳暗的房子这一沉重意象的反衬下,小草、低语和大赦带来了如释重负的解放感,特别是小草和大赦之间的对应,真是神奇。一个男孩拉着斜向天空看不见的线奔跑/他对未来的狂想像比郊区更大的风筝在飞。放风筝的男孩可以看作是对大赦的具体化,以及对开放的空间的进一步推进。

如果说第二段是平视的话,最后一段则是俯视,即在一个更加开放的空间:往北,从顶峰你能看到无边的松林地毯／云影在那里／一动不动。／不，在飞。在中国古典诗歌中，登高是个重要主题，不仅为获得更广阔的视野，也是为了反观内心超越尘世。在这里有异曲同工之妙。结尾处的静与动，恰恰揭示了开放与关闭的互动关系：第一段指的是一种类似幽闭恐怖感的内在危机（静）；第二段则是一种释放，以及对自由的渴求（动）；而第三段是超越，是更高层次上的返璞归真（静与动）。

六

问：你受过哪些作家影响？

答：很多。其中有艾略特、帕斯捷尔纳克、艾吕雅和瑞典诗人埃克罗夫。

问：你认为诗的特点是什么？

答：凝练。言简而意繁。

问：你的诗是否和音乐有着密切的联系？

答：我的诗深受音乐语言的影响，也就是形式语言、形式感、发展到高潮的过程。从形式上看，我的诗与绘画接近。我喜欢画画，少年时我就开始画素描。

问：你对风格是怎么看的？

答：诗人必须敢于放弃用过的风格，敢于割爱、消减。如果必要，可放弃雄辩，做一个诗的禁欲主义者。

问：你的诗，尤其早期的诗，试图消除个人的情感，我的这一感觉对不对？

答：写诗时，我感受自己是一件幸运或受难的乐器，不是我在找诗，而是诗在找我，逼我展现它。完成一首诗需要很长时间。诗不是表达"瞬间情绪"就完了。更真实的世界是在瞬间消失后的那种持续性和整体性，对立物的结合。

问：有人认为你是一个知识分子诗人，你是怎么看的？

答：也有人认为我的诗缺少智性。诗是某种来自内心的东西，和梦是手足。很难把内心不可分的东西分成哪些是智性哪些不是。它们是诗歌试图表达的一个整体，而不是非此即彼。我的作品一般回避通常的理性分析，我想给读者更大的感受自由。

问：诗的本质是什么？

答：诗是对事物的感受，不是认识，而是幻想。一首诗是我让它醒着的梦。诗最重要的任务是塑造精神生活，揭示神秘。[1]

七

博物馆

小时候我很迷恋博物馆。首先是自然历史博物馆。什么样的建筑！巨大无比，巴比伦式的，无穷无尽！在一层，大厅套着大厅，塞满在尘土中云集的哺乳动物和鸟类。拱形结构，骨头的气味，鲸鱼悬在屋顶下。再上一层：化石，无脊椎动物……

我被带到自然历史博物馆只有五岁左右。在入口处，两只大象的骨架迎向观众。两个通往不可思议之路的守护者。它们给我留下过深的印象，我画在一个大速写本上。

过了一阵，我停止去自然历史博物馆参观。我正经历一个惧怕骨骸的时期。最糟的是在北欧家族

---

[1] 《托马斯访问记》。（访问者李笠注明说："1990年7月。我和特朗斯特罗默坐在波罗的海的龙马屋岛上。"依我看，李笠对日期的记忆有误，应为1990年8月4日，因我当时也在场。）

词典中,那关于"人"的条目结尾所描述的枯干形体。而我的恐惧总的来说是来自骨骸,包括博物馆入口处大象的骨架。我甚至惧怕自己所画的它们,不能自己打开那速写本。

我的兴趣现在转向铁路博物馆。外公和我每周两次去参观那博物馆。外公准是自己被火车模型迷住了,否则他怎么能受得了。我们会以斯德哥尔摩中央火车站结束我们的一天,它就在附近,看着火车冒着蒸汽开进来,真正的。

博物馆职员注意到一个小孩子的热情,有一次我被带到博物馆办公室,在来访者签名簿上写下我的名字。我想做个铁路工程师。然而与电气机车相比,我对蒸汽机车更感兴趣。换句话来说,与其说我热衷技术,不如说是浪漫。

此后,我作为学生重返自然历史博物馆。我现在是动物学的业余爱好者,严肃认真,像个小学究。我埋头于关于昆虫和鱼的书本中。

我开始了自己的收藏。它们存放在家中的食品柜里。而在我的脑袋中,那儿生成巨大的博物馆,在想象与真实之间交错展开。

我差不多每隔一周的星期日去自然历史博物馆。我乘电车到若斯雷哥斯图尔（Roslagstull），然后步行。那段路总是比我想象的要长。我清楚记得那徒步行军：总是刮风，我又是鼻涕又是眼泪的。我不记得相反方向的旅程。好像我从未回家，只是去博物馆，鼻涕眼泪而满怀希望地前往巴比伦建筑的远征。

我会在博物馆把活儿干完。在鲸鱼和古生物学房间驻步，然后是最让我流连忘返的部分：无脊椎动物。

我从没有和其他参观者有任何接触。事实上，我根本不记得那儿有其他参观者。我偶尔去过的其他博物馆——国家海洋博物馆，国家人类学博物馆，科技博物馆——总是挤满了人。而自然历史博物馆似乎只为我开放。

有一天我和某人遭遇——不，不是参观者，他是个教授什么的——在博物馆工作。我们在无脊椎动物中碰见。他突然在陈列橱窗之间显形，几乎跟我的身材一样小。他半自言自语。我们立刻卷入关于软体动物的讨论中。他如此心不在焉毫无成见，像大人那样待我。那些守护天使中的一个偶尔出现在我的童年，用翅膀触到我。

我们谈话的结果是，我获准进入博物馆不对外开放的部分。我得到做小动物标本的忠告，并配备玻璃试管，对我似乎意味着真的专业化。

我收集昆虫，几乎所有甲虫，从十一岁直到我满十五岁。然后是别的东西，那些有竞争力的有趣的最具艺术性的，迫使我注意它们。多让人忧伤，必须放弃昆虫学！我试着说服自己那不过是临时调整。五十年后我会重新开始我的收藏。

我外出无边地漫游。一种与思想无关的露天生活改善我的健康。我对战利品没有审美观，当然——这毕竟是科学——而我无意识吸收了许多自然美的经验。我进入巨大的神秘中。我知道大地活着，那儿有一个对我们毫不介意的爬行与飞翔的自足的无穷世界。

我抓住那世界一个个片断，钉在我至今仍拥有的盒子里。一个我很少意识到的隐密的微型博物馆。然而它们在那儿，那些昆虫。好像它们在等待时机。

摘自《记忆看见我》

八

致防线后面的朋友

1
我写给你的如此贫乏。而我不能写的
像老式飞艇不断膨胀
最终穿过夜空消失。

2
这信此刻在检查员那儿。他开灯。
强光下,我的词像猴子蹿向栅栏,
哐啷摇晃,停住,露出牙齿。

3
请读这字行之间。我们将二百年后相会
当旅馆墙壁中的扩音器被遗忘
终于可以睡去,变成三叶虫。

北岛 译

我决定放弃合作社，在托马斯的诗歌翻译上搞单干。这虽说多少有些寂寞，但省心。

从题目上看，托马斯又涉及他最常见的主题——边界。这回是语言的边界，是可表达与不可表达的边界。第一节点出表达的困境：我写给你的如此贫乏。而我不能写的 / 像老式飞艇不断膨胀 / 最终穿过夜空消失。老式飞艇这个意象很妙，夜空指的是人的潜意识或无意识的不明区域。第二节始于检查员所代表的防线（即语言边界）。我的词像猴子蹿向栅栏，咔嘟摇晃，停住，露出牙齿，则意味着语言所具有的行为能力，是对检查员所代表的防线的挑战。第三节第一行请读这字行之间。我们将二百年后相会，我们指的我和防线后面的朋友。当旅馆墙壁中的扩音器被遗忘 / 终于可以睡去，变成三叶虫。由于死亡和遗忘，请读这字行之间所代表的语言的虚无终于显现出来。三叶虫显然来自托马斯关于博物馆的童年记忆，那化石是虚无的外化。

这首诗妙在结构上的切断与勾连。用数字代表的三段似乎互不相关，但又同时指涉同一主题——语言的边界。从第一节老式飞艇的消失，到第二节在检查员那儿的显现；从咔嘟摇晃，停住，露出牙齿的暴力倾向，到最后一节请读这字行之间的克制与平静。起承转合有一种从容不迫的大度,整首诗显得匀称、自然而不突兀。从某种意义上,读者必须采取开放的阅读方式,才可能破译并进入这首诗。

九

蓝房子里挂着一幅多桅帆船的油画,是托马斯的祖父画的。这房子至少有一百五十年历史了。由于保暖需要,天花板很低,窗户小小的。沿着吱吱作响的楼梯上楼,一间是卧室,一间是托马斯的小书房,窗外就是树林。托马斯的很多意象与蓝房子有关。

我头一回见到蓝房子是1985年夏天,即我陪托马斯游长城的半年以后。那时我像只没头苍蝇,在官僚的玻璃上撞了好几个月,终于有只手挥了挥,把我放了出去。

托马斯笑呵呵地在蓝房子外迎接我。在场的除了马悦然和夫人宁祖(她1996年因癌症过世),还有他们的学生碧达(Britta)和安妮卡。安妮卡来晚了,她刚从北京调回瑞典外交部。如果时光是部影片的话,我非把它倒回去,让那个时刻放得慢一点儿,或索性定格。那时托马斯爱开玩笑，壮得像牛；宁祖活得好好的，大笑个没完；安妮卡年轻得像个大学生，精力过人，好像直接从北京游过来似的。

瑞典的夏天好像钟停摆——阳光无限。坐在蓝房子外面，我们一边喝啤酒，一边尝莫妮卡做的小菜，话题散漫。瑞典文和中文近似，有两个声调。两种语言起伏应和，好像二重唱。那年蚊子特别多，逆光下呈雾状，挥之不去，让人心烦意乱。而托马斯坐在蚊子中间若无其事。蚊子不咬他，他也不驱赶，似乎达成了一个秘密的和平协议。

托马斯给我看了他刚刚完成的诗作《上海》（题目后来改成《上海的街》）。开头两句是："公园的白蝴蝶被很多人读着。/ 我爱这菜白色，像是真理扑动的一角。"这意象来自他上海的经历。从北京到上海，没人陪同，使馆要他把所有发票都保存好。发票多半是中文的，他正着看倒着看都没用。那上海闲人多，估摸这奇怪的动作招来看热闹的，于是发票变成了白蝴蝶，被很多人读着。

托马斯是心理学家，在少年犯罪管教所工作。依我看，这职业和诗歌的关系最近，诗歌难道不像个少年犯吗？在二十三岁那年，托马斯靠他的第一本诗集

《诗十七首》把瑞典文坛给镇了。即使现在看,那些诗也近于完美。他写得很慢,一辈子只有一百多首诗,结成了全集也不过一本小书而已,但几乎首首都好。那是奇迹。

我们又回到1998年,在晚饭前喝着西班牙开胃酒。我问起托马斯的写作。他从抽屉里找出两个八开的横格本。1990年12月是个分水岭,以前的字迹清晰工整,中风后改左手写字,像是地震后的结果,凌乱不堪。一个美国诗人告诉我,当年托马斯来美国访问,人一走,有人把模仿他诗句的纸条塞进他住过的房间,再找出来,宣称是伟大的发现。他们要能看到这原稿,还了得?

六七十年代,不合时代潮流的托马斯受到同行们恶狠狠的攻击,骂他是"出口诗人"、"保守派"、"资产阶级"。记得有一次我问他生不生气。"我倒想说不,可我能不生气吗?"如今时代转过身来,向托马斯致敬。他接连得到许多重要的文学奖。莫妮卡告诉我,前不久,他俩去斯德哥尔摩美术馆,被一个导游认了出来,他大声向观众们说:"这是我们的托马斯!"全体向他们鼓掌。

十

蓝房子

这是一个阳光明媚的夜。我站在密林中,转向我那雾蓝色墙壁的房子。好像我刚死去,从新的角度看它。

它已度过八十多个夏天。其木头饱含四倍的欢乐三倍的痛苦。当住这儿的人死了,房子就被重漆一次。死者自己漆,不用刷子,从里边。

房子后面,开阔地。曾是花园,如今已荒芜。静止的荒草的波浪,荒草的塔林,涌动的文本,荒草的奥义书,荒草的海盗船队,龙头,长矛,一个荒草帝国。

一个不断抛出的飞去来器的阴影穿过荒芜的花园。这一定和很久前住这儿的人有关。差不多还是个孩子。他的一种冲动,一种思想,一种行动意志般的思想:"画……画……"逃脱他的命运。

那房子像一张儿童画。它所代表的稚气长大,因为某人——过早地——放弃了做孩子的使命。开门，进来！天花板不安，墙内平静。床上挂着有十七张帆的舰船的画，镀金框子容不下嘶嘶作响的浪头和风。

这里总是很早，在歧途以前，在不可更改的选择以前。感谢今生！我依然怀念别的选择。所有那些速写，都想变成现实。

一艘汽艇很远，在伸向夏夜地平线的水面。苦与乐在露水放大镜中膨胀。无从真的知道，我们是神圣的；我们的生活有条姐妹船，完全沿着另一条航线。当太阳在群岛后面闪耀。

北岛 译

驱 魔

十五岁那年冬天，我被一种严重的焦虑折磨。我被关在一个不发光的黑探照灯里。我从黄昏降临直到第二天黎明陷入那可怕的控制中。我睡得很少，坐在床上，通常抱着本厚书。那个时期我读了好几本厚书，但我不敢肯定真的读过，因为连一点印象都没留下。书是让灯开着的借口。

那是从深秋开始的。一天晚上我去看电影《虚度光阴》，一部关于酒鬼的影片。他以精神疯癫的状态告终——这悲惨结局今天看来或许有些幼稚。但不是当时。

我躺在床上，电影在我脑海又过了一遍，像在电影院放的那样。

屋里的气氛骤然变得恐怖紧张。什么东西完全占据了我。我身体突然开始发抖，特别是双腿。我是个上发条的玩具，无助地乱蹦乱跳。我抑止不住地抽搐起来，这我从未经历过。我尖叫救命，妈妈赶来。抽搐渐渐消退了。没再回来。可恐惧加重了，从黄昏到清晨一直缠着我。

我存在的最重要的因素是病。世界变成个大医院。我眼前人类从灵魂到肉体都变了形。光线燃烧，试图拒斥那些可怕的脸，但有时会打瞌睡，眼帘闭上，可怕的脸会突然包围我。

这一切都无声地进行，而声音在寂静内部穷忙。

墙纸的图案变成脸。偶尔墙内嘀哒声会打破寂静。是什么声音？是谁？是我吗？墙的响动是我的病态意愿所致。多么糟糕……我疯了吗？差不多。

我担心滑进疯狂，但一般说来我并未觉得有任何疾病威胁——这是忧郁症中罕见的案例——而正是由病的绝对权力引发的恐惧。像在一部电影中，乏味的公寓内部被不祥的音乐彻底改变，我经历的外部世界变得不同，因为它包括了我对疾病控制的意识。几年前我想做个探险者，如今我挤进一个我根本不想去的未知国度。我发现了一种魔鬼的力量。或者不如说，是魔鬼的力量发现了我。

最近我读到有关报道，某些青少年由于被艾滋病统治世界的念头所困扰而失去生活的乐趣。他们会理解我的。

那时候我怀疑所有的宗教形式，我肯定拒绝祈祷。如果危机晚出现几年，我会把它当成唤醒我的启示，如同悉达多（释迦牟尼的本名）的四次遭遇（老者、病人、尸体和丐僧）。我会设法对侵入我的夜的意识的变形和疾病，多一点同情少一点恐惧。可那时，我陷入恐惧，宗教丰富多彩的解释对我来说还没有准备好。没有祈祷，只有用音乐驱魔的尝试。在那个时期，我开始认真地锤击钢琴。

母亲目击了那个深秋之夜危机开始时的痉挛。而此后她被完全关在外面。每个人都被排除在外，要谈论那发生的一切太可怕了。我被鬼包围。我自己也是个鬼。一个每天早上去学校在课上呆坐的鬼。学校变成呼吸的空间，我的恐惧在那儿不同。我的私生活在闹鬼。一切颠倒过来。

而我一直在成长。在秋季学期开始时我在全班最矮的行列，可到了期末我成为最高的之一。好像我在其中的恐惧是一种催植物发芽的肥料。

冬天快结束了，白日越来越长。如今，奇迹一般，我自己生活中的黑暗在撤退。这一过程是渐进的，我慢慢复原。一个春天的晚上，我发现所有的恐惧已处于边缘。我和朋友坐在一起抽着雪茄讨论哲学。是穿过苍白的春夜步行回家的时候了，我完全没有觉得恐惧在家等待我。

我依然被裹挟其中。也许是我最重要的经历。而它要结束了。我觉得它是地狱中的炼狱。

摘自《记忆看见我》

十二

写于1966年解冻

淙淙流水;喧腾;古老的催眠。
河淹没了汽车公墓,闪烁
在那些面具后面。
我抓紧桥栏杆。
桥:一只飞越死亡的巨大铁鸟。

北岛 译

这首短诗只有五行,却写得惊心动魄。开篇时相当宁静:淙淙流水;喧腾;古老的催眠,用流水声勾勒出冰雪消融的景象,声音成为动力推动着诗继续向前:河淹没了汽车公墓,闪烁 / 在那些面具后面,如果说第一行是声音的话,那么第二三行是画面,在这画面中出现了不祥之兆:汽车公墓和面具,汽车公墓即废车场,面具即报废的汽车。自然意象和工业文明的意象在这里交汇,且在一种相当负面的阴影中。接下去,我抓紧桥栏杆,叙述者终于现身——在桥上。动作的突然性构成了紧张,暴露了叙述者的内心恐惧——桥:一只飞越死亡的巨大铁鸟。这是个多么强烈的意象,首先在于其准确生动,再者充满动感而更紧迫更具威胁性。桥,这工业文明的象征竟意味着死亡。全诗从淙淙流水到桥,从缓到急,从和平到死亡,从古老到现代,戛然而止。

我忽然想到传统。托马斯拥有多么丰富的传统资源,自古罗马的贺拉斯到日本的俳句,从瑞典前辈诗人埃克罗夫到现代主义的宗师艾略特,从法国超现实主义的艾吕雅到俄国象征主义的帕斯捷尔纳克。他承上启下,融会贯通,在一个广阔的背景中开创出自己的道路。

反观中国现代诗歌,不能不让人感到传统的一再中断。"五四"运动就是第一次中断,对中国古典诗歌传统的否定,造成早期白话诗的苍白幼稚。左翼运动的革命文学致使诗歌沦为宣传的工具,是第二次中断。而第三次中断,是"九叶派"后中国诗歌的巨大空白。"今天派"出现后,代沟纵横,流派林立,恶语相向,互相掣肘,使本来非常有限的传统资源更加枯竭。没有传统做后盾,就等于我们的写作不断从零开始。

自二十世纪八十年初起,大量的西方作品译介到中国。在与西方现代主义文学的相遇过程中,有一个相当流行的看法,认为现代主义必然是反传统的。我本人就深受这一看法的影响。其实这完全是误解。

我最近在一次访谈中说:"这些年在海外对传统的确有了新的领悟。传统就像血缘的召唤一样,是你在人生某一刻才会突然领悟到的。传统的博大精深与个人的势单力薄,就像大风与孤帆一样,只有懂得风向的帆才能远行。而问题在于传统就像风的形成那样复杂,往往是可望不可及,可感不可知的。中国古典诗歌对意象与境界的重视,最终成为我们的财富(有时是通过曲折的方式,比如通过美国意象主义运动)。我在海外朗诵时,有时会觉得李白杜甫李煜就站在我后面。当我在听杰尔那蒂·艾基(Gennady Aygi)朗诵时,我似乎看到他背后站着帕斯捷尔纳克和曼德尔施塔姆,还有普希金和莱蒙托夫,尽管在风格上差异很大。这就是传统。我们要是有能耐,就应加入并丰富这一传统,否则我们就是败家子。"

十三

1990年初,我漂流到瑞典,在斯德哥尔摩一住就是八个月。1985年那个令人晕眩的夏天一去不返。我整天拉着窗帘,跟自己过不去。若没有瑞典朋友,我八成早疯了。

那年我常和托马斯见面。

一张托马斯在花丛里的照片标明:1990年8月4日。那天早上,我和李笠乘轮船直奔蓝房子,结果坐过了站,被抛在另一个岛上,下一班船要等好几个钟头。李笠说服了一个住在岛上的老头,用汽艇把我们送过去,老头说什么也不肯收钱。

那天布罗茨基(Joseph Brodsky)也在。他1972年离开俄国,再也没回去过。几乎每年夏天,他都到斯德哥尔摩住一阵,据说是因为这儿的环境气候最像他的老家彼得堡。我头一眼就不喜欢他,受不了他那自以为是的劲头。此后又见过面,都改变不了这第一印象。布罗茨基对托马斯倒是很恭敬。他曾老老实实承认,他的某些意象是从托马斯那儿"偷"来的。

我们坐在阳光下喝啤酒,懒洋洋的。大家倚在蓝房子的扶手台阶上,用宝丽莱(Polaroid)照相机轮流拍照。他们的小女儿玛利亚(Maria)帮忙收拾杯盘,她长得很像莫妮卡。他们有两个女儿,都住在斯德哥尔摩。

李笠、布罗茨基和玛利亚赶傍晚的一班船回斯德哥尔摩，我留下来，住在蓝房子旁边的一栋小木屋里。那夜，我失眠了。树林里的猫头鹰整夜哀号。

算起来，从那时到托马斯中风只剩下四个月。只有托马斯自己，在1974年发表的唯一一首长诗《波罗的海》预言了这场灾难。8月初，我从瑞典搬到丹麦，临走前跟托马斯夫妇来往最频繁。他们一到斯德哥尔摩，马上打电话过来。和中国人在一起，饭局是少不了的，几杯酒下肚，托马斯总是半开玩笑地对我说："我从没见过像你这么高的中国人。"

11月初，我在丹麦奥胡斯（Aarhus）刚落脚，托马斯就跟过来朗诵。我像傻子一样，坐在听众中间。现在想起来，那是天赐良机，在托马斯即将丧失语言能力以前。他嗓子有点儿沙哑，平缓的声调中有一种嘲讽，但十分隐蔽，不易察觉。他注重词与词的距离，好像行走在溪流中的一块块石头上。朗诵完了，听众开始提问。有个秃顶男人和托马斯争了起来。我还是像傻子一样，头在瑞典语和丹麦语之间扭来扭去。我从来没见过托马斯这么激动过，他脸红了，嗓门也高了。

朗诵会后，主持人请我们一起吃晚饭。问起刚才的争论,托马斯只说了一句:"那家伙自以为有学问。"我想为一起来听朗诵的同事安娜讨本诗集,他把手伸进书包,孩子似的做了个鬼脸——没了。没了?我有点儿怀疑。没了!他肯定地说。

一个月后,他拒绝再和任何人争论。听到他中风的消息,我很难过,写了首诗给他,听莫妮卡说他看完掉了眼泪:"你把一首诗的最后一句／锁在心里——那是你的重心／随钟声摆动的教堂的重心／和无头的天使跳舞时／你保持住了平衡……"

一晃七八年过去了,托马斯真的保持住了平衡。

我第二天一早飞回美国,得早点儿动身回斯德哥尔摩。晚饭吃得早,有鱼子酱、沙拉和烤鱼,餐桌上点着蜡烛,刀叉闪闪。烛光中,托马斯眼睛明亮。莫妮卡时不时握握他的手,询问般地望着他。饭后,我们回到客厅,打开电视,正好是晚间新闻。政客们一个个迎向镜头,喋喋不休。莫妮卡和安妮卡笑起来,而托马斯表情严肃,紧盯着电视。一会儿,莫妮卡关上电视,端出她烤的苹果馅饼。我们正有说有笑,托马斯又用遥控器把电视打开。莫妮卡告诉我,托马斯觉得有责任监督那些愚蠢的政客。

1990年夏天,我的确在蓝房子过夜时失眠,莫妮卡证实了这一点。那么第二天早上干什么来着?对了,我跟托马斯去采蘑菇。我们穿上长筒胶靴,笨拙得像登月的宇航员。走着走着下起雨来,林中小路更加泥泞。托马斯走在前头,用小刀剜起蘑菇,搁嘴里尝尝,好的塞进口袋,坏的连忙吐掉,说:"有毒。"

十四

拉丁文

1946年秋天我进了高中的拉丁部。那意味着新的老师,其中最重要的是布克恩(Bicken)。他是我们班的老师,对我的影响远远大于我愿意承认的,当我们个性发生冲突时。

他成为我的老师以前的几年中,我们有过一两次戏剧性接触。有一天,我迟到了,沿着学校的走廊奔跑。另一个男孩从相反方向猛冲过来。是G,我们邻班的,以专横霸道闻名。我们尖叫着突然停下来,面对面,并无意避免冲突。这突然刹车导致极大的敌意，我们在走廊相持。G抓住时机——他右拳击中我的腹部。我眼前一黑,倒在地板上呻吟。G消失了。

清醒后,我发现我在盯着一个俯下身来的人。一个拖长的哀怨而歌唱般的声音绝望地重复:"怎么了?怎么了?"我看见一张粉脸和修剪利索的粉白胡子。脸上表情充满担忧。

那声貌属于拉丁文和希腊文的老师,外号布克恩。幸好他没有盘问我为什么会横在地上,为我不用搀扶自己走开而似乎感到满意。他的担忧和助人为乐,给我留下了好心人的印象。这一基本印象维持不变,即便在我们发生冲突的时候。

布克恩外表时髦,甚至有点戏剧化。通常是深色宽边帽和短斗篷陪伴他的白胡子。冬天在户外衣着极少。远观他仪表堂堂,近看却总是一脸茫然。

布克恩被慢性关节炎所折磨,明显跛足,而他尽量行动敏捷。他进入教室总是挺戏剧化的,把公文包扔到他的书桌上;紧接着,几秒钟后我们就确切知道其情绪好坏。天气明显地在影响他的情绪。在凉爽的日子,他的课令人愉悦。当低气压盘旋在我们头上而乌云密布,他的课在枯燥焦虑的气氛中爬行，时不时被不可避免的暴怒打断。

在人的分类中，很难想象除了当老师他还适合干别的。甚至可以说，很难想象拉丁文老师以外的行当。

在学校的倒数第二年，我自己用心写起现代诗来。同时，我迷上了古老的诗歌。拉丁课从关于战争、元老院和执政官的历史课本进入卡塔拉斯（Catullus）与贺拉斯（Horace）的诗歌。我学到了很多。通过形式，某些东西可上升到另一个层次。毛毛虫的腿消失了，展开翅膀。人永远不要失去希望！

唉，布克恩永远不会想到我怎么被那些古典的诗章所俘虏。对他来说，我只是个荛淘的学生，在校刊上发表费解的四十年代式的诗歌——在1948年秋天。他看到我的努力，连同对大写和标点符号的一概回避。他对此义愤填膺。我被看成是野蛮浪潮中的一部分。这样的人对贺拉斯肯定是彻底免疫的。

在一堂课上，当我们穿过和十三世纪生活有关的一段中世纪拉丁文后，他对我的印象更糟了。那是个阴天；布克恩在受罪，某种愤怒蓄积待发。他突然抛出问题，我回答了。那是我想缓解那压抑气氛的一种条件反射。布克恩大怒，并不止于此，他甚至在期末给予我"警告"。那是写给家里的简短评语，以示该学生在拉丁课上的疏忽。由于我的作业分数都很高，这一"警告"只能假定针对的是一般性行为，而非拉丁课的表现。

在学校的最后一年，我们的关系有所好转。那时我在通过令人兴奋的考试。

就在那时，贺拉斯的两种诗歌形式，开始找到进入我写作的途径。而我不知道布克恩对此是否在行。古典格律——我是怎么用上它们的？一念之差。我认为贺拉斯是当代的。如此纯真才变得老练。

摘自《记忆看见我》

十五

对一封信的回答

在底层抽屉我发现一封二十六年前收到的信。一封惊慌中写成的信，它再次出现仍在喘息。

一所房子有五扇窗户：日光在其中四扇闪耀，清澈而宁静。第五扇面对黑暗天空、雷电和暴风雨。

我站在第五扇窗户前。这封信。

有时一道深渊隔开星期二和星期三,而二十六年会转瞬即逝。时间不是直线,它甚于迷宫,如果紧贴墙上的某个地方,你会听到匆忙的脚步和语音,你会听到自己从墙的另一边走过。

那封信有过回答吗?我不记得,那是很久以前的事。大海无边的门槛在漂荡。心脏一秒一秒地跳跃,好像八月之夜潮湿草地上的蟾蜍。

那些未曾回答的信聚拢,如同卷层云预示着坏天气。它们遮暗了阳光。有一天我将回答。在死去的一天我最终会集中思想。或至少远离这儿我将重新发现自己。我,刚刚抵达,漫步在那座大城市,在125街,垃圾在风中飞舞。我喜欢闲逛,消失在人群中,一个大写 T 在浩瀚的文本中。

北岛 译

Osip Mandelstam
曼德尔施塔姆

昨天的太阳被黑色担架抬走

一

我是从艾伦堡的《人·岁月·生活》中头一回听说曼德尔施塔姆（Osip Mandelstam）。这套四卷本的回忆录，几乎是我们那代人的圣经。艾伦堡是俄国作家，十月革命前被放逐巴黎，他见证了若干历史事件和人物，包括二十世纪众多伟大的作家和艺术家。

我们至今都不知道，是哪只手浑水摸鱼，在这套专为高干阅读的内部读物（即所谓黄皮书）中，选上包括《人·岁月·生活》在内的近百部世界文学的现当代重要作品的。后来赶上"文化大革命"的混乱，最终落到我们手中。我常为我们这一代感到庆幸，若没有高压和匮乏，就不会有偷尝禁果的狂喜。如今我走进书店，为自己无动于衷而恼火。波兹曼（Neil Postman）在1985年出版的《娱乐至死》一书中说:"奥威尔害怕的是那些强行禁书的人,赫胥黎担心的是失去任何禁书的理由,因为再没有人愿意读书。""一切公众话语都以娱乐的方式出现,娱乐成为我们的文化精神。"

在高压与禁忌的年代,《人·岁月·生活》成了我们窥视世界的秘密窗口。这书我不知读了多少遍,由于四卷并非按顺序到手,那阅读方式特别,像交叉小径,就在这小径上我和曼德尔施塔姆不期而遇。

说到《人·岁月·生活》,让我想起赵一凡,我是从他那儿借到这套书的。在北京,他家是禁书和地下文学作品的集散地之一。我是通过我的邻居和一凡结识的,时间大约在1971年。一凡的岁数至今都是个谜,估摸长我十来岁。他自幼下肢瘫痪,嗓音尖细,脑袋硕大无比。初次见面的印象是混乱的,他似乎既羞怯又自持。那时友谊往往取决于政治上的信任程度,而我们并没做任何政治试探,一下就谈到文学和书,就像对上了暗号:我把我的诗给他看。他让我把诗留下,并答应帮我找书,包括《人·岁月·生活》。

他和家人住同一大院,在后院另有自己的小屋,很僻静。一凡行动不便,还是常骑车外出。那时没有电话,每次撞锁，我就在他门口的信箱留个字条。即使一凡在家，我也并非总是幸运的。他会摊开厚实的手掌，慢吞吞告诉我，书还没到他手上，让我过几天再来。好在那时人有的是耐心。

《人·岁月·生活》是1960年在苏联出版的，那时曼德尔施塔姆尚未平反，故有的地方闪烁其词，特别是他生命的结局，艾伦堡只提了一句："我最后一次见到他是1938年春在莫斯科。"曼德尔施塔姆仿佛身披黑色大氅，在交叉小径上消失。

艾伦堡这样写道："我们俩都生在1891年，奥西普·埃米利耶维奇比我大两周。我听他读诗的时候常想，他比我聪明，比我年长得多。但是在生活里，他在我的眼中却是个任性的、心胸狭窄的、忙忙碌碌的孩子。他多么讨厌啊，我考虑了几分钟又立刻补充说：又是多么可爱啊！在他模糊的外貌下面，隐藏着善良、人道精神和灵感。

"他身材矮小，体质虚弱，长着一撮毛的头总是向后仰着。他喜欢雅典卫城墙边那只以歌声打破静夜的公鸡的形象，而他自己在用男低音唱自己庄严的颂歌时，也像一只年轻的公鸡。

"他总是坐在椅子边上,有时突然跑开,幻想一顿精美的午餐,定一些稀奇古怪的计划,滔滔不绝地说得出版商厌烦不堪,有一次他在费奥多西亚(Feodosia)召集了一批富有的'自由派人士',严厉地对他们说:'在最后审判时,问到你们是否了解曼德尔施塔姆,你们就回答说:不了解。问到你们供养过他没有,如果你们回答说,供养过,你们的许多罪行就会得到宽恕。'"

一凡精力过人,可几天几夜不睡觉。他识字特别多,很多字典都是由他做的终校。我把自己写的小说给他看,他先挑出一堆错别字,把我气得够呛,好像我的写作生涯非得始于字典不可。就在他那拉上帘子的屋角,有一台照相翻拍机,那肯定是当时最先进的复制设备,让人肃然起敬。而他更善于手抄,不仅抄诗抄小说,还抄友人书信。他这爱好让人望而生畏,那是不愿留下任何证据的时代。可我们后来办《今天》,幸亏有一凡,不少失传的诗稿都是他提供的。我一直怀疑,那套《人·岁月·生活》就是他的,但当时不便多问。这书在地下流通渠道的含金量很高,换来不少黄皮书,我跟着沾光。

"凡是第一次在出版社的会客室或咖啡馆遇见曼德尔

施塔姆的人,都会觉得面前是一个最轻浮的、甚至不会思考的人。实际上曼德尔施塔姆很会工作。他不是在桌子上写诗,而是在莫斯科或列宁格勒的大街上,在草原上,在克里米亚、格鲁吉亚、亚美尼亚的群山中写。他谈到但丁时说:'阿利吉耶里写诗时踏遍了意大利的羊肠小道,磨破了多少鞋掌、多少牛皮鞋和多少平底鞋啊。'这番话首先适用于曼德尔施塔姆。他的诗是一字字一行行写成的,他成百上千次地修改;有时一首诗起初意思很清楚,但经他一改就复杂化了,几乎让你看不懂,但有时相反地倒变得清晰了。他酝酿一首八行诗往往用几个月,一首诗的诞生也往往使他惊讶不已。"

一凡的公开身份是街道团支部书记,这多少带有某种神秘色彩,其实他的政治观点跟其公开身份是一致的。他那套马克思主义理论,就像他脑袋一样庞大健全,争论起来我根本不是对手,我刚要发火,他总是眯起眼睛,宽厚地笑了。好在我们都酷爱俄国文学,从帕乌斯托夫斯基的《金蔷薇》到阿克肖诺夫的《带星星的火车票》,从《罪与罚》到《人·岁月·生活》。

"然而奥西普·埃米利耶维奇最热爱的还是俄语和俄国诗。'由于整整一系列的历史原因,希腊文化生气勃勃的力量把西方让给了拉丁文化的影响，它在不育的拜占庭稍事逗留，便一头扎进俄语的怀抱，把希腊化时代的世界观独特的奥秘和自由表现的秘密传给了俄语，因此俄语就成了发音发光的实体……'"

1974年底，我刚完成中篇小说《波动》的初稿。我带给一凡看，他劝我把手稿藏在他那儿比较安全，因为他的公开身份。我先答应了，想想不妥，第二天就取回来。约两周后，我像往常那样骑车到一凡家，刚要敲门，蓦然发现门上贴着公安局的封条。还没缓过神，就被一帮居委会老太太团团围住，盘问我跟一凡的关系及我的单位。我撒了个谎，冲出重围，骑上车仓皇逃窜。回家惊魂未定，估摸那七八万字的小说，一凡不可能一夜之间抄录在案，但那躲在屋角的翻拍机还是让人肝儿颤。在种种不祥之兆下，我开始转移手稿信件，跟朋友告别。

曼德尔施塔姆最初是十月革命的拥护者。艾伦堡写道："我是在莫斯科认识奥西普·埃米利耶维奇的，后来我们常在基辅索菲亚大街上那个希腊咖啡馆中见面，他在那儿向我朗诵了描写革命的诗：啊，执法如山的人民，你是太阳，/ 在沉闷的岁月冉冉升起。"

二

列宁格勒

我回到我的城市,我熟悉这里的每滴泪水,
每条街巷,我熟悉孩子们的血脉线路。

你回到这里,快快吞下列宁格勒沿河
街灯的鱼肝油!

快些熟悉这十二月的日子,
在这不祥的油脂中拌着黄土。

彼得堡!我还有可以听到
死者声音的地址。

我住在肮脏的楼梯间,被带着布撕下的
小铃敲打着我的太阳穴。

我彻夜不眠等待好友的来临,
门的锁链像镣铐微微抖动作响。

     1930 年 12 月,列宁格勒

      菲野 译

列宁格勒

我回到了我的城,这非常熟悉的城,
熟悉到每道纹理,孩提起就在此周游。

你回到了这里,那就赶快大口地吃吧,
吞食列宁格勒河上航标灯的鱼肝油!

你就赶快地辨认十二月的一天吧,
一枚蛋黄被拌进了暗淡无光的焦油。

彼得堡!我暂时还不想死去:
你那里还有着我的电话号码。

彼得堡!我还握有一些地址,

根据它们我能找到死者的留话。

我在一段黑色的楼梯上生活，
连根拔下的门铃打在我的太阳穴上。

我彻夜不眠地等待亲爱的客人，
门上链锁的镣铐被弄得哗哗作响。

     1930年12月，列宁格勒

       刘文飞 译

列宁格勒

我回到了我的城市，这像眼泪，血管，
和童年的腮腺炎一样熟悉的地方。

你到家了，那就赶快去吞一口
列宁格勒河岸鱼肝油般的灯光吧。

趁还来得及，去跟十二月的日子相认吧：
美味的蛋黄已经拌进了不祥的沥青。

彼得堡，我还不想去死：
你有我的电话号码。

彼得堡，我还有一些地址，
我能从那儿召回死者的音容笑貌。

我住在楼梯间里，嘈杂的门铃
撞击我的太阳穴，撕裂了那儿的皮肉。

我彻夜等待着可爱的宾客，
门上的链子，就像镣铐哗啦哗啦响着。

1930.12

杨子 译

列宁格勒

我回到我的城市，熟悉如眼泪，
如静脉，如童年的腮腺炎。

你回到这里，快点儿吞下

列宁格勒河边路灯的鱼肝油。

你认出十二月短暂的白昼:
蛋黄搅入那不祥的沥青。

彼得堡,我还不愿意死:
你有我的电话号码。

彼得堡,我还有那些地址
我可以召回死者的声音。

我住在后楼梯,被拽响的门铃
敲打我的太阳穴。

我整夜等待可爱的客人,
门链像镣铐哐当作响。

1930年12月,列宁格勒

北岛 译

我选出《列宁格勒》的四种中译本,是想让大家看看翻译的差异有多大。这多少有点儿像黑泽明的电影：四个译者像证人，对同一事件讲的故事完全不同。好在文本比事件可靠些，并非死无对证。这四种译本中，菲野和刘文飞是从俄文译的，杨子和我是从英文译的。为慎重起见，我参考了三种英译本，包括美国著名诗人默温（W. S. Merwin）和别人的合译本。

我一向推崇菲野译的帕斯捷尔纳克的诗，但这首《列宁格勒》却让我失望：粗糙马虎，居然丢了关键的一段，或者说把两段合并了：彼得堡！我还有可以听到／死者声音的地址。（彼得堡，我还不愿意死：／你有我的电话号码。／彼得堡，我还有那些地址／我可以召回死者的声音。）开篇就有很大的问题：我回到我的城市，我熟悉这里的每滴泪水，／每条街巷，我熟悉孩子们的血脉线路。（我回到我的城市，熟悉如眼泪，／如静脉，如童年的腮腺炎。）再看看刘文飞的译本：我回到了我的城，这非常熟悉的城，／熟悉到每道纹理，孩提起就在此周游。在这里，菲野和刘文飞都犯了相似的毛病，其中三个关键细节：眼泪、静脉、腮腺炎，要不误导要不干脆抹掉了。第三段第二句：在这不祥的油脂中拌着黄土。（菲野译）一枚蛋黄被拌进了暗淡无光的焦油。(刘文飞译)菲野把沥青(或焦油)译成油脂,把蛋黄译成黄土了,而刘文飞把不祥译成暗淡无光了。最后再看第六段:我住在肮脏的楼梯间,被带着布撕下的/小铃敲打着我的太阳穴。(菲野译)我在一段黑色的楼梯上生活,/连根拔下的门铃打在我的太阳穴上。(刘文飞译)这会让读者误解为某种直接的暴力事件,其实诗人指的是拽响的门铃,是一种虚拟状态。

至少从我这个证人的角度来看,杨译本没那么离谱,但也有些不必要的添加物,比如:美味的蛋黄已经拌进了不祥的沥青。人家没提到美味,非要加入译者的味觉。另外,第二段:你到家了,那就赶快去吞一口/列宁格勒河岸鱼肝油般的灯光吧。(你回到这里,快点儿吞下/列宁格勒河边路灯的鱼肝油。)把河边路灯的鱼肝油译成鱼肝油般的灯光,把暗喻变为明喻,不能说不是一种遗憾。总体而言,杨子译本的缺点是句式长,显得拖沓。

我知道我这一路写下去,会得罪更多的译者。我和其中大多数素昧平生,翻译又不是我本行,偶尔涉足而已。说来我是为汉语诗歌翻译的颓势而痛心,而这又与中国当代诗歌的危机相关。但愿我能抛砖引玉,和更多的同行一起在中国翻译界和文学界重建一种良性的批评机制。

《列宁格勒》以强烈的乡愁开端：我回到我的城市，熟悉如眼泪，/如静脉，如童年的腮腺炎。这三个细节简直绝了，把个人和城市，把身体和乡愁连在一起：眼泪——人类最原始的悲哀，静脉——生命之源以及对熟悉的街道的暗示，童年的腮腺炎——往事最个人化的记忆方式。而这乡愁伴随着某种紧迫感：你回到这里，快点儿吞下/列宁格勒河边路灯的鱼肝油。吞下这个动词用得妙，和河边路灯的鱼肝油相呼应，展示了漂泊者那迫不及待的复杂心情。在这里，味觉成为乡愁更深层的记忆。正如普鲁斯特在《追忆似水年华》中所说的："然而，当人亡物丧，往日的一切荡然无存之时，只有气味和滋味还会长存，它们如同灵魂，虽然比较脆弱，却更有活力，更为虚幻，却更能持久，更为忠实，它们在其他一切事物的废墟上回忆、等待和期望，在它们几乎不可触知的小滴上坚韧不拔地负载着回忆的宏伟大厦。"

这不是普通的还乡之旅，不祥之兆开始出现：你认出十二月短暂的白昼：/蛋黄搅入那不祥的沥青。蛋黄显然是落日，在北方的十二月，太阳暗淡，升不了多高就落下；而沥青是现代都市的象征物。在前三段的层层铺垫下，音调骤变：彼得堡，我还不愿意死：/你有我的电话号码。/彼得堡，我还有那些地址/我可以召回死者的声音。在这里，直白代替了意象。作者用呼喊把全诗推向高潮——绝望与抗争。电话号码和地址成为他和这城市最后的联系，成为我还不愿意死的理由。甚至不仅仅为了自己，也为了那些死者。我们注意到，他在这里用的是彼得堡，和题目列宁格勒相对立，显然是在用他自己童年的彼得堡，来否定官方命名的列宁格勒。

全诗是这样结尾的：我住在后楼梯，被拽响的门铃/敲打我的太阳穴。/我整夜等待可爱的客人，/门链像镣铐哐当作响。显而易见，表现了作者的现实处境和对未来的不祥预感，可爱的客人让人想到厄运——那些命中注定的不速之客，而把门链与镣铐并置，进一步强化了可怕的结局。不幸而言中，三年半以后诗人果然锒铛入狱。

在我看来，《列宁格勒》是现代主义诗歌的经典之作，正是这首诗，使曼德尔施塔姆立于二十世纪最伟大诗人的行列。其意象奇特精确，结构完整，有一种建筑的稳定感；而音调丰富转换自如，用节奏上的停顿和微妙的辅音对俄文的歌唱性加以限制。童年往事与乡愁、都市变迁与旧址、不祥之兆，对死亡的否认和面对厄运的勇气,无论感情的爆发力与控制力都恰到好处。这首诗后被谱成歌曲,在地下流传了很多年。

三

曼德尔施塔姆从亚美尼亚旅行归来,于1930年12月回到列宁格勒。《列宁格勒》一诗正写于此时此刻。他找到作家协会,希望能得到工作和住处,但发现自己是个不受欢迎的人。据他的妻子娜杰日达在回忆录《希望反对希望》中记述:列宁格勒作家协会的头头坚定地对他们说:"曼德尔施塔姆不能住在列宁格勒。我们决不给他一个房间。"

这是曼德尔施塔姆一生的重大转折。自1920年以来,他居无定所,没有固定的生活来源,只能靠翻译和朋友的接济。1923年冬天,他在给父亲的信中写道:"我正在干些什么?为挣钱干活。巨大危机。比去年要糟多了。好在我有所进步。越来越多的翻译和文章……世界文学出版社令人讨厌。我梦想辞掉这无聊的活计。夏天我最后一次为自己写东西。去年我也常常如此。今年——完全不行……"

自 1925 年到 1930 年底，他整整五年没有写诗。在此期间，他写了大量的回忆录、散文和小说，其中包括：回忆录《时代的喧嚣》(1925)、中篇小说《埃及邮票》(1927) 和随笔集《第四散文》(1929)。

半年的亚美尼亚之行是这一转折的开始。亚洲地带的粗犷和细腻（特别是语言中那些微妙的辅音），给他带来了极大的精神震动，与他崇尚多年的欧洲文明的影响构成互补关系。1930 年 10 月，他重新动笔，诗风大变。他放弃早期诗歌中言必称希腊的新古典主义倾向，更直接地处理现实经验，拉开了他后期诗歌的帷幕。

社会政治的冲击显然是这一风格转变的重要原因。斯大林几乎击败了自己的所有政敌，大权独揽，为今后的大清洗做好准备。由于强行实行农业集体化，民不聊生。曼德尔施塔姆在乌克兰亲眼见到饿死的人。

在某种意义上，曼德尔施塔姆还算是幸运的。列宁的战友、苏共领导人之一布哈林欣赏他的才能。1928 年由于布哈林的干预，他出版了三卷本的作品选。第一卷收入《石头》《忧伤》，以及 1921 年至 1925 年的诗作；第二卷收入中篇小说《埃及邮票》和《时代的喧嚣》；第三卷收入一系列关于诗歌的评论性文章。

但厄运接踵而至。他受一家出版社的委托,为一本比利时作家的长篇小说的翻译作最后润色。由于出版社的疏忽,待书出来时,译者变成了曼德尔施塔姆。他糊里糊涂成了"剽窃者",成为包括译者在内的攻击对象。他给报纸写信澄清,帕斯捷尔纳克等作家联名写信为他辩护。

1930 年底,在自己的家乡列宁格勒混不下去,他和妻子只好搬到莫斯科,几经周折才找到住所,生活相对稳定下来。在此期间,除了诗集《莫斯科笔记本》,他还完成了散文集《亚美尼亚之行》及《与但丁对话》。

1934 年 5 月 13 日,曼德尔施塔姆突然被捕,是由于一首反诗。他在诗中嘲讽斯大林是"克里姆林宫的山里人",形容他"那肥胖的指头像虫子""发出马蹄掌般的一道道命令"。当被捕的消息传来,他的作家朋友纷纷出面营救。帕斯捷尔纳克马上去找布哈林,恳求他向斯大林说情,减轻处罚。帕斯捷尔纳克居住的公寓楼只有一部公用电话。有一天,他突然接到斯大林的电话。斯大林劈头就问:曼德尔施塔姆到底是不是大师?帕斯捷尔纳克回答说,他们来往不多,写作风格也完全不同,但他认为曼德尔施塔姆是很重要的诗人。据说,帕斯捷尔纳克为自己的含糊其词而后悔。斯大林的电话惊动了莫斯科。

曼德尔施塔姆终于得以轻判，改为三年流放。

四

1891年1月3日，奥西普·曼德尔施塔姆生于华沙的一个犹太家庭。父亲是个商人，母亲来自知识分子家庭，热爱普希金，会弹钢琴。在他出生不久，他们一家就搬到彼得堡定居。曼德尔施塔姆是在那儿长大的。在回忆录《时代的喧嚣》的开端，他写道："我清楚地记得俄罗斯那沉闷的时代，即十九世纪九十年代，记得它缓慢的爬行，它病态的安宁，它沉重的土气，——那是一湾静静的死水：一个世纪最后的避难所。"

他这样描述自己复杂的母语背景："母亲的话语，是明晰、响亮的大俄罗斯文学话语，没有一丝异族的掺杂物，带有有些拉长、过于暴露的元音；这一话语的词汇贫乏、简短，惯用语也很单调，但是，这种语言中却包含着某种根本性的、确定无疑的东西。母亲很爱说话，很为因知识分子的生活习惯而变得贫乏的大俄罗斯口语的词根和发音而高兴。家族之中,不正是她第一个掌握了纯正、明晰的俄语发音吗?父亲则完全没有一种语言,这是一种口齿不清和失语症。"

1993年夏天我去过彼得堡。三百多年前,彼得大帝请来欧洲各国的建筑师,大兴土木。昔日的辉煌依稀可见。普希金诗中提到的青铜骑士仍勒住缰绳,等待暗夜降临时飞奔;冬宫大门紧闭,其绘画收藏让人惊叹不已;宏伟的建筑群沿涅瓦河层层展开,古罗马式的柱头金漆剥落。那是俄罗斯帝国的欧洲梦,由于俄国辽阔的尺度,一切都被放大变形了。

由于地理位置,彼得堡是俄国最欧化的城市,不仅建筑,也包括知识分子圈子及文化氛围。1906年至1911年间,曼德尔施塔姆先后到柏林、巴黎和海德堡(Heidelberg)上学。由于受到中学语文老师的影响,他的兴趣转向文科,特别是法国文学。

他在巴黎留学期间开始写诗,最初受到法国象征派的影响。回国后先参加俄国诗人伊万诺夫的"象牙塔"象征主义诗歌运动。后转向古米廖夫及其妻子阿赫玛托娃等人为中坚的阿克梅派。他写了篇纲领性的文章《阿克梅主义的早晨》。在1937年流放期间,有人在一次集会上问起什么是阿克梅派,他简单地回答说:"就是对世界文化的眷恋。"

1913年曼德尔施塔姆出版了第一本诗集《石头》,奠定了他在俄国诗歌中的地位。阿赫玛托娃指出:"曼德尔施塔姆没有师承。这是值得人们思考的。我不知道世界诗坛上还有这类似的事实。我们知道普希金和布洛克的诗歌源头,可是谁能指出这新奇的和谐,是从何处传到我们的耳际的?这种和谐就是奥西普·曼德尔施塔姆的诗!"

去年俄国诗人艾基也告诉我类似的观点,他说:俄国诗歌有两大传统,其一是普希金、布洛克、帕斯捷尔纳克所代表的俄国本土的诗歌传统,另一支是与欧洲诗歌更为密切的传统,自曼德尔施塔姆始。

在《时代的喧嚣》中,曼德尔施塔姆写到他对革命的预感:"是的,我用远处田野上脱粒机那警觉的听力听到,那在不断膨胀、逐渐变沉的,不是麦穗上的麦粒,不是北方的苹果,而是世界,是资本主义的世界,在为倒下而膨胀!""我感到茫然不安。世纪的一切骚动都被传到了我的身上。周围奔涌着一些奇异的潮流,从对自杀的热衷到对世界末日的渴望。"

第一次世界大战爆发后，曼德尔施塔姆因为身体差，免除兵役，在彼得堡一个专门提供战争救济的机构工作，自1915年至1918年，他经常住在克里米亚。1916年初，他和茨维塔耶娃在克里米亚海边相识，很快就堕入情网。1月20日茨维塔耶娃回到莫斯科，曼德尔施塔姆追到那儿，住了两周，此后他常常往返于彼得堡和莫斯科之间。茨维塔耶娃带他游遍莫斯科。她这样写道："1916年2月至6月是我生活最美妙的日子，因为我把莫斯科赠给了曼德尔施塔姆。"但最终曼德尔施塔姆受不了茨维塔耶娃狂热奔放的感情，6月初从莫斯科逃走，两人关系从此中断。

1917年在彼得堡，曼德尔施塔姆见证了二月革命和接踵而至的十月革命。十月革命后，他在人民教育委员会工作。1918年，他随政府机构搬到苏维埃的新首都莫斯科。十月革命后不久，他的一首诗出现在11月15日苏维埃报纸《人民自由报》上，另一首诗出现在1918年5月24日的《劳动旗帜报》上。

1918年至1921年内战期间，他四处漂泊，曾被不同的阵营抓获。艾伦堡在《人·岁月·生活》中记述了他的一段经历："我说过，当奥西普·埃米利耶维奇·曼德尔施塔姆被弗兰格尔的军队抓走之后，沃洛申立刻动身

去费奥多西亚。他回来时脸色阴沉,他说,白军认为曼德尔施塔姆是危险的罪犯。他们断定他在装疯卖傻,因为他被关进单人囚室后,便开始敲门,狱吏问他需要什么,他回答说,'你们得放我出去,我生来不是蹲监狱的……'在审问时,奥西普·埃米利耶维奇打断侦察员的话:'您最好是说,您放不放无辜的人?……'"

而曼德尔施塔姆的漂泊,和一个突然事件有关。1918年春,他和朋友去参加一个宴会,请客的是赖斯纳,海运副人民委员的妻子。据说赖斯纳和契卡(秘密警察机构)有关。饥肠辘辘的曼德尔施塔姆经不住诱惑,一到那里就大吃大喝。他看见斜对面的契卡成员布柳索金正喝着伏特加,显然喝多了,他把一叠空白表格放在桌上,正要随意填写逮捕或枪决的人。平时胆小如鼠的曼德尔施塔姆,突然冲了过去,把那名单撕得粉碎,冲出大门。跑到街上,才意识到自己惹了杀身之祸。他在街心花园坐了一夜,第二天一早去找赖斯纳求救。赖斯纳认为布柳索金的做法有损契卡形象,带他去找契卡的头头捷尔任斯基。捷尔任斯基肯定了曼德尔施塔姆的行为,保证要处置布柳索金(他最终逍遥法外)。而曼德尔施塔姆怕布柳索金报复,连夜逃往乌克兰。

五

无 题

沉重和娇柔这对姐妹,同是你们的特征。
肺草和黄蜂将在沉重的玫瑰吸吮。
一个人在死亡,晒烫的沙地在变凉,
人们在用黑色的担架将昨日的太阳搬运。

啊,沉重的蜂房和娇柔的鱼网,
重复你的名字比举起石头还要艰难!
我在这个世界上只剩得一桩心事:
金色的心事,即如何摆脱时间的负担。

我饮着浑浊的空气像饮深色的水。
玫瑰成为土地,时间被犁铧耕翻。
沉重的娇柔的玫瑰置身缓慢的旋涡,
玫瑰的沉重和娇柔编织出双重的花环。

1920年3月,科里捷别里

刘文飞 译

沉重和轻柔，一对姐妹

沉重和轻柔——一对姐妹：同一副面孔。
蜜蜂和黄蜂吮吸沉甸甸的玫瑰。
男人死了，热气离开沙砾，昨天的太阳
压在黑色的担架上。

哦，沉甸甸的蜂巢，轻柔的蛛网——举起
一块石头也比说出你的名字容易！
我只剩下一件心事，它是何等重要：
时光，让我摆脱你的重负。

我啜饮黑水般的搅浑的空气。
时光已被耕耘；玫瑰曾是泥土。迂缓的
旋涡中沉甸甸的轻柔的玫瑰，
沉甸甸的玫瑰，轻柔的玫瑰，编成了一对花环。

1920.3

杨子 译

无 题

沉重与轻柔,相像的姐妹;
蜜蜂与黄蜂吮吸沉重的玫瑰;
人死了,热沙冷却,昨天的
太阳被黑色担架抬走。

啊,沉重的蜂房与轻柔的网。
说出你的名字比举起石头更难!
这世上只有桩黄金的心事:
让我摆脱你的重负,时间。

我饮着黑水般浑浊的空气。
时间被犁过,玫瑰是泥土。缓缓的
旋涡中,沉重而轻柔的玫瑰;
玫瑰的重与轻编成双重花环。
1920年3月,科克捷别里,克里米亚

北岛 译

和杨译本相比,刘译本由于是从俄文译的,按理说更直接就应更准确，但却有明显笔误。比如肺草从何而来？[1] 另外，把网译成鱼网。更主要的是为了跟着原作压尾韵，译者不惜使用极其别扭的词如吸吮、耕翻来凑韵。这在汉语诗歌翻译中屡见不鲜，但却是一大忌讳。我曾说过，另一种语言的音乐性是不可译的，除非译者在自己的母语中再创另一种音乐。而押韵既不可能也无必要，再创造的其实只是节奏，汉语的内在节奏。卞之琳先生曾试图效仿西语诗歌的音步找到翻译的节奏，显然是失败的。

杨译本还是老问题，句式冗长，缺乏语感。所谓语感，就是在汉语中的节奏感，及对每个词自觉的控制。

这首诗写于1920年3月，地点是俄国诗人沃洛申在克里米亚的别墅。内战期间，主人在那儿接待来自红白两方面的作家和艺术家朋友，被视为一方"净土"。曼德尔施塔姆曾在此避难。

---

[1] 刘文飞根据俄文校订，重译全诗如下："沉重和轻柔是姐妹，你们特征相同。/ 工蜂和黄蜂在吸吮沉重的玫瑰。/ 人在死亡。晒烫的沙地变凉，/ 昨日的太阳被黑色的担架搬运。// 唉，沉重的蜂房和轻柔的网，/ 重复你的名字比举起石头更沉重！/ 我在世上只剩下一个心事，/ 金子般的心事：摆脱时间的重复。// 我饮着浑浊的空气像饮用黑水。/ 犁铧翻耕时间，玫瑰成为土地。/ 沉重的轻柔的玫瑰置身缓慢的旋涡，/ 玫瑰的沉重和轻柔织成双重的花环！"（1920年3月）其中"昨日的太阳"，刘文飞注释指普希金。感谢刘文飞为翻译界及读者提供这一重要译本。

这首诗开篇就点明了主题：生命的重与轻，比米兰·昆德拉那个时髦的话题整整早了半个多世纪。诗人先提到玫瑰之重，是肺草和黄蜂的生命之源。人死了，热沙冷却，昨天的／太阳被黑色担架抬走。这句是整首诗的"诗眼"。写战争的诗多了，有谁能写得比这更真实更可悲呢？人死了和热沙冷却有一种对应关系。我们也常说"战死在沙场"，这热沙是死者在大地上最后的归宿。而被黑色担架抬走的不是死者，而是昨天的太阳。这昨天的太阳，显然是指人类以往的价值和信仰。它居然那么轻，被黑色担架抬走。试想在第一次世界大战后，紧接着是连绵的内战，生命的重与轻就像玫瑰的重与轻一样，构成了人类文明的追悼仪式。

第二段沉重的蜂房显然是吮吸沉重的玫瑰的结果，和轻柔的网并置。接着说出你的名字比举起石头更难，仍是重与轻的比较。你的名字即时间，让我摆脱你的重负。这里有一种悖论，即黄金的心事就是重负，这种反问其实加重了黄金的心事。

第三段终结时有一种俄罗斯式的抒情：我饮着黑水般浑浊的空气。／时间被犁过，玫瑰是泥土。缓缓的／旋涡中，沉重而轻柔的玫瑰；／玫瑰的重与轻编成双重花环。时间原来就是被耕过的土地,玫瑰是其中一部分,重与轻是不可分割的,编成生与死的双重花环。其中让人惊叹的句子是:缓缓的／旋涡中,沉重而轻柔的玫瑰,那有如电影慢镜头的耕犁过程中,玫瑰随泥土缓缓的旋涡翻转,最后编成双重花环。这是俄罗斯人对土地的情怀,它在最终的意义上超越时间和生死。

六

在俄国,知识分子和革命有着相当复杂的关系。关于1917年的革命,只有放在一个农业社会向现代化转型的大背景上,才能看清来龙去脉。

十六世纪后,在俄国农村形成了一种特殊的公社形式,这是中央集权的帝国的基础。在西欧资本主义的冲击之下,俄国出现了两次重大改革:1861年,沙皇政府宣布废除农奴制度,但结果是造成进一步的两极分化。这就形成了以捍卫公社为宗旨的民粹派运动,它在改革后二十年成为俄国反对派的主流。自1907年起,俄国开始了摧毁传统公社、实行土地私有化的"斯托雷平改革"。这一改革造成进一步的不平等，扶持农村的"强者"即富农的势力，所谓"解放"，其实是把"弱者"即广大穷苦农民扫地出门。

而铁腕下的安定产生了"斯托雷平奇迹"：从1907年到1914年间沙俄经济持续高涨。在市场大潮中，俄国出现了前所未有的经商热。1905年的政治热情似乎已一去不复返，于是当年的反对派知识分子陷入了空前的尴尬中。海外"政治侨民"的内讧加剧，立宪民主党、社会革命党内的派系越来越多，社会民主党彻底分裂为布尔什维克、孟什维克。而国内知识界日益保守化、边缘化的同时，下层社会由于不满积蓄了日益强烈的激进情绪。

1917年革命显然与斯托雷平改革激起的公社复兴运动有关，加上社会不公正在战时的匮乏更为突显，第一次世界大战便成为革命的导火索。1917年革命虽然发生在首都，根子却在农村。这不仅因为俄国工人绝大部分都来自农村，士兵也几乎都是农民。从2月到10月，当时的各个政党都表现得越来越激进，直到布尔什维克最后夺取权力，并通过"人民专政"的铁腕站稳脚跟。

在民粹主义盛行的十九世纪七十年代，革命只是少数知识分子的事。沙皇专制的残暴镇压使革命者铤而走险并制定铁血纪律。后来列宁即从这一严密的组织形式中找到解决办法,那就是无条件的集中制原则,它在布尔什维克党内"造成了一种权力,思想权威变成了权力威信,党的下级机关应当服从党的上级机关"。革命斗争的残酷环境造就革命者的性格,这也势必为掌权后的独断专行留下隐患。其实列宁在十月革命前后对苏维埃民主还是有所期待的。列宁在1917年断言:"社会主义不是按上面的命令创立的。它和官场中的官僚机械主义根本不能相容;生气勃勃的创造性的社会主义是由人民群众自己创立的。"而到了1918年则改称:"正是为了社会主义,要求群众无条件服从劳动过程的领导者的统一意志。"

大多数知识分子是拥护十月革命的,革命带来自由的希望。俄国著名哲学家别尔嘉耶夫在《俄国魂》一文中指出:"我们所有的真正的俄罗斯民族作家、思想家和政论家,无不是不要政府的人,即特殊的无政府主义。无政府主义是俄罗斯的精神现象,我们的极左派和我们的极右派,都有这种情绪,只是形式不同。"

白银时代始于十九世纪末二十世纪初,繁荣期一直延伸到十月革命后的头几年。其中重要的诗歌作品包括布洛克的长诗《十二个》(1918)、曼德尔施塔姆的诗集《忧伤》(1922)、帕斯捷尔纳克的《越过障碍》(1917)和《生活,我的姐妹》(1922)、阿赫玛托娃的《车前草》(1921)、叶赛宁的长诗《普加乔夫》(1922) 等。

然而，知识分子和革命的冲突似乎也是不可避免的。也许高尔基是个典型的例子。他和列宁的私人关系很好，在二月革命前支持布尔什维克。但在十月革命爆发前，高尔基在他主持的《新生活报》上发表文章，坚决反对暴力革命。革命成功后，高尔基成立了各种协会和出版社，养活那些处于饥饿边缘的作家；为营救面临死刑的作家向列宁求助。1921年俄国发生灾荒。为了救济灾民，高尔基和社会名流组成饥荒救济委员会，向西方呼吁，获得了大批救灾物资。但这个救济委员会的名流们有点儿得意忘形，要自派代表团去西方，竟为此向政府提出最后通牒，结果被一网打尽。高尔基在震怒下，于1921年10月离国出走，直到六年多后才回来。

布洛克在随笔集《知识分子与革命》中反复提到俄罗斯传统是昏暗和平庸的，和幻想与激情作对。生活越是平庸，越是向往精神的天空，这是俄罗斯知识分子的可贵之所在。他们可以承受孤独和磨难，却唯独不能忍受生活的刻板和僵硬。在他们看来，生活的残缺算不了什么，最可怕的是心灵的败坏。布洛克写道："文学在俄国是比在任何地方更加生死攸关的力量。哪儿都不会像我们这儿,词成为生命,变为面包或石头。也许这就是为什么俄国作家死去、受难或干脆消失的原因。"

七

从1925年到1930年底,曼德尔施塔姆没有写诗,阿赫玛托娃和帕斯捷尔纳克和他的情况相仿,尤其是帕斯捷尔纳克,一停就是十年。阿赫玛托娃有一次说道:"这肯定多少和空气有关。"他们三人中,还是曼德尔施塔姆首先停笔的。

在西方不少传记和文章中,都提到曼德尔施塔姆从一开始就对革命持有敌意,这显然把问题简单化了,无疑和当时东西方的冷战有关。曼德尔施塔姆与革命的关系要复杂得多,和大多数俄国知识分子对革命的期待有关。

娜杰日达在《希望反对希望》一书中指出,革命其实是来自某些理念,即所谓不可辩驳的科学真理,为此着魔的人们认为可预见未来,改变历史的进程。其实这是一种宗教,其代理人赋予它神权般的信条和伦理。二十年代大多数人把这一理念和基督教的胜利相提并论,认为这一新的宗教也可以持续千年。而新的信条对建立人间天堂的承诺,取代了另一个世界的回报。为此,人们放弃了对科学真理的任何怀疑。

其实,这又回到我们关于现代性的讨论。由于十九世纪中期欧洲工业革命所带来的社会现代化的全球效应,对处于转型期的农业国家的冲击更大。而革命成为一种释放与调整的可能,特别是在由于土地问题积重难返,作为国家意识形态的东正教面临瓦解的俄国。布洛克在1918年写的长诗《十二个》中,把十月革命与基督及其十二使徒相提并论,看来并非偶然。在某种意义上,革命和基督教的线性时间观以及对未来的承诺是极其相似的。但由于革命对历史进程的改道以及对其阐释权的垄断,血腥的暴力与集权几乎是不可避免的。

娜杰日达进一步分析了知识分子与革命之间关系的变化:"有条件投降的心理因素是对不能与时俱进而被抛弃的惧怕,包罗万象的'有机世界观'(正是这样称谓的)适用于生活的各个领域。还有一种最后胜利的信念,胜利者永生永世留下来。主要问题是,那些投降的却无械可缴。""而事实上,二十年代为我们的未来打好了所有基础:诡辩的辩证,废除旧的价值,全体一致和自我贬低。真的是那些调门最高的先死——并非在准备好的为未来而战的沙场上。"

关于曼德尔施塔姆,娜杰日达写道:"M不相信'新的'千禧年,而他没有空手参加革命。一方面他为犹太基督文化忧心忡忡,另一方面,他相信社会公正,'第四财产',赫尔岑,以及革命作为释放与更新的手段。"

她进一步分析道:"很难想象任何东西能比M带给革命的更糟。显而易见他是命中注定的,永远不会找到他在新世界的位置……他不会躲避自己的同伴,他不认为自己在众生之上,而是其中一员。唯我独尊对他是诅咒——这无疑和他自己属于犹太基督的传统感有关。很多接受革命的同时代人都经历了心理危机。他们陷入可诅咒的现实与对证明其合法的原理的需求之间的困境。有时为了问心无愧,他们干脆对发生的一切闭上眼,再睁开一切照旧。其中大多数人等革命等了一辈子,而等到革命成为日常生活的所见所闻,却让他们恐惧,把目光转开。另一些人被恐惧吓坏了,只见树木不见林。M就在他们中间。未意识到他是相信革命的,对他所知不多的人对他的生活往往会简单地图解,淡化他思想方式的主要成分。没有这'革命'的因素,他就不会那么注重对事件进程的理解,用他的价值尺度去掂量它们。若他简单地背对现实,生活和调整就容易多了。这对M来说是不可能的——他必须像他的同时代人穿过同样的生活通向逻辑的终点。"

1928年,在苏联第四十五期《读者与作家》杂志题为"苏联作家与十月革命"的调查表上,曼德尔施塔姆做了如下回答:"十月革命不可能不影响我的工作……我感激革命,由于它一劳永逸地结束了精神的供给和文化的租金……我感到自己是一个革命的债务人,但我也在带给它一些它此刻还不需要的礼物。"

那一时期他的散文写作,可以看作是一种精神调整,即在个人与革命之间寻找缓冲地带。在《时代的喧嚣》中,曼德尔施塔姆这样写道:"我想做到的不是谈论自己,而是跟踪世纪,跟踪时代的喧嚣和生长……在我和世纪之间,是一道被喧嚣的时代所充斥的鸿沟,是一块用于家庭和家庭记事的地盘。家庭想说什么?我不知道。家庭天生就是口齿不清的,然而它却有些话要说。我和许多同时代人都背负着天生口齿不清的重负。我们学会的不是张口说话，而是呐呐低语，因此，仅仅是倾听了越来越高的世纪的喧嚣、在被世纪的浪峰的泡沫染白了之后，我们才获得了语言。"

1924 年列宁过世后，斯大林一一除掉他的政敌，最终大权独揽，一言九鼎，革命初期的自由空间完全被剥夺了。有两个诗人的命运特别让曼德尔施塔姆震惊：一个是阿克梅派的领袖古米廖夫，因参加白军于 1921 年被处决；另一个是马雅可夫斯基，于 1930 年春天自杀。特别是后者，连革命的吹鼓手都不能相容，还有什么写作的余地？三十年代后，几乎所有作家噤若寒蝉。曼德尔施塔姆，这个为革命欢呼过的诗人，将给革命带来"一些它此刻还不需要的礼物"。

八

哦，地平线窃去了我的呼吸

哦，地平线窃去了我的呼吸——
我已被空间填满！
我夺回我的呼吸，地平线又卷土重来。

真想找个东西遮住双眼。

我宁愿去爱沙滩——那沿着锯齿状河岸
层层铺开的生命,
我宁愿被那胆怯的激流的衣袖
被旋涡、洞穴和浅滩缠住。

但愿我们合作过一会儿,
一个世纪。我一直渴望那样的激流。
我宁愿将耳朵贴在漂流的圆木下边
倾听年轮向外扩张。

>   1937 年 1 月 16 日,沃罗涅日
>
>   杨子 译

无 题

窒息的慢性哮喘步步逼近!
厌倦了空间的死亡,
地平线在呼吸——搏动膨胀——
而我要蒙住双眼!

我更喜欢沙地一层层的
部署，在卡马河曲折的岸边。
我愿缠住它羞怯的袖子，
它的波纹，浅滩和涡穴。

我们愿和睦相处——一瞬或一世纪。
羡慕那急流的仓促，
我愿在漂流木的树皮下
倾听年轮纤维的扩张。

1937 年 1 月 16 日，沃罗涅日
北岛 译

乍一看，这简直就是两首诗。在翻译过程中我自己也纳闷，怎么会相差这么远？最后终于找到答案，原来杨子参照的是美国诗人默温和布朗（Clarence Brown）合译的英译本，而我参照的是格林（Jamas Greene）的英译本。在我看来，默温和布朗的合译本过于随意，常常忽略重要细节，比如在《列宁格勒》的结尾处，就省掉了"镣铐"这一关键词。而格林的译本至少敢附上原文，为了让懂俄文的读者检验比较。关于翻译，让我想到英文

成语"瞎子领瞎子"(a blind leads a blind),即借助第三种语言搞翻译是非常危险的。其实我也是个瞎子,我的办法是尽量多找几个译本,那等于多问路,比只依赖另一个瞎子强。

这首诗写于流放地沃罗涅日(Voronež),在三年刑期即将结束之际。开篇就展示了病痛的紧迫感:*窒息的慢性哮喘步步逼近!/厌倦了空间的死亡*。沃罗涅日流放期间,曼德尔施塔姆精神处于崩溃状态,致使他常感到难以呼吸。这种窒息感转化成视觉:*地平线在呼吸——搏动膨胀——/而我要蒙住双眼!*最后一句显然是绝望的叫喊,拒绝再看这个世界。

如果说第一段的基调暴躁而绝望,那么第二段显然由于与自然的亲近而缓解:*我更喜欢沙地一层层的/部署,在卡马河曲折的岸边。/我愿缠住它羞怯的袖子,/它的波纹,浅滩和涡穴*。卡马河流经乌拉尔地区,是伏尔加河的主要支流。在这里波纹,浅滩和涡穴都是双关语,既描述水流又描述袖子,翻译中很难找到更确切的表达。代表时间的河流进而延伸为他所生活的时代,这是曼德尔施塔姆的诗中经常出现的主题。*我更喜欢*及*我愿*是祈使语气,表达了诗人的美好愿望。

第三段继续沿用祈使语气：我们愿和睦相处——一瞬或一世纪。可以理解为诗人愿与时代和解，但紧接着急转直下：/羡慕那急流的仓促，/我愿在漂流木的树皮下/倾听年轮纤维的扩张。这一转折是对和睦相处的否定，显然诗人最终的使命是冒险，随急流一起沉浮，并在漂流木之下（即处于被淹没的状态），倾听年轮纤维的扩张。砍下的树木年轮不再变化，但在河水的浸泡中纤维仍在扩张。暗示了外在时间和内在时间的对立和紧张。这无疑是全诗的高潮，展示了诗人与时代的复杂关系，以及为苦难见证的决心。

九

1934年春天，被改判为三年流放后，曼德尔施塔姆夫妇来到乌拉尔山区的切尔登市。那时，他已患精神分裂症——从医院的窗户跳楼自杀未遂，幸好只摔断了胳膊。由于布哈林的干预，他们搬到俄国南方"黑土地"的心脏沃罗涅日。没有固定收入，娜杰日达不得不去莫斯科打工挣钱，但仍处于饥饿线上。1936年2月，阿赫玛托娃和艾伦堡分别来探望他们。

他们在沃罗涅日有相对的自由，结识了不少当地朋友，并得到尊重。那是暴风雨前的平静。从1935年底写给妻子的信中，我们多少可以领略他们的生活状态："除此之外，什么也别做。我不希望你变成一个到处找工作的人……至少，1月20日之前，我们可以在沃罗涅日见面。我们可以因沃罗涅日而心静。可惜啊！俩人一同在此——就是一个冬天的天堂，就有难以描绘的美景……清早，我在半分钟路远的近处租下一间房，房间里带有母牛、沙发、布罩、留声机喇叭和仙人掌。我们住在兹那河高高的河岸上。河很宽，要么是显得很宽，像伏尔加河一样。它流进了蓝色的森林。俄罗斯土地的柔美与和谐令人心旷神怡。"

曼德尔施塔姆的诗歌创作进入高产期，他在三个普通笔记本上写满了诗，后被称为《沃罗涅日笔记本》。那是一种完全封闭的写作，与作家和批评界绝缘，与所有读者绝缘。不少俄国和西方的学者认为，那是他一生诗歌创作的高峰。我不敢苟同。在我看来，真正的高峰是以《列宁格勒》为代表的时期（1930—1932）。《沃罗涅日笔记本》在曼德尔施塔姆的诗歌中，无疑拓展了一种新的向度——土地与命运，是向俄罗斯诗歌传统的致敬与回归。但由于疲于奔命，由于病痛和贫困之苦，由于没有必要的反馈，他的这组诗歌缺少《列宁格勒》所展示的那种建筑般的精确与完整，缺少感情爆发力与控制力所特有的平衡。

1937年5月16日，曼德尔施塔姆刑满释放。但按规定他不能住在任何大城市，只能在莫斯科边缘的小镇漂泊。他偶尔去莫斯科，从朋友那儿得到口粮和钱。那是他生命中最后的自由时光。1938年春，他和艾伦堡在莫斯科最后一次见面时，艾伦堡脱下自己的皮夹克给他，尽管很不合身，他一直穿着它去海参崴，直到生命的终点。

1938年5月1日，曼德尔施塔姆再次被捕，罪名是"反革命活动"，被判处五年徒刑。其实这与他写给苏联作协总书记的一封信有关。由于长期没有稳定生活来源，他希望能得到作协的帮助。而作协总书记写信给内务部人民委员告状，并附上作家巴甫连科对曼德尔施塔姆的诗歌的鉴定意见。巴甫连科明知后果，落井下石。而导致他最后入狱，又与布哈林遭到清洗有关，从布哈林家搜出曼德尔施塔姆给他的亲笔信和赠书。

1938年9月7日，他被押上开往西伯利亚的火车，一个多月后才到达海参崴。路上他备受煎熬，精神崩溃。

他被关押在海参崴的劳改营中转站,饥寒交迫。1938年10月,在最后一封给他弟弟的信中,他写道:"身体非常虚弱,弱到了极点,瘦极了,几乎变了形,我不知道,邮寄东西、食品和钱还有没有意义。还是请你们试试吧。没有衣被,我被冻僵了。"

1938年12月27日,曼德尔施塔姆死于海参崴中转站。家属没有接到任何通知。1939年1月30日,寄往海参崴的包裹被退回。娜杰日达清楚地记着这个日子,因为就在同一天,全国各大报纸公布了荣获勋章的作家的名单,巴甫连科就在其中。

曼德尔施塔姆之所以流传后世,是由于一个普通的俄国女人——娜杰日达。他们在1919年内战时相识,1922年结婚。娜杰日达陪伴他度过了后半生,包括那些流放的艰难岁月。曼德尔施塔姆死后,她作为"反革命家属",一直受到歧视,靠教英文和翻译维生。三十年过去了,曼德尔施塔姆早就被人们遗忘了。1961年,娜杰日达和另一个女人,发表了她们藏起来的手稿,并通过回忆录勾勒了后期的曼德尔施塔姆。娜杰日达庆幸她对时间的胜利,按她自己的话来说,基于"对诗歌内在的价值和圣典般属性的信念"。1980年12月29日,娜杰日达在莫斯科逝世。

1987年曼德尔施塔姆在苏联正式得到平反。

十

我最后见到赵一凡是1987年早春,我不久去了英国。1988年一个夏日的早上,在英国达勒姆(Durham)得到一凡病故的消息,我顾不上做客的英国朋友和家人,躲进厨房号啕大哭。

记得最后一面,我们几乎什么也没说。他那时是三月文化公司的老板,被手下的人围着团团转。他的办公桌上文件堆成山,不时有人插进来说话。他看起来很累,一只手支撑着那硕大的头颅,勉强地向我微笑。一凡办公司这件事一直让我困惑,直到一天夜里,我们在电话里聊了好几个小时,他才和盘托出办公司的真正想法——他要把诗人们"养"起来,给他们出版诗集,提供必要的生活条件。一句话,让他们好好写诗。我有点儿受宠若惊,但同时也怀疑实现这种乌托邦的可能性:"安得广厦千万间,大庇天下寒士俱欢颜,风雨不动安如山!"

大约在1973年冬天,我跟一凡有过一次彻夜长谈。

那是一凡事先计划好的,让我留在他家过夜。我们谈到各自的经历。我那时的生活平淡无奇,三言两语。相比之下,一凡的生活充满传奇色彩。他由于自幼跌伤致残,长年卧床,三岁背唐诗,五岁读《三国演义》和《西游记》,八岁读《鲁迅全集》,十二岁就自己写作,并出版成书。一凡的父亲是老干部,他从小就跟父母南征北战,去过苏北和鲁南等根据地。革命对他来说是天经地义的,也许让他感到困惑的是当时的政治高压。

那一夜我记忆犹新。月光照在窗户上,炉子上的水壶嘶嘶响。我们谈到革命,谈到十二月党人,谈到俄国文学。我哈欠连天,一凡却毫无疲倦的意思。他脸部线条分明,目光坚定。我当时暗自感叹,这才是真正的革命者。

1975年初,一凡锒铛入狱,据说卷入一个全国性的反革命集团,其实完全是子虚乌有。由于一凡对抄录文字的热衷,我也被卷入进去。那是我人生的一大转折。我做好被捕的准备。第一次经历的恐惧是刻骨铭心的。半夜有汽车经过都会惊醒我,再也不能入睡。我那时终于懂得:革命不是想玩就玩的游戏。

由于一凡入狱,从他那儿借来的《人·岁月·生活》第四卷无法归还,我正好用来在地下渠道流通周转,换来了不少好书。这本书竟成了我革命的本钱。

两年多后一凡出狱,我赶去看望他。他从后院小屋搬到前院,处于父母和保姆的监控之中。他已经不再会走路了,深陷在藤椅中,但乐观依旧。问起他狱中的景况,他轻描淡写,摆摆手,似乎只是出了趟远门而已。

我常想到个人与时代的关系。艾伦堡在《人·岁月·生活》序言中写道:"我的许多同龄人都陷入时代的车轮下。我所以能幸免,并非由于我比较坚强,或者比较有远见,而是因为常有这样的时候:人的命运并不像按照棋路下的一盘棋,而是像抽彩。"依我看,艾伦堡说的是外在的命运,其实还有一种内在命运,即我们常说的使命。外在命运和使命之间往往相生相克。一个有使命感的人多少是要受苦的,必然要与外在命运抗争,并引导外在命运。在俄国知识分子中,曼德尔施塔姆并非先知先觉,只不过他有使命感,非要以自身的实践穿透历史的逻辑。

其实在《人·岁月·生活》中,艾伦堡也谈到曼德尔施塔姆的使命感:"我曾谈到生活上的轻率和艺术上的严肃之间的矛盾。但也许根本就没有什么矛盾?奥西普·埃米利耶维奇十九岁写过一篇谈弗朗索瓦·维永的文章,他寻找理由替残酷时代的这位诗人动乱的一生辩护：'可怜的小学生'以自己的形式捍卫诗人的尊严。曼德尔施塔姆是这样描写但丁的：'对我们来说是无可指责的风帽和所谓鹰形侧面的那种东西，从里面来看则是难以压制的窘困，是为争取诗人的社会尊严和地位而进行的纯普希金式的、低级侍从的斗争。'这些话又适用于曼德尔施塔姆自己：许多荒唐的、有时是可笑的行为就是来自'难以压制的窘困'。"

现在想想一凡关于养活诗人的想法幸亏只停留在"初级阶段"，否则对他本人对中国诗歌都是灾难。在某种意义上，诗人生来注定是受苦的，但绝非为了自己。俄国诗人涅克拉索夫写过这样一句诗，让我永生不忘："我泪水涔涔，却不是为了个人的不幸。"

Boris Pasternak
帕斯捷尔纳克

热情,那灰发证人站在门口

一

1960年初一个星期日下午,天晴日朗。一个来自巴黎名叫奥尔嘉的年轻女人,乘出租车从莫斯科出发,到三十公里外著名的作家村彼列捷尔金诺。司机自吹对那一带很熟悉,但很快就迷了路。他们不断问路,最后在一群聚集在小教堂前的妇女中得知,彼列捷尔金诺不远了。

沿着蜿蜒的乡间小路,出租车在一幢深褐色房子前停下来。奥尔嘉推开篱笆门,穿过花园,来到侧面的门廊。门上钉着一张残破的纸条:"我在工作。无法接待任何人。请离开。"她怀着恐惧敲了敲门。鲍里斯·帕斯捷尔纳克(Boris Pasternak)立即出现了,他头戴羔皮帽,长脸、高颧骨、黑眼睛,和周围的枞树林、木房子以及马拉雪橇十分和谐。

奥尔嘉自我介绍，提到住在巴黎的父亲的名字——另一个俄国诗人。帕斯捷尔纳克用双手握紧她，问起她母亲的健康和父亲的写作状况。他仔细打量着她，似乎想找到她跟父母的相像之处。帕斯捷尔纳克说，他正要出门打几个电话（他拒绝在家里装电话），如果再晚来一分钟，他们就错过了。他提议奥尔嘉跟他一起散步，去作家俱乐部。

他们先穿过厨房，来到餐厅。凸窗旁摆放着天竺葵，墙上挂着他父亲的画，其中有托尔斯泰、高尔基、斯克里亚宾和拉赫马尼诺夫的肖像，还有青少年时代的鲍里斯及弟弟妹妹的速写。他家陈设简朴，按帕斯捷尔纳克自己的话来说，这是一栋"朴素与舒适争论"的房子。

待帕斯捷尔纳克准备好，他们穿过房后的常青树林，踏着积雪。下午的阳光转暗，但依旧温暖。走上一条结冰的乡间小路时，在太滑的地方，帕斯捷尔纳克会抓住奥尔嘉的胳膊。但他似乎很乐于散步。他们开始讨论翻译的艺术，而他时不时问及法国和美国的文学与政治。他说他很少读报，"除了削铅笔时偶尔扫一眼收集碎屑的报纸。这就是我怎么知道去年秋天在阿尔及利亚几乎有一场反对戴高乐的革命。而索斯泰尔（阿尔及利亚总督）

被赶下台,索斯泰尔被赶下台。"他满意地重复着。他对国外的文学界很熟悉,特别是美国。

从一开始奥尔嘉就注意到,他说话的方式就像他的诗,充满头韵和不寻常的意象,用词独到准确。奥尔嘉提到他说话的音乐性。他说:"写作和说话一样,词的音乐性从来不仅仅是声音。不是为了协调元音与辅音而组成的。它取决于说话与含义之间的关系。而含义——内容——总是在先的。"

帕斯捷尔纳克看起来很年轻,包括他的步态、手势和甩头的方式,一点儿都不像七十岁的人。奥尔嘉想起茨维塔耶娃的描述:"帕斯捷尔纳克看起来既像阿拉伯人又像他的马。"有时他似乎意识到自己的外貌个性对他人的冲击,有所收敛,半闭上斜视的棕色眼睛,把头转开,像马那样停止不前。

帕斯捷尔纳克跟奥尔嘉的父母只见过几次面,但他能记住他们的身世、品味和见解,甚至能背诵她父亲的诗句。奥尔嘉发现,让他谈谈自己是很困难的。

走在冬日阳光下,奥尔嘉告诉他,《日瓦戈医生》在西方特别是美国所引起的巨大反响,尽管英文翻译并非尽如人意。帕斯捷尔纳克为他的书感到骄傲。他每天从国外收到大量邮件,但回复成了负担。至于《日瓦戈医生》的译者,他说,不要过于苛求。那不是他们的错。像所有的译者一样,他们倾向于重新创造一种文学性,而忽略了音调。其实在翻译中音调是重要的。事实上,最富于挑战性的翻译是那些经典之作,翻译现代作品很难得到回报,尽管多少容易些。翻译就像复制画,是件很无聊的事。

"你可以想象,我收到关于《日瓦戈医生》的某些信件很荒诞。最近有人要《日瓦戈医生》法文版的故事梗概——我估计是为法义版的顺序而困惑。可这多愚蠢,故事梗概是在诗的陪衬下勾勒出来的。这就是我选择和小说同步出版它们的部分原因。那些诗给小说更多的血肉,更多的丰富性。为了同样的原因,我用了宗教象征主义,给书以温暖。现在某些评论家用那些象征来包装——它们被放进书中,就像炉子放进房子里取暖——他们要让我承诺并爬进炉子……"他接着说:"学者们用神学词义来阐释我的小说。没有什么比这离我对世界的理解更远的了。一个人必须活下去并不停写作,在生活所提供新储备的帮助下。我厌倦了不惜代价忠实于一个观念。我们的生活一直在变,因此我相信一个人要变换角度——至少每十年一次，"他开玩笑地加上一句。"那对一个观念伟大而英勇的献身让我陌生——那是缺乏人性的。马雅可夫斯基自杀，是由于他的骄傲不能与他自身或周围发生的新事物妥协。"

他们在一道木栅栏门前告别，帕斯捷尔纳克为她指路。电气火车站很近，就在一片墓地的后面。

二

二月……

二月。墨水足够用来痛哭！
大放悲声抒写二月，
一直到轰响的泥泞
燃起黑色的春天。

用六十戈比，雇辆轻便马车，
穿过恭敬，穿过车轮的呼声，
迅速赶到那暴雨的喧嚣
盖过墨水和泪水的地方。

在那儿，像梨子被烧焦一样，
成千的白嘴鸦
从树上落下水洼，
干枯的忧愁沉入眼底。

水洼下，雪融化处泛着黑色，
风被呼声翻遍，
越是偶然，就越真实，
并被痛苦着编成诗章。

1912 年
菲野 译

二月。想蘸点墨水就哭泣……

二月。想蘸点墨水就哭泣！
和着泪抒写二月的悲歌，
直到在踩得直响的稀泥
闪出一派黑油油的春色。

想雇辆马车，掏六十戈比，

穿过恭敬和车轮的呼叫,
朝大雨滂沱的地方驶去,
听雨声比墨水和泪水还喧闹。

那里成千上万的白嘴鸦,
像一只只烧焦的秋梨,
从枝头一齐跌进水洼,
把忧色倾注到我眼底。

融雪地在忧色下泛起黑光,
风声翻腾着喊声阵阵,
哽咽地大哭诗抒写的诗章,
越是即景,越是真实。

1912 年
顾蕴璞 译

二月,一拿出墨水就哭!

二月,一拿出墨水就哭!
嘎嘎作响的稀泥,

散发出浓郁的春天气息,
一写到二月就哽噎着痛哭。

花六个十戈比的小银币雇了一辆四轮马车,
穿过祈祷前的钟声,穿过车轮的辘辘声,
赶到那下着倾盆大雨的地方,
那儿的闹声比墨水和哭声更喧闹。

那儿,成千上万只白嘴鸦
像晒焦的生梨,
从树上掉下水洼
一缕愁思投入眼底,令人茫然若失。

水洼下雪融化后露出的地面已发黑,
可狂风仍在肆虐怒吼,
哽噎着痛哭写下的诗句
越是即兴而作就越加真实。

1912 年

毛新仁 译

二月……

二月。用墨水哭泣!
在悲声中为二月
寻找词语,当轰响的泥浆
点燃黑色的春天。

花六十卢比雇辆马车
穿过车轮声和教堂钟声
到比墨水和哭声更喧闹的
倾盆大雨中去。

那里无数白嘴鸦像焦梨
被风从枝头卷起,
落进水洼,骤然间
枯愁沉入眼底。

下面,融雪处露出黑色,
风被尖叫声犁过,
越是偶然就越是真实,

痛哭形成诗章。

1912 年 1928 年
北岛 译

这是帕斯捷尔纳克最早的诗篇之一,往往置于不同的英文选集之首。1985年和彭燕郊先生一起编《国际诗坛》时,曾由我亲自处理菲野的译稿,其中包括《二月……》和《马堡》,我请我的亲戚(俄文教授,俄文是他的母语)做了校对。菲野这两首译作给人的印象很深,主要是气势好语感好,只要和顾蕴璞以及毛新仁的版本相比就知道好在哪儿了。时隔二十年,重读菲野的译作,还是觉得好,但也有毛病,主要是总体上的"过度"和局部的粗糙。

话又说回来了,其实我们很难在此做翻译上的比较,因为帕斯捷尔纳克一直修改诗作。菲野和顾蕴璞的译文来自1912年的版本,而毛新仁的译文来自1913年的版本。我主要依靠的是斯托沃尔兹(Jon Stallworthy)和法兰西(Peter France)合译的企鹅版英译本《帕斯捷尔纳克诗选》,同时参考了帕斯捷尔纳克的妹妹莉迪娅(Lydia Pasternak Slater)的英译本。他们根据的是1928年的最后定稿。比如我怎么也找不到在菲、顾译本中第二段中恭敬这个词，显然是被帕斯捷尔纳克给删掉了。

在菲野和顾蕴璞的译本之间，我们看到的是在翻译中诗人和一般译者的区别，主要是语言的敏感度和节奏感。只要比较一下头一段就够了：二月。墨水足够用来痛哭！／大放悲声抒写二月，／一直到轰响的泥泞／燃起黑色的春天。（菲野译）二月。想蘸点墨水就哭泣！／和着泪抒写二月的悲歌，／直到在踩得直响的稀泥／闪出一派黑油油的春色。（顾蕴璞译）特别是后边两句，简直是天壤之别。菲译本显然是对诗意的揭示，而顾译本正好相反，是一种遮蔽。但菲野也暴露了他"过度"的问题，比如第一句，原作中没有足够这层意思。我们再来看看毛新仁的译本：二月，一拿出墨水就哭！／嘎嘎作响的稀泥，／散发出浓郁的春天气息，／一写到二月就哽噎着痛哭。一个读者要先撞上这个译本，肯定会认为帕斯捷尔纳克是个三流诗人。若比较一下这三种译本的质地，那么菲野的是金属，铿锵有声；顾蕴璞的是木头，闷声不响；而毛新仁的是泥，稀里哗啦。

让我们试试解读这首诗。这是帕斯捷尔纳克象征主义时期的代表作。他把季节的更替、感情的宣泄带入诗歌写作中。我们首先会注意到这首诗的"液体感"——墨水、泥浆、痛哭、水洼、融雪处，还有"运动状态"，即动词在推动着全诗前进。

第一段墨水与泥浆、哭泣与轰响的对应，正是我们提到过的雅各布森关于组合轴的那种纵向性的对位效果，展现了写作艰难的过程。第二三段进一步推进，远离城市回归自然，从白嘴鸦像焦梨到枯愁，从水洼到眼底，情景交融，悲从中来。最后一段开端提到解冻，黑色和开篇的墨水与泥浆遥相呼应，风被尖叫声犁过是"诗眼"，暗示锐利的痛苦。越是偶然就越是真实，/痛哭形成诗章，首尾呼应，正是写作的开始与结束。

这首诗带有明显的青春期写作的特点。帕斯捷尔纳克写这首诗，正值俄国象征主义穷途末路之时，但他却能从象征主义的陈词滥调中标新立异，展现了他最初的才华。

三

曼德尔施塔姆的妻子娜杰日达说过："莫斯科在帕斯捷尔纳克出生以前就属于他。"我琢磨这话意味着城市和作家的特殊关系，往往互为因果，即一个城市孕育了一个作家，而一个作家反过来强化了一个城市的性格。比如老舍之于北京，卡夫卡之于布拉格，曼德尔施塔姆之于彼得堡。

1890年1月29日（俄历2月10日），鲍里斯·帕斯捷尔纳克出生在莫斯科一个犹太人家庭。鲍里斯为他的生日而骄傲，因为是普希金的忌日。他父母是从南方的敖德萨（Odessa，现属乌克兰共和国）搬到莫斯科的。在鲍里斯出生时，父亲列昂尼德是个尚未成名的画家，后来成为美术学院的教授。他曾为很多名人画过肖像，包括托尔斯泰、柴可夫斯基、高尔基、里尔克，还有列宁和爱因斯坦。由于为《战争与和平》画插图，他结识了托尔斯泰并成为朋友，后来托尔斯泰又请他为《复活》画插图。而母亲罗扎利娅是天赋极高的钢琴家，曾是鲁宾斯坦的得意门徒，少女时代就在维也纳等地开独奏音乐会，获得巨大成功。婚后为了照料家庭放弃了自己的专业。

鲍里斯的童年很幸福。他有一个弟弟两个妹妹，家庭十分和睦。他们家经常举办音乐会，由他母亲和其他音乐家合作。在鲍里斯四岁那年的一天夜里，他被柴可夫斯基的三重奏《怀念一位伟大的艺术家》吵醒，在座的客人中有托尔斯泰。"那音乐淹没了我整个地平线达十五年之久。"他后来回忆道。

1900年一个炎热的夏日，在莫斯科火车站，他们一家正准备前往敖德萨。一个披黑色斗篷的陌生人从车窗外认出列昂尼德,他们用德语热烈交谈。那人就是里尔克。这是他和女友莎洛美第二次俄国之行。一年前他们第一次来到莫斯科,就拜访过列昂尼德,并通过他见到托尔斯泰。这次正巧同车,他们想再去拜访托尔斯泰。在父亲的安排下,通过乘同一列车在铁路局工作的朋友,给托尔斯泰拍了个电报,得到肯定的答复。他们在一个小站下车,托尔斯泰派来的马车正在等候。这对年仅十岁的鲍里斯终身难忘。

鲍里斯最初的兴趣是植物学。1903年夏天他随父母在乡下度假,突然被邻近别墅传来的音乐惊呆了,那是俄国作曲家斯克里亚宾正谱写第三交响乐。他父亲和斯克里亚宾很快成为朋友,经常一起散步聊天,甚至争吵。从1904年初起,斯克里亚宾到瑞士住了六年。临行前,他到帕斯捷尔纳克家告别,对鲍里斯在音乐上的前途寄予厚望。此后,鲍里斯在老师的指导下学作曲弹钢琴。六年后,斯克里亚宾终于从瑞士回来了,在莫斯科举办个人演奏会。鲍里斯每天顶着寒风,到音乐学院去听他排练。有一天,他去拜访了斯克里亚宾,并弹了几首曲子,得到大师的赞扬。而鲍里斯却为自己的音乐才能苦恼,他认为自己缺少"绝对的辨音力"。

1905年鲍里斯随父母去柏林住了几个月，那是他第一次出国。他开始读德文原著，并到柏林大学旁听，他的兴趣开始转向哲学。他考上莫斯科大学法律系，很快就转到哲学系。当时莫斯科大学提倡的是柏格森的直觉主义和胡塞尔的现象学，而鲍里斯却成为新康德主义信徒。他听说德国马堡（Marburg）大学的哲学教授柯亨（Hermmann Cohen）是这方面的权威。正好莫斯科大学和马堡大学有校际交流项目，莫斯科大学的优秀生可去那儿上学。就在这个时候，母亲把教钢琴积攒下的两百卢布送给鲍里斯作礼物，使他去马堡上学的梦想得以成真。1912年4月21日，他乘三等车厢从莫斯科出发，四天后抵达马堡。

四

前两天我参加德国海德堡诗歌节，再去乌兹堡（Wüzburg），看望正在那儿教书的老朋友张祥龙，在他家度周末。星期一早上，我从乌兹堡出发去马堡，先乘快车，然后在卡塞尔（Kassel）换成慢车。德国的慢车还真慢，晃晃荡荡穿过早晨的大雾，几乎在能停的地方都停，让我体会到帕斯捷尔纳克近一个世纪前的漫长旅程。

马堡终于到了，我尾随许多大学生模样的人走出车站，在车站广场发呆。大雾早已散尽，阳光忽明忽暗。我到附近的一家旅馆打听游客中心在哪儿，柜台后面的老女人显得有点儿不耐烦，顺手一指——向左。我沿着桥过河，迷了路，最后在一个大学生的指引下，终于找到游客中心。接待我的小姐告诉我，他们没有多少关于马堡的英文资料，得到书店去找，但她麻利地在地图上画出帕斯捷尔纳克的故居。那儿离市中心很远。

鲍里斯在一个寡妇家租了个便宜的小房间，从窗口能看见兰河（Lahn）。他很快就投入到紧张的学习生活中。马堡学派是新康德主义的中心，而鲍里斯师从的柯亨教授又是其首领。他为了与柯亨见面做了充分的准备，前两次都扑了空，最后终于见到这位大名鼎鼎的人物。鲍里斯告诉教授，他不想选别人的课，只想专攻柯亨的理论。教授很不高兴地说，他的学生必须具有广博的知识。

帕斯捷尔纳克把马堡称为"中世纪的童话"。马堡依山傍水，市中心在山顶上。按游客中心小姐的指示，我坐电梯升到山顶。又沿着石板路转悠。马堡似乎未毁于第二次世界大战的轰炸，到处是那种由外露的木框架勾连的房子，保存完好。市政厅建于十六世纪初，是典型的哥特式建筑，尖顶上的铁公鸡一到整点就扇动翅膀打鸣报时。我拐进一家书店，买了本带英文介绍的马堡的画册。其中提到在这儿住过的名人有马丁·路德、格林兄弟和帕斯捷尔纳克。我问老板娘有没有关于帕斯捷尔纳克的书。"帕斯捷尔纳克？"她不懂英文，一头雾水，呐呐重复着。旁边的一个女大学生帮我译成德文，她显然知道帕斯捷尔纳克。她微笑着，眉毛往上一扬，她大概对一个东方人在一个德国城市打听一个俄国诗人感到好奇。

鲍里斯在柯亨教授的讨论课上交了两篇论文。他在给他表妹的信中写道："哲学上势头很好。柯亨对我的文章感到惊喜。"教授甚至鼓励他留在马堡读博士。就在这个时候，他初恋的情人伊达和她妹妹要到马堡来。姐妹俩在马堡的旅馆住了三天。鲍里斯向伊达求婚，被拒绝了，她已另有所爱。临别时，鲍里斯突然跳上火车，把姐妹俩一直送到柏林，当天夜里再赶回马堡。

鲍里斯接到柯亨教授的正式邀请，请他去参加星期日午餐会，这是一个在学业上得到肯定的重要信号。但他最终没去。一个8月初的早上，他乘火车告别了马堡，也告别了哲学。十一年以后，即1923年2月，他带妻子到马堡住了两天，但他什么都没有提起。马堡是他一生的转折点,由于失恋,他从哲学转向诗歌。后来他借《日瓦戈医生》女主角之口说:"我不喜欢毫无保留地献身于哲学。在我看来,哲学对于艺术与生活来说只不过是贫乏的季节。专门学它就像只吃辣根酱那么怪。"

我仔细地研究地图,算了算即使来回乘出租车,去故居的时间也不够了。让我惊讶的是,他的住处离城里那么远,而他兜里仅有两百卢布,恐怕很多时间都耗在路上,步行成为他思考和感受的主要方式。鲍里斯在马堡住了三个月,而我只在马堡待了三个小时。我漫无目的地在街上闲逛,像个真正的游客。我突然感到慌张,生怕在街上迎面撞上他。

五

马 堡

我哆嗦。我燃烧又熄灭,
我摇摆颤抖。我刚求过婚——
但已晚了,我胆怯了,于是遭到拒绝。
多么可惜她的眼泪!我简直比圣徒还幸福!

我走入广场。我可以被认为是
再次诞生者,每件晓事都活着,
并不把我放在眼里
在自己离别的意义上升起。

石板晒得发热,街的额头黧黑,
鹅卵石怀着敌意
望着天空,风像船夫
滑过椴树林,所有这些多么相似。

但无论如何,我要逃离它们的注视。
我没发现它们的欢迎词。
对任何财富我也不想问津。
为了避免嚎啕大哭,我必须立即逃走。

天赋的本能,阿谀老先生,
今夜我不能忍耐。他肩并肩悄悄溜过
想到:"男孩子的爱情,很不幸
照顾他们要特别留神。"

"踏步走,再来一次,"本能对我说。
像一位经院哲学家,英明地领我
穿过被晒热树木的、丁香花和情欲的
童贞的禁入的芦苇。

"你要学会走路,然后再跑。"——
本能说,而新的太阳从天顶下望,
就像教地球上的土著
在新行星上重新学步。

这一切使某些人眼花缭乱。使另一些人——
陷入伸手不见五指的黑暗。
雏鸡在大丽花丛中觅食,
蟋蟀、蜻蜓像钟表一样滴答响。

房瓦在游泳,中午不眨眼地
看着房顶。在马堡
有人高声吹口哨,做弩弓
有人默默准备去圣三一节集会。

沙子发黄,吞噬着云朵。
暴风雨降临使树丛的眉毛抖动。
天空烧焦后结成止血的
金车素而落下。

那天,我像个地方的悲剧演员
背诵莎士比亚悲剧一样,
把你从头到尾背得烂熟,
随身携带着在城里闲逛并排练。

当我跪在你面前,搂抱住
这片雾,这块冰,这个外表
(你多美!)这股热旋风……
你说什么?清醒些!完了。我将被抛弃。

这里住过马丁·路德。那里住过格林兄弟。
利爪状的屋檐。树木。墓志铭。
所有这一切都记得并向往他们。
一切都记忆犹新。这一切又多么相似。

不,明天我不去那儿。拒绝——
比离别还彻底。一切都明白。我们两清了。
火车站上的忙碌与我们无关。
我将发生什么事,古老的石板?

大雾把我们的行李袋散放各处,
在两个窗口各存一个月。
忧愁像游客在每本书上划过
并和书本一起被放入沙发。

我怕什么?我对失眠之夜
像对语法书一样熟悉。我已和它结盟。
为什么我惧怕习惯思想的出现
犹如惧怕月夜狂患者的到来?

夜晚坐在月色下的
镶木地板上,同我下象棋,
窗户敞开,空中散发着金合欢的香气,
热情像证人一样头发灰白地坐在角落里。

杨树是棋王。我同不眠之夜玩耍。
夜莺是棋后,我倾心于夜莺。
黑夜在胜利,王和后在退却,
我看到早霞。

1915年

菲野 译

马 堡

我战栗。我闪烁又熄灭,
我震惊。我求了婚——可晚了,
太晚了。我怕,她拒绝了我。
可怜她的泪,我比圣徒更有福。

我走进广场。我会被算作
再生者,每片椴树叶,
每块砖都活着,不在乎我,
为最后的告别而暴跳。

铺路石发烫,街的额头黧黑。

眼睑下鹅卵石冷漠地
怒视天空,风像船夫
划过椴树林。一切都是象征。

无论如何,避开它们注视,
不管好歹我转移视线。
我不想知道得失。
别嚎啕大哭,我得离开。

房瓦漂浮,正午不眨眼
注视房顶。在马堡
有人吹口哨,做弩弓
有人为三一节集市妆扮。

沙子吞噬云朵发黄,
一场暴风反复撼动灌木丛。
天空因触到金车素枝头
而凝固,停止流动。

像扮演拥抱悲剧的罗米欧,

我蹒跚地穿过城市排练你
整天带着你,从头到脚
把你背得滚瓜烂熟。

当我在你的房间跪下,
搂住这雾,这霜,
(你多可爱!)这热流……
你想什么?"清醒点!"完了!

这儿住过马丁·路德。那儿格林兄弟。
这一切都记得并够到他们:
鹰爪飞檐。墓碑。树木。
一切都活着。一切都是象征。

不,我明天不去了。拒绝——
比分手更彻底。我们完了。两清了。
如果我放弃街灯,河岸——
古老的铺路石?我为何物?

雾从四面八方打开它的包袱,

帕斯捷尔纳克

两个窗口悬挂一个月亮。
而忧郁将略过那些书
在沙发上的一本书中停留。

我怕什么？我熟知失眠
如同语法。早就习以为常。
顺着窗户的四个方框
黎明将铺下透明的垫子。

此刻夜晚坐着跟我下棋
象牙色月光在地板上画格。
金合欢飘香，窗户敞开，
热情，那灰发证人站在门口。

杨树是王。我同失眠对弈。
夜莺是王后，我闻其声。
我去够夜莺。夜得胜了。
棋子纷纷让位给早晨的白脸。

1915—1956

北岛 译

由于篇幅关系，我略去顾蕴璞的译本。这首诗，帕斯捷尔纳克一生中修改了很多遍，比如菲野译本标明的是1915年，顾蕴璞译本标明的是1916年和1928年，而我参照的企鹅版的译本表明的是1915—1956年。看来有理由相信，我的译本是最后的定稿。由于找不到菲野和顾蕴璞译本的英文翻译，故无从比较。也许更有意思的是，可以看到诗人修改的地方。与1915年的版本相比，1956年的定稿中做了很多改动，特别是大幅度删节，初稿中的第五到第八段完全被去掉，把十八段压缩成十四段。从定稿的角度来看，这四段确实是多余的，自言自语式的表白，使全诗陷于停顿，带有青春期写作中滥情的痕迹。另外即使没有参照，我们还是可以感到意象和节奏上微妙的变化。只举一例：热情像证人一样头发灰白地坐在角落里（菲野译）；激情如证人枯坐在角落里（顾蕴璞译）；热情，那灰发证人站在门口（北岛译）。显然让热情这个灰发证人，从坐在角落里改成站在门口，变被动为主动，证人成为不速之客，造成一种咄咄逼人的紧迫感。

这首诗带有明显的个人自传色彩，显然和马堡的失恋相关。从结构上来看，这首诗分两部分：其一，前十段是作者在城里游荡时的感受,加上对求婚被拒那一刻的"闪回";其二,后四段是不眠之夜的苦闷,以及最终的超越与升华。

开篇直接进入主题:我战栗。我闪烁又熄灭,/我震惊。我求了婚——可晚了,/太晚了。我怕,她拒绝了我。/可怜她的泪,我比圣徒更有福。作者一连用了七个动词短句,展示求婚被拒绝那震惊、后悔及无所适从的状态。而最后一句的基调显然和前三句不同——怜悯、骄傲、如释重负,与下一段中我会被算作/再生者相呼应。对一个年仅二十二岁的小伙子,这种失恋的痛苦,对"契约"的无知和渴望,失败后的轻松感统统交织在一起。

接下来是作者的漫游过程。他在马堡这个古城漫无目的地行走,穿越历史穿越自然,与其说是消耗体力,不如说是一种精神释放。我们可以看到作者在周围环境上的感情投射,步移景换。

其中第三段最精彩:铺路石发烫,街的额头黧黑。/眼睑下鹅卵石冷漠地/怒视天空,风像船夫/划过椴树林。一切都是象征。静与动、愤怒与和谐、坚硬与柔软都融合在一起。诗歌中既要讲"奇",又要讲"通"。所谓"奇",就是俄国形式主义所说的"陌生化";而

"通"，按我的理解，则是一种诗意的合理性。比如鹅卵石冷漠地／怒视天空，风像船夫／划过椴树林这两组意象既"奇"又"通"，真可谓神来之笔。

再来看看第七段：像扮演拥抱悲剧的罗米欧，／我蹒跚地穿过城市排练你／整天带着你，从头到脚／把你背得滚瓜烂熟。把自己想象成排练的演员，把情人当成台词牢记在心，且非常具体化——从头到脚。正是这种"陌生化"的效果，避免了陈词滥调，延长并加深了读者的阅读体验。

这首诗的高潮在第二部分，那是漫游的终结与醒悟的开始，若无这部分，《马堡》几乎是不能成立的。其中的第一段是过渡，即内与外的连接点：雾从四面八方打开它的包袱，／两个窗口悬挂一个月亮。／而忧郁将略过那些书／在沙发上的一本书中停留。只要和初稿相比，我们就知道到底发生了什么：大雾把我们的行李袋散放各处，／在两个窗口各存一个月。／忧愁像游客在每本书上划过／并和书本一起被放入沙发。（菲野译）至于是翻译上的差异还是作者修改的结果，都无从判断，我们只能比较"现状"。依我看，雾从四面八方打开它的包袱，／两个窗口悬挂一个月亮比另一版本更"奇"更"通"，有一种更虚幻更博大的东西。首先想想雾的包袱得有多大呀，而两个窗口又构成具体的限制，打开，按海德格尔的话来说，即除去遮蔽——两个窗口悬挂一个月亮。

推动最后三段的是一组统一的意象，即与不眠之夜对弈，其实也是与自己对弈。而作者不断引进外部的自然意象：月光、金合欢、白杨。夜莺，由于窗户敞开，它们加入到这场对弈中来，结盟或成对手。其中最重要的外来者是热情，那灰发证人，即诗歌本身，它如同不速之客，为历史也为诗人耗尽身心的一生作证。这画龙点睛之笔表明作者的决心。

全诗这样结束：杨树是王。我同失眠对弈。/夜莺是王后，我闻其声。/我去够夜莺。夜得胜了。/棋子纷纷让位给早晨的白脸。在这里，夜莺是女性的象征，作者并没有背叛爱情，尽管那爱情的临时代表抛弃了他。在这个意义上，夜得胜了。但似乎这已无关紧要，因为最艰难的时刻过去了，新的生活无所谓输赢，迎接他的是早晨的白脸。

纵观全局，这绝不限于一首情诗，而是由于失恋引发的危机，包括精神漫游的历程，对理性世界的怀疑及对使命感的领悟。在我看来，这是帕斯捷尔纳克诗歌创作生涯的高峰。虽然他自己并不这样认为，他曾半开玩笑地提到自己"那些马堡的垃圾"。

六

1960年初，在第一次见到帕斯捷尔纳克后不久，奥尔嘉又来到作家村彼列捷尔金诺。她希望做一次正式采访，被拒绝了，帕斯捷尔纳克说："你要采访，必须等我不太忙的时候再来，也许明年秋天。"每次分手，他都用俄罗斯传统的方式吻奥尔嘉的手，请她下个星期天来。于是接连三四个周末，奥尔嘉都如约而至。在过早降临的暮色中，她抄近道，从电气火车站经过一片墓地，迎着风雪，来到帕斯捷尔纳克家。

他的家人已在午餐后散去，屋里空荡荡的。帕斯捷尔纳克坚持让她吃东西，让厨师端来鹿肉和伏特加。这是下午四点钟，屋里又暗又暖和，只有风声雪声。他们隔着桌子聊天。帕斯捷尔纳克告诉奥尔嘉，他最近重读了她祖父、俄国著名小说家安德烈耶夫的小说，非常喜欢："他们带有十九世纪那些非凡岁月的印记。那些岁月如今退入我们的记忆中，它们像远处的大山一样隐隐呈现。"他谈到尼采对他们那一代的影响,而他认为,尼采在那个时代传播了某种不良趣味。

餐厅越来越暗,他们换到开着灯的小房间。帕斯捷尔纳克端来橘子。墙上是他父亲的肖像画,那些世纪之交的作家在盯着他们。

奥尔嘉听说在写《日瓦戈医生》时,他摒弃他的早期诗作,认为它们只是试验,已经过时了。对奥尔嘉来说,这简直难以置信。在她看来,《生活,我的姐妹》、《主题与变奏》早已成为经典之作,很多苏联作家和诗人都会背诵。难道他真的摒弃早期诗作了吗?

帕斯捷尔纳克回答时,多少带着愤怒的声调:"我对我的同时代人有一种巨大的负债感。我写《日瓦戈医生》就是想试着偿还。这种负债感在小说进度缓慢时让我喘不过气来。在这么多年只写抒情诗搞翻译,对我来说有责任对我们的时代表明立场——那些岁月,遥远却隐隐再现在我们面前。时间紧迫。我想记录过去,并为那些年代俄国美好高尚的一面而骄傲。那些岁月,或我们的父辈一去不返,而我知道,在未来的繁荣中其价值将会复活。与此同时,我试图描绘他们。我不知道我的小说是否真正成功,尽管有种种毛病。我觉得它比那些早期诗作更有价值。它比我早期的作品更丰富、更人道。那些诗作就像匆忙的速写——只要跟我们的前辈相比一下。陀思妥耶夫斯基和托尔斯泰不仅仅是小说家，布洛克不仅仅是诗人。那些作家的声音如雷霆一般，是因为他们有话要说。相反二十世纪那些肤浅的艺术家，以我父亲为例，他的每幅画用了多大的努力呀！在二十世纪我们的成功部分是由于机会。我们这代人发现自然而然成为历史的焦点。我们的作品受命于时代。它们缺少普遍性：现在就已经过时了。另外，我相信抒情诗已不再可能表现我们经历的广博。生活变得更麻烦、更复杂。在散文中我们能得到最佳表达的价值……"

"在你的同时代人的写作中，"奥尔嘉问："你认为谁最经久不衰？"

"你知道我对马雅可夫斯基的感觉。我在我的自传《安全证书》中用很长的篇幅提及这一点。我对他后期的大部分作品不感兴趣。而他最后未完成的诗《在我声音之端》是个例外。形式破碎，思想贫乏，不均衡是二十年代后期诗歌的特点，与我格格不入。但那是例外。我喜欢叶赛宁的一切，他多好地捕捉到俄罗斯土地的气息。我把茨维塔耶娃置于最高处；她一开始就是个成形的诗人。在一个虚假的时代她有自己的声音——人性的,古典的。她是一个有着男人灵魂的女人。她与日常生活的斗争给予她力量。她力争并达到一种完美的透明。与我赞赏其朴素与抒情性的阿赫玛托娃相比,她更伟大。茨维塔耶娃之死是我一生中巨大的悲痛之一。"

奥尔嘉问到年轻一代诗人,他说:"恐怕没有你想象的那么多。对知识分子群体来说是相当有限的。而今天的诗歌总是显得很一般。像壁纸的图案,取悦于人但没有实质内容。"最后他说到自己,感叹道:"而每天的生活对我来说越来越复杂。对出了名的作家肯定无论在哪儿都一样。但我没有准备好这个角色。我不喜欢秘密与安静被剥夺的生活。对我来说,我年轻时作品是生活完整的部分,在其中照亮了一切。如今我必须为某些东西而斗争。所有那些学者、编辑、读者的要求不能不理睬,他们和翻译一起吞没我的时间……你应该告诉那些国外对我感兴趣的人,这是我的严重问题——时间太少。"

七

帕斯捷尔纳克在《自传》中写道:"像我的许多同时

代人一样，我年轻时深受布洛克的影响……"布洛克是象征主义的代表人物。俄国象征主义诗歌始于十九世纪八十年代，到二十世纪头十年一直处于鼎盛期，其霸权地位不久受到阿克梅派和未来派的挑战。

1913年，鲍里斯参加了一个名叫"抒情诗"的象征主义诗歌小组，他们出版的一本合集中包括他的五首诗（其中有《二月……》）。1914年初，他出版了自己的第一本诗集《云中双子星座》。他和另两个诗人离开"抒情诗"小组，成立了未来派的一个分支"离心机"。而未来派是一个混乱的概念，山头林立，互相攻击。在他们出版的一本杂志上，发表了鲍里斯的三首诗和诗歌评论。在评论中，他拒绝了以相似为基础的传统诗歌意象。他认为，普通意象让阅读变得太容易。他提出一种邻近相切的修辞原则，即转喻。

由于"离心机"和未来派主流的分歧，导致了鲍里斯和马雅可夫斯基的第一次见面。那是1914年春天，在莫斯科一个咖啡馆。马雅可夫斯基气势凌人，像骑摩托车似的跨在椅子上。他比鲍里斯小三岁，可当时他的名气大多了。在争吵中，鲍里斯发现马雅可夫斯基表面上狂热，其实缺乏安全感。自那次见面后，鲍里斯写道：

"我把他的一切从林荫道带进我的生活。可是他是巨大的……我不断失去他。"

第一次世界大战爆发后,帕斯捷尔纳克由于腿跛(小时候骑马摔伤所致),不符合当兵条件。自1914年到1917年,他在乌拉尔山区的一家化学公司当小职员,全身心投入写作。从那时起,他常常谈到自己像必须不断调音的乐器,而写作"尽量不扭曲鸣响在我们体内的生活之声"。1916年他的第二本诗集《跨越障碍》在莫斯科出版,得到好评。有人把它归入未来派。

1917年二月革命爆发后,他回到莫斯科。同年夏天,他完成了第三本诗集《生活,我的姐妹》。这本诗集直到1922年才出版,为他赢得巨大声誉,得到阿赫玛托娃、马雅可夫斯基和曼德尔施塔姆的高度评价。曼德尔施塔姆认为他"不是发明家和法师,而是一种新模式,一种使语言成熟并获得活力的新俄国诗歌结构的创始人"。1923年,他出版了《主题与变奏》,写于十月革命后最初的岁月。

对于十月革命,鲍里斯远没有像马雅可夫斯基的那种狂热,他和阿赫玛托娃及曼德尔施塔姆持审慎的欢迎态度。1921年,他母亲的心脏病日益严重,父母和两个妹妹一起前往柏林。他们虽然一直持有苏联国籍,却没有再返回祖国。鲍里斯和弟弟留在苏联。1921年，鲍里斯与美术学院学生卢里耶结婚。1922年夏天，他们夫妇获准前往柏林探望父母，在德国住到第二年的春天。这是最后一次和父母见面。此后鲍里斯一直申请出国探亲，从未得到批准。

在1917年这关键的一年，艾伦堡和帕斯捷尔纳克相识。他于1921年这样描述鲍里斯："他生机勃勃，身体健康，而且具有现代人气质。在他身上没有任何秋天、日落及其他赏心悦目却不能令人宽慰的东西。"

从柏林回到莫斯科，帕斯捷尔纳克夫妇居住的房间很小。1923年，当他们的儿子出生后，物质匮乏，手头拮据，日子越来越艰难。鲍里斯主要靠翻译维生。他的妻子事业心很强，但不会操持家务，加上脾气刚烈，夫妇关系出现裂痕。阿赫玛托娃说过："鲍里斯从不真正了解女人。也许这方面他运气不佳。他第一个妻子，叶夫根尼亚·卢里耶，是个有知识的女人，但，但，但是！她自认为是个伟大的艺术家，所以鲍里斯得为全家熬汤。"

读了茨维塔耶娃的长诗《终结之诗》，鲍里斯十分震动，他也转向历史题材的叙事长诗，其中包括《高烧》、《1905年》和《施密特中尉》等，反映了他对革命的复杂感情。与此同时,他和茨维塔耶娃的书信频繁,陷入一种柏拉图式的精神恋爱。他在信中写道:"这是生活中第一次强烈体验到的和谐,它如此强烈,迄今为止只在痛苦时才有的置身于充满对你的爱的世界,感受不到自己的笨重和迷惘。这是初恋的初恋,比世上的一切都更质朴。我如此爱你,似乎在生活中只想到爱,想了很久,久得不可思议。你绝对的美。你是梦中的茨维塔耶娃……你就是语言,这种语言出现在诗人终生追求而不期待回答的地方。"

鲍里斯和茨维塔耶娃的通信,刺伤了卢里耶,夫妇关系更加紧张。

1926年春,里尔克在跟鲍里斯父亲的通信中提到他,让他激动万分。他立即给一直崇拜的里尔克写了封长信,除了溢美之词,他也谈到俄国的现状:"我们的革命也如此——它是个与生俱来的矛盾:一个时间之流的断裂,却貌似静止而动人心魄的景观。我们的命运也如此,它静止而短促,受制于神秘而又庄严的历史特殊性,甚至连其最微小最滑稽的呈现也是悲剧性的……最近几天,在我身上就发生了这样的事,此前漫长的八年之间,我非常不幸,连死都无所谓,虽说在极度沮丧中从未忘记革命那崇高的悲剧成分。我完全无法写作，得过且过。一切已在1917年至1918年间写尽了。"他把住在巴黎的茨维塔耶娃介绍给里尔克。里尔克不久给鲍里斯回信了。这封写在淡蓝色信纸上的短笺一直被珍藏着，直到临终时还放在贴身的皮夹里，上面标明"最珍贵的"。

从1926年4月到年底里尔克病逝，在里尔克、帕斯捷尔纳克和茨维塔耶娃之间，开始了一段非同寻常的通信史，共留下五十余封书简。

在得到里尔克的死讯后，他无比震惊，专门写了一本自传体的书《安全证书》献给里尔克。在1927年2月3日给茨维塔耶娃的信中，他写道："你是否意识到这简直荒凉到你我成为孤儿的地步？不，我不认为对你如此，那没关系。这无望的打击消弱了人类。我生活中所有目标似乎都被剥夺了。我们现在必须活得长久，悲哀的漫长一生——那是我的责任，也是你的。"

八

英国著名理论家伊格尔顿（Terry Eagleton）指出，"如果人们想为本世纪文学理论的重大变化确定一个开始的时间,最好是定在1917年,这一年,年轻的俄国形式主义者维克多·什克洛夫斯基发表了他的开拓性的论文《艺术即手法》。"

1915年,在莫斯科成立了以罗曼·雅各布森为首的"莫斯科语言学研究小组",1916年在彼得格勒成立了以维克多·什克洛夫斯基为首的"诗歌语言研究会",他们当时多数都还是大学生。后来被论敌统称为"俄国形式主义"。其鼎盛期一直延续到二十年代,后来由于托洛茨基的严厉批判,加上随之而来的斯大林的政治高压,于三十年代销声匿迹。雅各布森于1920年移居到布拉格,和布拉格学派挂钩,后发展成结构主义。他作为犹太人在1941年移居到美国,在大学教书。

俄国形式主义是对俄国十九世纪传统的文艺理论的一种反动。他们提出文学自主性的问题,把文学作为专门的对象来研究。雅各布森指出:"文学研究的对象不是笼统的文学,而是'文学性',也就是使一部作品成其为文学作品的东西。"他们反对形式与内容的二元论,而是把形式放在首要位置,认为形式不是内容的表现形式,而形式本身就有含义,具有本体的意义。什克洛夫斯基有一句名言:"艺术总是独立于生活的。在它的颜色里永远也不会反映出飘扬在城堡上的那面旗帜的颜色。"

雅各布森从语言的功能入手,指出诗歌语言和日常语言的区别。他认为诗歌功能使语言最大限度地偏离实用目的,而指向其形式自身,包括韵律、词汇和句法。文学语言中的声音和意义之间、语法结构和主题模式之间均有特殊的呼应关系。后来他成为结构主义的奠基人之一。

"陌生化"是什克洛夫斯基提出的一个重要概念。他在《艺术即手法》中指出:"艺术的技巧就是使对象陌生,使形式变得困难,增加感觉的难度和时间的强度,因为感觉过程就是审美目的,必须设法延长,艺术是体验对象的艺术构成的一种方式,而对象本身并不重要。"在日常语言的俗套中,我们对现实的感受变得陈腐、滞钝、"自动化",文学语言则通过对日常语言的强化、凝聚、扭曲、缩短、拉长、颠倒等手段,使日常语言"陌生化",从而更新我们的习惯反应,唤起我们对事物对世界新鲜的感知。

俄国形式主义和未来主义关系密切,它为未来主义的语言试验提供了理论基础。未来主义是1905年革命后出现的许多先锋流派之一,其主要代表人物是马雅可夫斯基。未来主义提出相当极端的口号:"把普希金、陀思妥耶夫斯基和托尔斯泰从现代性的船上扔出去。"但随着斯大林大权在握后,文学所谓的自主性不复存在,所有的旗帜都必须是红的。什克洛夫斯基受到严厉批判,不得不于1930年写赞美社会主义现实主义的文章。时过境迁,形式主义终于得到平反。1961年,什克洛夫斯基在一篇文章感叹道:"光阴荏苒,太阳升起过一万多次,四十个春秋过去了,现在西方有人想借我的话来争辩飘扬在我的城堡上我的那面旗帜的意义。"

什克洛夫斯基于1923年到国外住了两年,主要在柏林,在那儿出版了两本小说。这位俄国形式主义的首领,在柏林见到诗人帕斯捷尔纳克后写道:"幸福的人。他在任何时候都不会愤世嫉俗。他应该作为一个可爱的、被人溺爱的、伟大的人度过自己的一生。"

九

列宁于1924年逝世后,斯大林在党内的权力斗争中占了上风,1928年大权独揽。托洛茨基被迫流亡到国外,斯大林的政敌一个个被消灭。三十年代初,包括文学界在内的所有领域沉寂下来。1932年，社会主义现实主义被封为正统，而新成立的全俄作家协会成为这一意识形态的监护者。

1930年夏天，帕斯捷尔纳克夫妇和他弟弟一家，应哲学家阿斯穆斯夫妇及钢琴家奈高兹夫妇的邀请，到基辅郊外度假。他爱上了钢琴家夫人季娜伊达。他丝毫没有隐瞒自己的感情，告诉了自己的妻子和钢琴家。而季娜伊达已是两个男孩的母亲，对她来说，这是不可能的。但在鲍里斯疯狂的追求中（甚至喝酒精自杀），她终于动了心。他们一起去格鲁吉亚等地旅行。鲍里斯为她写了很多情诗，收入诗集《再次诞生》中。1934年他和季娜伊达结婚，而钢琴家奈高兹仍是他们的好朋友。季娜伊达一直陪伴鲍里斯到他生命的终点。

1934年8月，在莫斯科召开了第一次作家代表大会，由高尔基主持，帕斯捷尔纳克参加了，并被选为理事。布哈林在报告中把帕斯捷尔纳克称为大诗人，引起很多人的不满。

1935年夏天，他临时被派去参加巴黎和平代表大会。他当时的情绪处于低谷，一路上没精打采。他在大会上发言时，是由法国作家安德烈·马尔罗作翻译。马尔罗宣称:"现在站在你们面前的是我们时代最伟大的诗人。"

他在巴黎只停留了十天。在十三年的通信后,他终于见到了茨维塔耶娃。两个诗人的景况完全不同,一个在国内惶惶不可终日,另一个在海外借债度日,彼此根本无法沟通。帕斯捷尔纳克想告诉她国内的真实情况,但在半公开场合下又能说什么呢?他只好悄悄说:"马琳娜,别回俄罗斯,那里太冷,到处都是穿堂风。"茨维塔耶娃并没有领悟那弦外之音。

本打算回去的路上看望住在慕尼黑的父母,但担心他们看到自己这副落魄的样子,最后途经英国乘船返回苏联。为此,茨维塔耶娃非常生气,她在信中写道:"乘火车从母亲身边经过,让老人白白等了十二年,这事我怎么也想不通,就是杀死我,我也想不通。让母亲别等了——她也想不通。这事已超过我理解的极限,人的极限。在这方面,我与你恰恰相反:我会背上火车去和她见上一面……"鲍里斯再也没见到父母,为此抱憾终生。

若二十年代会因持不同政见而受苦,到了三十年代即使不关心政治也会被认为是一种反抗。鲍里斯面临巨大的困境:在评论家把他捧上了天的同时,想把他塑造成符合他们需要的诗人。鲍里斯担心在马雅可夫斯基死后,他取而代之，成为苏维埃政权的官方诗人。在 1953 年的一封私人信件中，他描述了当时的痛苦："那时我比现在年轻十九岁，马雅可夫斯基还没被神化，他们吹捧我，送我去国外旅行，我只要写任何乌七八糟的东西，他们都会出版；事实上我没有任何病痛，我一直苦于挣脱，就像中了邪的童话英雄一样。"

由于被公认为俄国的大诗人，正好为他提供了一种特权，他得以利用这一特权营救他的同行们。1934 年 5 月 13 日，曼德尔施塔姆因一首讽刺斯大林的反诗被捕。鲍里斯听说后马上去找布哈林。几天后斯大林突然打电话找他，谈到曼德尔施塔姆的案子。因为用的是公用电话，斯大林跟他通话的消息很快就传开了。他开始受到种种特殊的礼遇，比如，他请别的作家吃饭，作家协会乐于为他买单。由于他的干预，曼德尔施塔姆从轻发落，被判为三年流放。

据说斯大林另给鲍里斯打电话，说他有个朋友写诗，想听听他的意见。鲍里斯收到诗稿后，一眼就看出那是斯大林自己写的。过了几天，斯大林又来电话询问。鲍里斯犹豫了一下，最后还是说："请转告你的朋友，以后最好别再写诗了。"他为此吓出一身冷汗。

鲍里斯第一次见到斯大林是1924年冬天。斯大林召集帕斯捷尔纳克、叶赛宁和马雅可夫斯基三个诗人,询问关于把诗歌从格鲁吉亚文(斯大林的母语)翻成俄文的问题。这是鲍里斯唯一一次与斯大林面对面。他在晚年回忆时描述道:斯大林是"他所见过的最可怕的人——螃蟹般的侏儒,有一张黄色麻脸和翘起来的唇须"。而就在那一时期,他称斯大林是"一个真正的领导人",并写过歌颂斯大林的诗歌。

1937年"大清洗"拉开序幕,布哈林被捕并被处决,鲍里斯的不少同行也相继消失。有一天,几个军人来到他家,让他在一份要求判处几个元帅死刑的公开信上签名,被他严词拒绝:"同志,这不是签发剧场的入场券,我不能签!"但几天后在《文艺报》发表的作家签名信中,居然有他的名字。他冲到作家协会去抗议。"我什么事都想到了,就是没想到作协能干出如此卑鄙的勾当!没有人给予我决定他人生死问题的权力!替我签名,就等于把我处死!"后来在即将分娩的妻子的恳求下,他只好放弃追查。

1938年新年之夜钟声刚敲过,季娜伊达生下了鲍里斯的第二个儿子。

1939年,在流亡多年后,茨维塔耶娃带着儿子返回祖国,和先她一步回来的丈夫女儿团聚。但丈夫和女儿不久就在大清洗中被捕失踪了。鲍里斯想尽办法帮她找住处找工作,并安排她和阿赫玛托娃见面,使这两位伟大的俄国女诗人第一次相遇。1941年夏天,德国军队入侵苏联,战争爆发后不久,茨维塔耶娃被疏散到遥远的内地,鲍里斯赶到莫斯科河码头为她送行。1941年8月30日,茨维塔耶娃上吊自杀。鲍里斯得到这一噩耗悲痛万分,他非常内疚,责怪自己没有竭尽全力帮助她。

+

哈姆雷特

喧哗静寂。我走上前台。
身体靠着一根柱子。
通过遥远的回声,我把那
即将发生在我身上的一切聆听。

在头顶数千架望远镜里,

夜晚的昏暗已经向我汇聚。
如果你允许,父亲,
我请求你把此杯从我手中移去。

我热爱你的布局,如此稳妥,固执,
我愿意来扮演这个角色。
然而现在,这儿是另一出戏,
此刻,我恳求你请把我忘记。

可是,预设的情节在继续,
我无法改变那命定的道路。
我很孤单,伪善把这个世界充满,
活在生命里绝非简单易事。

张祈 译

哈姆雷特

喧嚷嘈杂之声已然沉寂,
此时此刻踏上生之舞台。
倚门倾听远方袅袅余音,

从中捕捉这一代的安排。

朦胧的夜色正向我对准,
用千百只望远镜的眼睛。
假若天上的父还肯宽容,
请从身边移去苦酒一樽。

我赞赏你那执拗的打算,
装扮这个角色可以应承。
但如今已经变换了剧情,
这一次我却是碍难从命。

然而场景已然编排注定,
脚下是无可更改的途程。
虚情假意使我自怜自叹,
度此一生决非漫步田园。

1946 年
张秉衡 译

哈姆雷特

语静声息。我走上舞台。
依着那打开的门
我试图探测回声中
蕴含着什么样的未来。

夜色和一千个望远镜
正在对准我。
上帝，天父，可能的话，
从我这儿拿走杯子。

我喜欢你固执的构思
准备演好这个角色。
而正上演的是另一出戏。
这回就让我离去。

然而整个剧情已定，
道路的尽头在望。
我在伪君子中很孤单。

生活并非步入田野。

> 1946 年
> 北岛 译

据我所知，此诗仅一稿，写于 1946 年。我比较上面的三个译本，还是大吃一惊。我主要参照的是斯托沃尔兹和法兰西合译的企鹅版英译本，以及帕斯捷尔纳克的妹妹的英译本，这两个译本的差距就够大的了，让我绞尽脑汁，再一看另两个中译本，反倒让我释然了。这回让我开始怀疑翻译的可能性：这三个中译本基本没有重合点，除了同一题目和模糊的踪影——哈姆雷特变成了幽灵。得承认，这首诗看似简单，译起来难度很大，特别是词的歧义性，导致译者不得不做出单向选择。即使如此，译者还是得为文本负责。谁让你干这行的呢？依我看，张祈译本太离谱，仅举一例。第二段头两行：在头顶数千架望远镜里，/夜晚的昏暗已经向我汇聚。（夜色和一千个望远镜/正在对准我。）显然把望远镜的聚焦理解成夜色的汇聚了。与张祈译本相比，张秉衡译本还靠点谱，但却用的是我最不能容忍的形式——等于给解放脚穿小鞋。为了凑数凑韵不惜付出一切代价，特别是节奏，不信你大声朗读试试，要能念顺溜才怪呢。热衷这类豆腐干形式的还大有人在，依我看基本上属于翻译界的"前清遗老"。

《哈姆雷特》是《日瓦戈医生》最后一章附录的二十五首诗中的第一首，有如序曲，为这部长篇小说定音，并和最后一首《蒙难地》遥相呼应。帕斯捷尔纳克主要靠翻译维生，其中包括《哈姆雷特》在内的众多的莎士比亚作品。他译的《哈姆雷特》，至今仍是俄国中学课本的范文。

《哈姆雷特》开篇显然是演员登台，在剧场观众的望远镜注视下沉思：我试图探测回声中／蕴含着什么样的未来。在一个更大的标尺上，剧场被放大：夜色用一千个望远镜／正在对准我，让人联想到宇宙和星星，和下一句衔接：上帝，天父，可能的话，／从我这儿拿走杯子。这句出自基督之口的箴言，在这二十五首诗，特别是最后一首《蒙难地》中重复，构成循环。

我们会注意到，叙述者"我"包含着多重身份：扮演哈姆雷特的演员、哈姆雷特、帕斯捷尔纳克和他笔下的日瓦戈医生，诗人也借此把莎士比亚著名的哲学命题"生存，还是毁灭，这是一个问题"，以及《圣经》故事、他和他的同时代人的历史困境与小说中的叙述线索都融在一起了。同时让人感到"我"在公众面前的孤独，以及公众所代表的价值的虚假：我在伪君子中很孤单。

这首诗中更重要的主题是命运，即一个人和时代的关系，就像演员和剧本的关系一样。作为演员，能否超越剧本的限制呢？在这一点上，帕斯捷尔纳克是很悲观的。然而整个剧情已定，/道路的尽头在望。结论是，一个人无法超越他的时代，唯一能做的是为他所生活的时代作证。

说实话，我不太喜欢帕斯捷尔纳克晚期的诗作，它们缺少早期诗歌中的新鲜、奇特和敏锐。他本人在晚年总是否定他的早期诗歌。他说过："我不喜欢我四十年代以前的风格。"他试图说服读者有两个帕斯捷尔纳克，一个是年轻的革新者，一个是更朴素却更智慧的晚期诗作者。我想，很多诗人都持类似态度，这恐怕和自我期待有关，是一种与生俱来的完美主义——刚诞生甚至未问世的作品是最好的。

十一

第二次世界大战终于结束了。自1923年到1946年期间，鲍里斯虽然常发表不合时宜的言论，但总体而言他在政治上是摇摆不定的。斯大林的阴魂一直困扰着他。1946年是他生活的重大转折点，那一年他五十六岁。他一直想写一部重要的作品，关于革命和他同时代人的命运。1946年初，他在给曼德尔施塔姆的遗孀娜杰日达的信中写道："我想写一部关于我们生活的叙事作品，从布洛克到这场战争，大概写上十章到十二章，不会更多。你可以想象，我如何急于写它，又担心在完成前会发生什么意外！而我经常不得不中断写作！"这部长篇小说于1946年动笔，到1955年完成。最初的书名是《少男少女》，后改为《日瓦戈医生》。

就在同一年，另一个女人奥尔嘉·伊温斯卡娅进入他的生活。她是《新世界》杂志的编辑，多年来一直是鲍里斯的崇拜者。他们年龄相差二十二岁。奥尔嘉是他晚期情诗的主要源泉，并在很多方面成为《日瓦戈医生》的女主角拉拉的原型。1949年奥尔嘉被捕，在审讯中她主要被问及她和帕斯捷尔纳克的关系。她被送去劳改营，直到1953年斯大林死后才提前释放。而鲍里斯不愿意离弃他的妻子，奥尔嘉接受了这一现实。1956年她也搬到作家村彼列捷尔金诺，在鲍里斯家附近租了个小别墅。

她常和鲍里斯在一起，帮他处理日常事务。

1945年以后，鲍里斯的诗和散文很少出版，主要靠翻译维生。热忱的编辑要求他尽量接近原文。他把大量的时间花费在翻译上，仅《哈姆雷特》就改了十二遍。他常用稿费接济那些急需的人。"而我每天还是用二十五个小时写我的长篇小说。"他说。

在《日瓦戈医生》的写作过程中，他经常把手稿给朋友看，并组织小型朗诵会。他在一封给友人的信中写道："读过这部长篇小说的人当中，大多数对它不满意，认为是失败之作，他们说他们对我有过更高的期望，他们认为小说苍白，低于我的能力，当我知道这些反而高兴地笑起来，仿佛这些咒骂与谴责是一种表扬。"

1952年秋天，他因心肌梗塞住院。在死亡线上挣扎时，他似乎进一步领略了生命的意义。他在病床写给朋友的信说："我悄声低语：上帝啊，我感谢你，因为你的语言——是恢弘的音乐，感谢你使我成了艺术家，创作是你的学校，一生中你都在为我准备这个夜晚的来临。我感到欢欣鼓舞，幸福使我泪流满面。"

1955年《日瓦戈医生》接近尾声，鲍里斯写道："我近些年的生活如此充实、洁净，沉浸在我所热爱的作品中，对我来说，它是灵魂上几乎持续不断的节日。我很满足，我为它而幸福，而小说就是这幸福的发泄与表达。"

《日瓦戈医生》二十五首诗中的一半，于1954年春在文学刊物《旗》上发表，余下那些与宗教有关的，在他生前未能在苏联问世。然而手稿却广为传抄，被人们牢记在心。

1956年9月，《新世界》杂志正式拒绝出版《日瓦戈医生》，由主编和其他几个编委签署的退稿信否定其价值。而在此之前，一家意大利出版社驻莫斯科的代理人得到一份手稿，带回意大利。原定由苏联国家文学出版社首先在国内出版，却一再拖延。1957年11月，《日瓦戈医生》意大利文版在米兰问世，接着又出版俄文版，并被译成二十多种文字，在短时间内遍及全世界。

1958年10月，瑞典文学院把诺贝尔文学奖授予帕斯捷尔纳克，以表彰他"在现代抒情诗和伟大的俄罗斯叙事文学领域取得的重大成就"。帕斯捷尔纳克给瑞典文学院拍了个电报："无比感谢，激动，自豪，惊奇，惭愧。"他在接受《纽约时报》的采访时说："我无比幸福，但您要知道，从此我就会变成孤家寡人，这是一个新的角色——孤独者的角色，我好像生来就该如此。"

他立即遭到官方发动的围攻。报刊上谩骂的文章铺天盖地。苏联作家协会理事会主席团为此专门开会。鲍里斯最后一分钟决定不去参加，写了个发言提纲。他说，他不指望得到公平对待，但请大家记住，将来迟早还得为他平反。在结尾处他写道："我事先就原谅了你们。"他被苏联作家协会开除。官方组织高尔基文学院的学生到他的别墅去示威游行，但遭到大部分学生的抵制。他和一个住在附近的高尔基文学院的学生、楚瓦什诗人艾基相识，并成为忘年之交。在帕斯捷尔纳克的鼓励下，艾基开始改用俄文写作。由于他们之间的友谊，艾基被踢出高尔基文学院。

更进一步的压力是驱除出境，那等于流亡，鲍里斯不得不放弃诺贝尔奖，写信给赫鲁晓夫，请求不要强迫他离开自己的祖国。最后，由于当时的印度总理尼赫鲁的干预才罢休。与此同时，他每天从国外收到大量读者的信件，以及朗诵和演讲的邀请，其中包括加缪、艾略特、福克纳、海明威、斯坦贝克等国际知名作家。他们借各种形式表示自己的同情和支持。

风暴渐渐平息下来，鲍里斯重新回到自己的写作中去。1959年1月,他完成最后一本诗集《天晴时》中的最后一首。他在诗集卷首引用了普鲁斯特的格言:"一本书是个大墓地,其中你不再会读到大多数墓碑上被湮灭的名字。"

1959年夏天,他开始写剧本《盲美人》。1960年初,他开始感到背痛,后来发现这是肺癌的症状。

十二

1960年初,奥尔嘉最后一次来看望帕斯捷尔纳克,她第二天就要回巴黎了。帕斯捷尔纳克让她早点儿来,在午饭前。这是个阳光明媚的日子。奥尔嘉到的时候,他刚散步回来,带奥尔嘉来到他的书房。从房子深处传来欢快的回声,显然他的家人正聚在一起。书房在二楼,很大,只有一张靠窗的写字台,几把椅子和一个沙发。窗外的雪原在闪耀。浅灰色的木墙上钉着许多明信片,大都来自国外。其中不少带有宗教色彩,显然与《日瓦戈医生》的主题有关。

大概由于早晨的散步,他看起来气色很好,身穿一件海军蓝运动衫,坐在窗边的写字台前。阳光穿过窗户,好似春天。奥尔嘉隔桌而坐，她希望时间慢下来，但三四个小时一晃而过，午饭的时间到了。当他们下楼来到餐厅，家人已经坐定。"他们像不像一张印象派的画，"帕斯捷尔纳克说，"在背景中的天竺葵和午后的光线中？简直就像一张基约曼（Armand Guillaumin，法国印象派画家）的画……"

帕斯捷尔纳克进入餐厅时，家人都站起来。其中有他的妻子季娜伊达，他们的小儿子、莫斯科大学物理系的学生兰亚，还有他的弟弟、弟媳，以及季娜伊达的前夫钢琴家奈高兹。他是莫斯科音乐学院的教授及肖邦的权威，李赫特是他最有名的学生之一。他蓄着老派的白色唇须，虽说上了岁数，但很迷人。

奥尔嘉坐在帕斯捷尔纳克右边，他夫人坐在他左边。白色的亚麻桌布上绣着红色十字，花瓶里插着一束含羞草。桌上摆着水果、鱼子酱、腌咸鱼和蔬菜沙拉。帕斯捷尔纳克给大家斟上伏特加，还有一种通常在乡下喝的自酿啤酒。季娜伊达说，由于发酵，啤酒塞有时会在夜里进出来，像枪声，把大家吵醒。

话题的中心先是海明威。他是最受欢迎的作家之一，他的一本新选集刚在莫斯科出版。季娜伊达和弟媳

帕斯捷尔纳克

认为海明威很单调——无穷无尽的酗酒,很少有什么事发生在主角身上。帕斯捷尔纳克沉默片刻,开始为海明威辩护:"一个作家的伟大和主题无关,只和主题在多大程度上触动了作者有关。这种风格浓度的结果,要把这浓度计算在内。而你们感觉海明威的风格是铁的、木头的……"他用手在木头桌面上给他的话加上标点符号,"我钦佩海明威,但我更喜欢我所熟悉的福克纳。《八月之光》是本了不起的书……"

话题又转向音乐。帕斯捷尔纳克和奈高兹谈起肖邦。帕斯捷尔纳克说他多么热爱肖邦。"我所说的一个很好的例子——肖邦用旧的莫扎特的语言说出全新的东西——形式在其中再生。尽管在西方肖邦恐怕多少有点儿过时……"

奥尔嘉提到她喜爱的一个肖邦的演奏家,帕斯捷尔纳克没听说过这个名字,不知怎么,他转向他正在读的普鲁斯特的《追忆似水年华》。他提到他在托尔斯泰死前头一天的演讲,题目是"象征主义与永恒",讲稿早已丢失。"其中谈到艺术家将死去,他所经历的生活的幸福是永恒的。如果抓住既个人化而又有普遍性的形式,就等于能让别人通过他的作品再生。"

"我总是喜欢法国文学,战后法国的写作获得一种新的音调，少于辞令。加缪之死对我们所有的人是巨大的损失。"奥尔嘉上午刚到时，告诉他加缪出车祸致死的噩耗。

最后上来的是茶和白兰地。帕斯捷尔纳克突然看起来很疲倦，变得沉默了。奥尔嘉被别人问及西方的文化生活及日常生活。当大家慢悠悠地喝茶时，光线转暗。奥尔嘉看了看表，起身告辞，她要回旅馆收拾东西，明天一早回巴黎。

帕斯捷尔纳克陪奥尔嘉走到门廊，在蓝色多雪的夜晚告别。他握住奥尔嘉的手，让她尽快回来。他再次让她转告国外的朋友们，他一切都好，尽管没有时间回信，但他想念他们。奥尔嘉走出门廊，踏上黑暗中的小路。帕斯捷尔纳克突然呼唤她。巧合的是，她和帕斯捷尔纳克的红颜知己名字一样。奥尔嘉转过身，最后看了他一眼：他光着头穿着运动衫，站在门口的灯光下。

"请别在意我说过不回信的那些话。给我写信，用任何你喜欢的语言。我一定回复。"他最后说。

几个月后，即1960年5月30日晚11时20分，帕斯捷尔纳克与世长辞。官方刻意保持低调，只在几家和文学有关的报刊上发了短讯。6月2日，成千上万的人从莫斯科赶来参加他的葬礼。世界著名的钢琴家李赫特和尤金娜赶来，为他轮流弹奏乐曲，包括帕斯捷尔纳克四岁时，和托尔斯泰一起听到他母亲弹奏的柴可夫斯基《纪念一位伟大的艺术家》，还有贝多芬的《葬礼进行曲》。志愿者轮流抬着那打开的棺材前往墓地。有个小伙子高声背诵帕斯捷尔纳克的《哈姆雷特》的诗句。

Gennady Aygi
艾基

田野——似闪向天空的光芒

一

1992年6月,我在荷兰鹿特丹国际诗歌节见到艾基(Gennady Aygi)。那诗歌节有个传统,除朗诵外,请与会者参加翻译工作坊的活动,把某位当代诗人的作品译成各种语言。当年选中的是艾基。中国诗人宋琳和一位荷兰汉学家每天上午去翻译工作坊,陆续带回艾基的诗的中文译稿。他那独特的风格让我吃惊。我马上请张枣做了个专访,和宋琳译的艾基的九首诗一起发表在《今天》文学杂志当年第三期上。这是艾基的诗首次和中国读者见面。

同年夏天,我和艾基一起在哥本哈根的一个作家学校讲课。晚上我们在一个酒吧喝酒,一直喝到半夜。他健谈、敏感而随和。和一个诗人喝酒聊天,是对其写作的另一种解读方式。

在一篇文章中,我谈到二十世纪世界诗歌的几条金链。其中关于俄国诗歌的金链,我提到了三个名字:曼德尔施塔姆,帕斯捷尔纳克和艾基。这条金链也许还应加上更多的名字。但在我看来,这三个人独特的声音更具原创性,也彼此应和,是精神上对人类苦难的伟大承担和点石成金的语言的完美结合。

五十年代末,作为高尔基文学院的学生,艾基和当时因诺贝尔奖而受到围攻的帕斯捷尔纳克成为邻居,继而成为忘年之交。是帕斯捷尔纳克鼓励艾基改用俄文写作。这条金链的两环紧紧连在一起。艾基因此被逐出高尔基文学院,在莫斯科漂泊,没有居住证也没有钱,有时甚至在火车站过夜。其写作也处于地下状态,直到八十年代末期他在俄国几乎还默默无闻。

1934年艾基生于楚瓦什(Chuvash)自治共和国南部的一个村子里,并在那儿长大。那是个远离中心的地方,离莫斯科和彼得堡各五百英里。他的母语是楚瓦什语。其诗的精神来源,可通过楚瓦什民谣,追溯到隐藏在大地褶皱中的古老宗教和传说。

一个楚瓦什的乡下孩子来到莫斯科,把那相当边缘化的古老文化和俄国以及欧洲的现代主义诗歌融合在一起。或许可以说,俄国诗歌在斯大林严酷统治时期绕了个弯,深入腹地,韬光养晦。

文学在意识形态层面的正面对抗,往往会成为官方话语的一种回声。和大多数地下文学作品不同,艾基的诗是从语言内部进行颠覆——釜底抽薪。他有意打破俄国诗歌传统中的语言链及伴随的强大韵律系统。他在接受《今天》杂志的访问中说:"一种专制的意识形态总是要求制度化类同化,让每个词都穿上坚硬的装甲;从另一方面来讲,用韵就像下棋。尽管棋路千变万化,到了极点就只有重复。诗的节奏和韵律发自一首诗内在结构的需求,只有在必需时,这些形式的东西才能变成某种意义上的反叛。一般来说,韵律总是束缚思想,与自由相悖的。"阅读艾基的诗歌可能是一种历险。他的诗歌有其特殊的密码,包括修辞,句法,分行,间隔,标点符号等。读者只有解开密码,才能真正进入他的诗歌。

1994年春,我收到楚瓦什共和国的一封邀请信,请我去参加获得国家诗人称号的艾基的六十岁生日的庆祝活动，我有事没去成。近十年过去了，艾基的诗歌在同行中显示出更巨大的活力。在后现代的虚假风景中，他用诗歌证明：爱与信仰仍是我们生命的源泉。[1]

二

临近森林

而
我终于接近没有人到过那里
只有一种旧感觉的
白银——当自由的温暖在额与肩上
哦
这明亮的
田野——似闪向天空的光芒

---

1 北岛：《艾基〈孩子与玫瑰〉英译本序》，2002 年 10 月写于美国威斯康星州柏洛依特学院。《孩子与玫瑰》(*Child-And-Rose*)，New Directions Publishing Corp., 2003。

是

一如羞怯火花的寂寞灵魂

拥抱四周

闪烁了,自由和白色在附近

而纯洁被创造——简单地:被纯洁自己

田野

敞开

(总是像

天空前的田野)

发它的光——为自己

那

另一个呢?光芒毕竟穿越了它

为爱

像爱某一天使——到处——爱我的放纵

同时创造

纯洁之地

有过多少风?少许黑暗地离开和生活的风

比上帝的安宁更安宁

在那里

沉默中

天蓝

宋琳 译

这是在荷兰汉学家贺麦晓（Michel Hockx）的协助下，宋琳翻译的九首诗中的一首，我是十二年前在鹿特丹市中心的一家小旅馆读到的。初读时有一种奇特的喜悦，但说不清这喜悦来自何处。记得当时在场的张枣也为这些诗手舞足蹈，好像受了什么刺激。

我现在手上没有这首诗的英译本，故无从比较。总体而言，宋琳的译本很到位，主要是语感好，并尽量保持原作特殊的句法结构。只有个别地方有些拗口，比如，第二段最后一行：发它的光——为自己，依我看发光足矣。还有最后一段第一句：有过多少风？少许黑暗地离开和生活的风。少许黑暗地离开，显得别扭，一定可以找到更合适的译法。就我所知，宋琳当时基本上什么外语都不会，贺麦晓的中文固然好，但要表达如此微妙的感觉恐怕还不够。这种合作翻译好处在于，诗人对语言特有的敏感与合作者对原文准确的把握相结合，在最好的状态中,两个齿轮能真正磨合。

艾基的诗歌,和传统意义上我们对俄语诗歌的阅读期待相差甚远。我们首先会注意到形式上的特别之处。比如,前三段的头一行都只有一个词,乍看起来是不怎么重要的过渡性修辞:而、是、那,还有他的分行也特别,长短不一(有时一个语气词就占一行),似乎完全是随意的。这种形式上的"破碎感"和他的诗的"意向"有很大的关系,让我们留到后面讨论。

先来看看第一段:而 / 我终于接近没有人到过那里 / 只有一种旧感觉的 / 白银——当自由的温暖在额与肩上 / 哦 / 这明亮的 / 田野——似闪向天空的光芒。而在这里,是一种中断后的继续,有如重新返回主题的对话,有如停顿后延长的乐句。第二句显然由两部分组成:我终于接近,没有人到过那里,由于取消了其间的标点符号,在阅读中获得了某种独特效果,充满玄机,使语义悖论成为精神上的可能。旧感觉的白银,既准确又奇妙,显然指的是自由的温暖,即紧接着提到的光芒:哦 / 这明亮的 / 田野——似闪向天空的光芒。这首诗的开端如一扇门,打开了,并一下子被照亮。再回过头看诗人用而这个词敲门,就再合适不过了。

是／一如羞怯火花的寂寞灵魂／拥抱四周／闪烁了，自由和白色在附近／而纯洁被创造——简单地：被纯洁自己／田野／敞开／（总是像／天空前的田野）／发它的光——为自己。第二段是用是（to be）开始，展示了存在，即羞怯火花的寂寞灵魂的存在。从上一段延续读下来，这个寂寞灵魂，显然是诗人自己。我们会注意到，艾基的语汇是非常有限的，比如白色会频频出现，与黑暗和遮蔽对立，作为一种澄明之境，与自由、纯洁相关。正是由于这寂寞灵魂的闪烁，田野／敞开。作为田野的参照物，天空显然代表了一种精神向度，即上帝存在的可能性。

那／另一个呢？光芒毕竟穿越了它／为爱／像爱某一天使——到处——爱我的放纵／同时创造／纯洁之地。第三段，那另一个的出现构成悬念，显然有别于代表我的羞怯火花的寂寞灵魂，即他者，或广义的人类。光芒毕竟穿越了它／为爱，正是由于爱（包括爱我的放纵）。爱是艾基诗歌的一大主题，包括对人类之爱，对上帝之爱。

有过多少风？少许黑暗地离开和生活的风／比上帝的安宁更安宁／在那里／沉默中／天蓝。风代表了人类交流的可能，但就本质而言，诗人对此持怀疑态度。最后以沉默中／天蓝收尾，构成巨大空白，在沉默与言说之间，故由此返回开端的而这个词出现前的中断状态。

这首诗的题目"临近森林"，显然是指人与自然的对话，或者说是以自然作为参照物反观自我，反观人类的困境。信仰与爱是贯穿这首诗的主题。只要人类有了信仰与爱，就有了希望：明亮的田野——似闪向天空的光芒。

三

> 张枣：前天我读到您几首诗的中译，今天上午又看到其他的英译。我注意到这些作品几乎都谈到了"沉默"这个问题，但沉默的内涵从早期到近期发生了深刻变化。在写于1959年那首题为《道路》的诗中，您说"我们说话，因为沉默可怕"。这沉默可以说是一种自我保护，是青春期对外来压力的敏感，而近期的沉默却是一种遥远。您想用诗歌来抵达一种沉默的状态吗？

艾基：是的。

张枣：这个沉默到底是什么？

艾基：您刚才正确观察到了沉默的发展。我从前沉默过，那是一个青年人对世界的恐慌，后来我对沉默这个现象进行了反思，于是便出现了对沉默不同的想象，不同的接受方式，可以说是出现了一种对沉默的认可。同时也是一种渴望。前不久，我想写一本书，就叫作《作为沉默的诗歌》。让我这样来表达：自然本身说到底就是沉默的，喧嚣和噪音最后还得归于沉默；喧嚣打扰了事物的本质，而沉默使人回归进自己。只有在沉默之中的人才可以跟自己交谈，才能思考自身的存在、世界以及创造的意义。

张枣：沉默是否也是对孤独和死亡的认可？

艾基：是的，但它首先是对生命的认可。什么是生命这一现象？对我而言，生命是随着对生与死的思考以及最终认可死亡而展开的。我总是说，生与死是同一的。谁同意生命，谁就得同意死亡，而谁想达到这种境界，谁就得先沉默。从这种意义上讲，沉默当然也是孤独。词的沉默发自上帝的沉默。

张枣：关于沉默的神性也正是我在这儿想请教的。无疑在您的后期诗中，沉默越来越哲学和宗教化了，但这深化过程又是与对语言的怀疑共同产生的。我记得您在一首诗中说过：没有那个唯一的词，就没有其他的词。"那个词"显然是指《旧约圣经》的第一句"开始的时候只有那个词"（太初有言）。您是不是在教给我们一个寓言：沉默在注视我们。而我们看不见沉默？

艾基：完全正确。我们看不见沉默是因为我们太虚弱，太胆怯，太没有能力接受孤独。我真愿意人有一个家庭就够了，但同时又相信，每个人都得有那么一小份沉默和孤独，以便了解自己和面对世界。我们只是从创作的意义上来讲是孤独的，因为这时意味着跟神对话。我们得用意志力和感恩的心情来忍受孤独和沉默，并教会别人这样做，这是一个诗人的职责。

张枣：但从某种意义上来讲，这个沉默在说话，因为诗在说话，因为那个词在说话……

艾基：当然这是个悖论，人创造沉默只能通过词，也只是通过词，神才创造了无言和沉默。

张枣：我觉得您诗歌的宗教性往往表现为一种牺牲精神。在《桦树瑟瑟响》一诗中，您说我们都在这世上瑟瑟响，接着又提到复活。您是不是想告诉我们：如果十字架是空的，每人都得做好牺牲准备走上十字架？

艾基：你提了一个多么可怕的问题，多么可怕的问题，只有像克尔凯郭尔那样狂热的人才会作肯定的回答。不，我们太卑微，太软弱，根本不值得被绞死。我只想叫大家学会哭泣，因为我们"瑟瑟响"不用多久就会停息下来。人是会死的。

张枣：自尼采之后，在现代主义发端的那当儿，艺术家主要在控诉神的离去。而今天的后现代主义者早已习惯、接受并且玩味这巨大的空白了。您如何看待这个现象？

艾基：我还在控诉。当我工作和创作的时候，我感到神是和我在一起的,但有时它离开我,因此我的诗充满了"离开"、"抛弃"这类词汇。但我不同意后现代主义的妥协,要知道,这是一种灵魂的妥协。艺术家用空白来代替神,无异于其他人用电脑和按钮来替换神。人们误以为电钮一按,美好的生活就来临,这只是幻觉而已,德国诗人冈特·艾希说:"你们的一切梦想都只是欺骗。"[1]

四

1992年夏天,即在鹿特丹国际诗歌节结束不久,我又在哥本哈根见到艾基。那时,我在丹麦第二大城市奥胡斯(Aarhus)大学教书。艾基和我是应丹麦诗人鲍尔·博鲁姆(Poul Borum)之邀,到他创办的作家学校讲课。

博鲁姆在丹麦文学界是个传奇人物。单看那样子就不一般:他方头大耳,秃瓢,大耳环在右耳垂上晃荡;他身穿带穗和金属纽扣的黑皮夹克,腰系宽板带,脚蹬铜

---

[1] 摘自艾基的访谈录(《今天》1992年第3期)。

头高统靴。他也是艾伦·金斯堡的朋友。有一阵，博鲁姆在报上开专栏，痛斥那些假冒伪劣的诗人。被称为"博鲁姆法庭"。但我所认识的博鲁姆，刚好跟他那泣江山斥鬼神的"恶名"相反，是个慈眉善目的老头儿。这是题外话。

在作家学校，我和艾基先读了自己的诗，然后跟学生们座谈。博鲁姆像尊弥勒佛，笑咪咪地坐在我和艾基之间。他虽慈眉善目，但有一种威严，话不多，学生们却奉若神明。记得艾基谈到他在高尔基文学院当学生的经验。他说，他在那儿待了六年，直到1959年由于跟帕斯捷尔纳克的关系被开除，而他在那儿学到的只是知道什么东西不该写。对于作家来讲，这也许是个重要开端。博鲁姆赞赏地点点头，他是那种喜欢所有异端邪说的人。在他的鼓励下，学生们开始提问题。我们在回答时，发现竟有不少共同之处，特别是在对官方话语的抗争上不谋而合。

晚餐后，我跟艾基及夫人戈林娜（Galina），还有我的丹麦文的译者安娜（Anna）到一个酒吧继续喝酒。艾基只说俄文，戈林娜会讲德文及一点儿英文和法文，安娜的法文流利，而我除了中文和一点儿英文，干脆什么都不懂。

我们重合的部分很少。好在有酒,所有的语言障碍都能跨越。艾基酒量很大。他谈童年,谈故乡,谈莫斯科的地下文学。最后安娜先走一步,留下我和艾基夫妇。我们聊得更欢了,我估计连我的中文他们全都听懂了。我完全不记得最后怎么散的,估摸全都喝醉了。

1993年春天,我参加在柏林举办的中国文化节。那几天,我常到顾城在柏林的住处做客,他是德国对外文化交流协会(DAAD)的客人。他告诉我,楼下住的是艾基夫妇,他们总是提到我。我下楼去拜访他们。我们用简单的英文交谈。没有酒,双方都挺拘束。他们也是DAAD的客人,对德国人为他们提供的条件很满意。我提到德国阴郁的冬天,戈林娜说这儿比莫斯科的冬天好多了。记得顾城带着他的高筒帽子坐在旁边,听不懂我们在说什么,显得局促不安。我们的礼节性拜访很快就结束了。记得艾基在整个过程只是笑咪咪的,偶尔蹦出几个俄文词,其中只有一个词我听懂了:"很好。"

1994年春,我在美国收到一封来历不明的信。查字典琢磨了半天,才知道来自楚瓦什共和国,即艾基的老家。原来一直被认为是"世界主义颓废派"而长期处于地下状态的艾基,突然被封为国家诗人。楚瓦什共和国要请各国诗人去参加他六十岁寿辰的庆祝活动。我最终未能成行。后来听说艾基在寿宴上喝多了，住进了医院，大病一场。

五

房子——在世界的小树林中
　　给小阿丽桑德拉

房子——或世界
我走下地窖
那是个白色日子——我
去取牛奶——它漫长
和我一起：它是
白昼——像河流：溢满
光线在膨胀
跃入世界：我
是一个事件的创造者
在开天辟地的
时代——

去地窖——很久前——简单持久——

雾中小树林是白的

而这

持罐的孩子——注视宇宙——和天空

放声歌唱——像首特别的歌

被女人

传遍世界——简单闪耀在白色

运动中——进入延伸的田野

我从声音中开始——

做——一个宇宙之子：

我曾是——它唱过的一切

1987 年

北岛 译

这首诗一开始就把房子与世界并置，强调其开放性——孩子去地窖取牛奶绝非仅仅个人怀旧，而是对人类源头的回溯。牛奶因而获得独特的象征意义，白色日子以及进一步引申的河流、光线都与牛奶相关联。白色在艾基的修辞中，有着纯洁和本源的含义，与牛奶契合。

我，这个去地窖取牛奶的孩子，是一个事件的创造者，在开天辟地的／时代——正是在创造的意义上，我代表人类的精神起源，即宇宙之子；地窖甚至让人联想到子宫，与开天辟地的时代相呼应。

在第一和第三段中间是过渡：去地窖——很久前——简单持久——，意味着从未间断的传统，是过去、现在和未来的衔接。

白色在第三段的开端再次出现，与题目相呼应：房子——在世界的小树林中。这持罐的孩子代替了我，拉开了距离，其中是简单持久的时间，而空间也发生了变化——从房子内部转向世界：注视着宇宙——和天空。而他唱的是首特别的歌，被女人／传遍世界。这是首什么样特别的歌呢？是爱。正是有了爱，人类才得以延续：简单闪耀在白色／运动中——进入延伸的田野，与被女人传遍世界的歌有并置关系，是其在时间与空间上的延伸。正是在人类的这一伟大的精神传统中，我从声音中开始——

最后一段的两句用了两种动词时态：第一句是动词原型 to be（去做），第二句是过去时 I was（我曾是）；而两个破折号后面是宇宙之子与它唱过的一切。诗人通过这一形式，把过去与永恒，孩子与歌声交叉在一起。

这是一首完美而独特的现代抒情诗。我们会注意到，和他的前辈曼德尔施塔姆与帕斯捷尔纳克不同，艾基的策略是改变句法结构，用短语的并置来代替意象性铺陈，重新处理标点符号，这从根本上颠覆了传统的俄国诗歌体系。这应追溯到马雅可夫斯基对俄国诗歌的革命性影响。可惜马雅可夫斯基并未能走得太远，他的自杀似乎是其诗歌内在冲突的必然结果。很多年来，在意识形态的控制下，俄国诗歌中形成了一种僵化的模式，任何挑战必须从诗歌的形式开始，从语言的内部开始。

六

楚瓦什语是艾基的母语，这使得他一开始就和处于称霸地位的俄语保持某种距离。直到1948年发现马雅可夫斯基以前，他对俄国现代主义诗歌几乎一无所知。作为一个局外人，他到欧洲和亚洲寻找精神源泉。从1953年到1959年在高尔基文学院学习期间，他开始自学法文，从波德莱尔这位现代主义诗歌鼻祖起，一直抵达勒内·夏尔这座让他敬仰的高峰。1968年由他译成母语的法国诗选，在楚瓦什一抢而空，他因而获得法国文学院奖金。与此同时，像克尔凯郭尔、尼采、卡夫卡等大师，为他在精神上打开重重大门。

他的另一精神源泉是楚瓦什文化。楚瓦什是个只有近两百万人口的小民族，是匈奴人和保加利亚人的后裔。自十六世纪中叶起，楚瓦什就成为俄国管辖的一部分。四五百年来，这块土地一直被强行实现俄罗斯化和基督教化。然而，在其峡谷和森林的深处，一直保留着自己的语言——一种和俄语完全不同的突厥语系的分支。古老的异教已大体消失，而传统农业文化中的许多因素仍在，与苏联所推行的都市化工业化并存下来，其中包括特有的诗歌文化——据说在楚瓦什，"每十个农民就有一个是诗人。"

1934年8月，艾基生于楚瓦什南部腹地的村庄沙莫兹诺（Shaymurzino）。他原名叫里辛（Lisin），后改成艾基（一个楚瓦什部落的名字）。他父亲是村里的俄文教师，曾把普希金的诗歌翻译成楚瓦什文。他于1942年死于前线，留下孤儿寡母。艾基中学毕业后，在本地师范学院读书。由于得到一位楚瓦什著名诗人的赞赏，在他举荐下，艾基于1953年来到莫斯科，到高尔基文学院学习。他的余生大都住在莫斯科。他结了四次婚,有六个孩子,五男一女,女儿名叫沃罗尼卡(Veronika),他为女儿专门写了本诗集《沃罗尼卡之书》。

艾基诗歌的英译者彼得·弗朗斯(Peter France)这样描述了他的故乡:"1989年我头一次去沙莫兹诺(此前那整个地区是禁止外国人去的),尽管有现代化机械、学校等等,它仍是个你可以感到古老生活方式的地方,坐落在广阔的黑土地、森林与峡谷中,它们凸现在艾基诗中。由木房子和牲口棚组成的村庄很好客,泥泞的街道到处是鸡鹅,侧翼有一片古老的墓地,充满弯曲的十字架,我们在艾基外祖父的墓上用啤酒祭奠,他是村子里最后的异教'牧师'之一。"

世界性的视野和诗歌中的反叛精神,使他被官方视为异端。二十世纪五十年代后期,艾基住在莫斯科远郊的彼列捷尔金诺作家村,成了帕斯捷尔纳克的邻居。那时艾基还是个初出茅庐的小青年,帕斯捷尔纳克早已是举世闻名的大诗人。两人相差四十四岁,尽管民族语言文化背景不同,却成了莫逆之交。在帕斯捷尔纳克和土耳其诗人希克梅特(Nazim Hikmet)的鼓励下,艾基改用俄文写作。1958年帕斯捷尔纳克获得诺贝尔奖后,受到官方的猛烈围攻，甚至面临驱逐出境的威胁。1959年，由于和帕斯捷尔纳克的特殊关系，艾基被高尔基文学院开除。

艾基在1993年接受英国杂志《审查制度索引》(*Index Censorship*)的采访中说："……1958年以后，由于反帕斯捷尔纳克的事件，我被逐出文学界。我的生命受到威胁，不能回到楚瓦什。因而留在莫斯科，既无许可证也没有钱，只能在火车站过夜。幸运的是，在1959年我遇见一批地下艺术家、作家和音乐家。这下子救了我。我们分享共同的关切与志趣。"

作为地下作家，日子艰难，艾基主要靠翻译为生。他并未直接卷入持不同政见的运动，而是与那些地下艺术家为伍，坚持写作。从六十年代初起，他的书先在东欧，随后在法国和德国等地陆续出版。国外的名声不仅没有得到苏联作协的认可，而其诗作出现在海外侨民刊物上更是雪上加霜。直到1987年，楚瓦什报纸《青年共产党人》副刊以小册子的形式，首次用俄文和楚瓦什文发表了艾基的诗。不久他的诗选在莫斯科正式出版，由半官方的诗人叶甫图申科作序。叶甫图申科在序言中称他为"楚瓦什的孩子"。艾基的名字才终于在国内为人所知。

艾基转向俄文写作，无疑是一个重大转折，使他和全世界的读者的交流更容易了。他曾有意拉开自己和楚瓦什文化的距离。年轻时他曾说过，之所以避开楚瓦什民间传说，是因为和现代主义大师之作相比，其形式过于原始。而他后来开始转向，尤其自八十年代以来，越来越贴近自己祖传的文化，推崇在今日世界其持久的价值。这种回归，首先是他分别把法国、波兰和匈牙利诗歌译成楚瓦什文，使同胞获得更广阔的诗歌视野；同时把楚瓦什民间传说与诗歌整理并翻译成若干欧洲语言。

对于很多俄文读者来说，艾基的诗太神秘，过于忽视俄国诗歌的正常模式；这也让不少西方读者感到陌生，似乎与欧洲大陆的现代诗歌相距甚远。

艾基的诗歌更接近睡眠。他在 1975 年关于诗歌的札记《睡眠与诗歌》中写道：

> 虽然如此，"让我们跃入黑夜"（卡夫卡）。
> 在那里有人。那里，在睡眠深处，有生者与死者的交流。
> 而正如我们不用"社会的"或"民族的"来描

绘死者的灵魂，那么，若只在睡眠中，让我们信任生者的灵魂，——为此让我们愿自己睡眠清澈，睡眠似乎忘掉了我们。

除了诗歌，谁会许自己这样做呢？

七

2003年9月的一天，我开车去芝加哥机场接艾基夫妇和他的英译者彼得·弗朗斯。彼得先到了一个钟头，他是从伦敦飞来的。我们坐在机场酒吧，边喝啤酒边聊天，等待来自莫斯科的艾基夫妇。彼得瘦而有神，精明强干。他是爱丁堡大学的退休教授。我问他怎么开始翻译艾基的诗。他说是因为他先翻译帕斯捷尔纳克，为了解其生平去采访艾基，从那时开始喜欢上了他的诗。你怎么开始学俄文的？我刨根问底。他笑了笑，说："你知道，由于冷战，英国培养了很多窃听专家。我由于喜欢俄国诗歌，后来转了向。"真没想到阴错阳差，西方的间谍机构和东方的地下文学竟这样挂上钩。

艾基夫妇终于出现在门口。他见老了，花白的头发像将熄的火焰不屈不挠；他发福了，在人群中矮墩墩的。

相比之下，戈林娜比他高出半头。我们紧紧拥抱。艾基的拥抱是俄国式的，热情有力，他的胡子硬扎扎戳在我腮帮上。

屈指一算，我们有十一年没见了。在我的推荐下，新方向出版社不久前刚出版了他的诗集《孩子与玫瑰》（本文开头就是我为该书做的序）。当我和同事约翰·罗森沃尔德（John Rosenwald）筹划在我们执教的柏洛依特学院举办国际诗歌节，我头一个想到的就是他。

这是他们头一次来美国。开车回柏洛依特的路上，艾基夫妇感叹：这儿多么像俄国。"你看，那片树林！那块坡地！"艾基惊呼道。

我把他们带进完全不像俄国的旅馆套间。除了烧煤气的假壁炉外，卧室的双人床边是个巨大的旋水浴盆。戈林娜完全呆了，既兴奋又束手无策。"我从来没有见过这样的浴盆！"她叹息道。

与会者陆续到了。由于学校的经费有限，国际诗歌节规模很小，连我总共只有六个诗人，来自俄国、土耳其、日本、中国、墨西哥和美国。其实这样的规模很合适，诗人们之间能真正交流。

第二天我请艾基和彼得到我的班上去，我当时正好在教艾基的诗，学生们对他的诗很感兴趣。和我同住一个小镇的美国朋友丹（Dan）专程为诗歌节赶来，他特别喜欢艾基的诗，也跟着旁听。艾基朗诵了几首自己的诗，然后回答学生们的问题，由彼得翻译。他谈到苏联地下诗歌时，丹插进来问："那样的处境是不是很危险？"艾基突然生气了，脸憋得通红，喃喃说："多讨厌。"他过了好一会儿才镇定下来，舒了气说："危险？那是可以描述的吗？"看来是丹的话，触动了他那段经历的痛处，这是一个普通美国人难以预料的。

一个女学生问他为什么很多诗都献给某某，那是些什么人。艾基回答说，主要是他的朋友，大多是普通人。既然普希金把许多诗献给王公贵族，他怎么就不能献给普通人呢？他开始谈到俄罗斯的诗歌传统，谈到马雅可夫斯基、曼德尔施塔姆和帕斯捷尔纳克，谈到官方话语和韵律系统的关系，以及诗人如何才能打破这种无形的禁锢。

八

> 张枣：谁都知道，用韵律写作的俄文诗歌是人类最美丽的最伟大的精神冒险。而您几乎不用韵，

这是为了反抗官方话语美化生活的企图吗？

艾基：不是几乎不用，而是从来不用。一种专制的意识形态总是要求制度化、类同化，让每个词都穿上坚硬的装甲，它要的是没有生气的词和人，但诗人的内心是自由的，他表达的人和物得是活的。从另一个方面来讲，用韵就像下象棋，尽管棋路千变万化，但它总是有一个极点的，到了极点就只有重复。诗的节奏和韵律发自一首诗内在结构的需求，只有在必需时，这些外在形式的东西才能变成某种意义上的反叛。但一般来讲，韵律总是束缚思想、与自由相悖的。

张枣：我们的生活被每日的外部事件切割成碎片，再无内在连续性了。一个真正的小说家现在可以说是再无故事可讲，导演再无情节可戏剧化，画家也再无物体可描绘。早在本世纪初，一位俄国大画家，马列维奇，就倡导超越具体物态的艺术（Suprematismus），诗人也是因为丧失了真正的生活而再无韵可押吗？

艾基：马列维奇在1919年就写过一篇诗论，他批评了整个时代的诗歌,他说诗歌在犯一个危险的错误,因为它只关注物态世界而忽略世界的精神性。重要的是,诗人应该将自身的精神性的能量传递给世界。这种能量是抽象的,只有通过抽象化才能精确地表现人的内心状态。确实如此,人再无故事可讲。

张枣: 同时艺术的形式也只存在于一种非形式中,也就是说,每首诗都在航向一个未知的、必须找到后才成为形式的形式,而每个形式又是一次性的,对创作者本人和别人同是如此。

艾基: 这种寻找就是我刚才说的对思想目录化的反叛。这个世界万象缤纷,我们直觉地或潜意识地认识到,一首诗最多只是这世界的一个小小模型而已,这已足够了。

张枣: 直到几年前,您在国内几乎一直没有机会发表作品,是您本人不愿意发表还是由于那个制度不容忍?

艾基: 这当然不仅仅是政治制度的问题,要知道,不平凡的词儿在哪儿都是令人不快的,这很简单。

张枣: 您曾与帕斯捷尔纳克有过私交。您能谈谈与俄国先驱诗人的精神联系吗？

艾基：马雅可夫斯基有许多特征像马列维奇和阿波里奈尔。他的诗才和思想太了不起了。重要的是，他的思考方式是雕塑型的，给俄国语言艺术带来了巨大的突破。他用的每个词都比平常重五倍，像一个真正的雕塑家，词在他手上可变得忽大忽小。但人们不能苛求他作智力的反思，这是帕斯捷尔纳克的特长。智力在帕斯捷尔纳克的诗中变成树、面包、大自然，深具活力，有肉有血，他是一个伟大的识象。至于曼德尔施塔姆，他是精神忍受不可思议的命运时发自灵魂的疾呼。这种疾呼是俄国词语与俄国灵魂的完美结合。

张枣：诗人能够既是政治动物又写纯诗吗？比如茨维塔耶娃？

艾基：茨维塔耶娃是一个美妙的诗人，但就意识形态而言，她才幼稚呢。有一天她写了首《献给白军的神》的诗，一部拥护君主制度的作品，她丈夫，一名白军军官，回家后看了说，玛丽亚，你什么都不懂，白军的神可真是天灾人祸。其实政治与纯诗，两者互不妨碍。今天在俄国，一个五岁的孩子就是政治家了，他知道在学校讲什么话，回家又讲什么话。您瞧，政治渗透每个人的生活，但无论如何，经历各种日常困境的灵魂都高于政治，它必须以人类的名义，以美好自由生活的名义来讲话。

张枣：最后一个问题：在我们这个破碎的时代，写作还可能吗？

艾基：后现代主义是一种断裂，它虽是一个文化与精神的地平线，在我看来都没有根。所谓根就是爱，它表现为历史、传统和未来。在这儿我想起叶赛宁的一句话：诗并不难，难的是度过完整的一生。人得学会跟别人生活在一起，彼此了解对方的不幸和忧愁，人得与大自然生活在一起。一棵树受难我们也受难。总之，人得过他的生活，并给予他的生活一定的意义。生活绝不是后现代主义者所理解的那样短促和片面，生活是地久天长的。从这种意义上来讲，写作不仅是可能的，而且是一种必需。[1]

---

1 摘自艾基的访谈录（《今天》1992年第3期）。

九

梦: 为煤油排队

而我们加入队列——背靠背

我们推搡前边的人
进入商店:

来自母亲的水与血
在衣服中!——

互相拥抱着
我们跃入黑暗:

仅在某处:

森林:

它似乎准备好

那深度——隆隆响——被点亮:

我被推搡:

"你怎么命名你的灵魂?"

我穿过风叫喊:

"哦也许渴望
也许是唯一的田野?"

我们停住:

回声够到我们:

我们互相把手放在肩上:

因此我们跃入黑暗:

在旋风中

变白
我们敞开自己:

好像我们是个地方为某人
来临:

如同生动的林中空地:

在那儿风
像一种视觉
移动:

从四周蒙住我们:

没有词被听见:

关于一切:

没有思想

北岛 译

题目"梦：为煤油排队"已经给我们足够的暗示，即首先这是梦，为煤油排队则是由于物质匮乏而造成的普遍现象。当我们进入诗中，发现涉及的其实并非物质匮乏，而是精神匮乏。

而我们加入队列——背靠背开篇，就足够奇怪的了。为什么排队要背靠背呢？首先让我们感到人与人的隔绝及互相依赖的需要，好像用体温互相取暖。当我们推搡前边的人／进入商店：并没有提及煤油（自始至终再也没提过），而是来自母亲的水与血／在衣服中！——请注意，水与血和煤油一样都是液体，是我们的生命之源，更何况来自母亲；在衣服中！则强调了这是我们自己所拥有的，即传统与信仰。整首诗除了问答以外全部用的是冒号，仅在此处用的是惊叹号。

寻找并未停止，而是在继续进行中：互相拥抱着／我们跃入黑暗，显然我们不仅没得到可照亮黑暗的煤油，反而跃入黑暗，这不能不说是一种迷失，而互相拥抱着意味着是集体的迷失，人类的迷失。仅在某处：到底在哪儿？唯一的参照物大概就是森林。它似乎准备好／那深度——隆隆响——被点亮：我们头一次把煤油和点亮连在一起，但连这一点也不能确定——它似乎准备好，而可能被点亮的是隆隆响的深度，即虚无的深度。我们由此陷入进一步的迷失中。

而我终于从我们中独立出来：我被推搡，然后被问及"你怎么命名你的灵魂？"我的反应是——我穿过风叫喊："哦也许渴望／也许是唯一的田野？"两个也许造成语义的不确定，加上问号，使得回答成为反问。而唯一的田野，这可能的自由处于极大的疑问中。

我又重新加入我们的队列。我们停住：紧接着回声够到我们：到底是什么回声呢？是森林深处的隆隆响，还是我的反问"哦也许渴望／也许是唯一的田野？"这似乎并不重要，就像问与答一样。也许唯一重要的是够到我们，是对虚无深度的测量与反馈。我们又回到开始时的状态——互相拥抱着／我们跃入黑暗——但有所调整：我们互相把手放在肩上，因此我们跃入黑暗。互相把手放在肩上和拥抱相比，显然由于理性而保持距离，因此这个关联词也强调这一理性色彩。

在旋风中／变白／我们敞开自己，这是在迷失中的重新定位，因而获得一种揭示的可能。好像我们是个地方为某人／来临：我们成为某人的参照物，如同生动的林中空地，暗示我们成为森林的一部分。在那儿风／像一种视觉／移动。风作为交流的象征,反而从四周蒙住我们。结局是相当绝望的——

> 没有词被听见:
> 关于一切:
> 没有思想

正如我在开始时提到的,整首诗几乎自始至终都是冒号,首先意味着空间上的不断开放,引导读者进入黑暗的迷宫;这有如精神上的历险,在对虚无的层层"开方"中寻找出路。进一步而言,这正是人类在失去传统与信仰后的困境——他们在为煤油排队,最终迷失在更深的黑暗中。

十

对许多读者来说,艾基的诗的确是费解的,这其实和我们对俄国诗歌的阅读期待有关。在楚瓦什,当一个中学老师在班上讲艾基的诗,同学们反应积极而热烈。其中一个学生说:"艾基的诗深入我的灵魂。它们以思想的深度打动我，你非得反复琢磨，才能穿透其含义。"另一个学生说："艾基的作品帮助我们了解这复杂的世界，他促使我们去想从没想过的问题，教我们去信仰。艾基对我们来说越来越容易理解。"

如果要谈论艾基的诗，恐怕不得不涉及对官方话语的颠覆意义。出于稳固统治和维护秩序的需要，官方话语不仅对人们在政治和社会生活里的言说内容、言说方式有严格的限定，而且还在文学写作中也同样建立了严格的纪律，文学写作中的修辞方式、修辞手段、修辞意义，都在这纪律中被固定和僵化。在这样一种铁的语言纪律中，词语没有呼吸，没有生命，词语的意义被刻意地扭曲——意识形态化。比如：祖国即母亲，党即父亲，红色即革命。记得"文化大革命"中，我的同学的弟弟十二岁就被打成反革命，只因为他说最喜欢蓝色，这和马克思最喜欢红色的说法唱反调。一旦词与物、词与词的关系这一基本因素被确定，那么整个语言系统也随之变得僵化。这就是权力在语言深处的延伸，从而改变人们的言说和思维方式，即我们所说的官方话语。

而诗歌作为语言的核心首当其冲：以宣传为目的的表述必须是清晰明确的，不能容忍半点含混。从结构到修辞，从句法到韵律，最终形成了某种固定模式，有着强大韵律传统的俄语诗歌逐渐成为官方话语的工具。在帕斯捷尔纳克后期诗作中处处感到这种无形的束缚，他最终转向小说写作不能说是偶然的。

艾基的诗歌正是对官方话语的一种解构，这种解构是从语言内部开始的。也许楚瓦什语不属于印欧语系，处于德里达所谓的"逻各斯中心主义"之外。彼得·弗朗斯认为，艾基的诗歌，会让人想到楚瓦什异教的咒语。艾基的"词汇表"是有限的，但他不阐释不限定，让它们处在类似睡眠与梦境的无意识的边缘，使词语闪烁不定，在与别的词语的互文关系中呈现意义的"痕迹"。这种词语的解放，正如罗兰·巴特在《零度写作》中所说的那样："闪烁出无限自由的光辉，随时向四周散射而指向一千种灵活而可能的联系。"从词语出发而带来形式上的开放。他完全放弃韵律，颠倒词的正常顺序，用介词短语代替意象，改变标点符号的习惯用法，用大写、斜体字、空行、括号、分号创造新的空间。有时他用连字符创造新词——远离印欧语系而更具有共性的语汇。

利奥·施特劳斯（Leo Strauss）在《写作与迫害技艺》

一文中，深入探讨了写作与迫害之间的对应关系。他为此创造了"隐微写作"这样一个概念。他指出："迫害对文学的影响，恰恰就在于它迫使所有持有异见的作者都发展出一种特殊的写作技巧，在谈论隐微写作的时候，我们心里所想的就是这样的写作技巧。"他接着写道："因此，迫害促成了一种特殊的写作技巧，因而也促成了一种特殊的文学类型，在其中，所有关于重要事情的真理都是特别地以隐微的方式呈现出来的。这种文学不是面向所有的读者，而只是针对那些聪明的、值得信赖的读者的。它有着私人沟通的所有优势，同时避免了私人交流的最大的缺陷——作者得面对死刑……"正是在高度集权的勃列日涅夫统治的迫害压力下，艾基创造了一种"隐微写作"，这种釜底抽薪式的语言颠覆，足以动摇那貌似坚固的官方话语的大厦。

在根本意义上，艾基的作品面对的是人类基本的精神现实。弗朗斯认为，"特别在具体化的人与人的关系中，艾基的作品可读作对这个时代，主要是勃烈日涅夫时期政治与社会条件的一种反应。这是深度悲剧性的诗歌，是对全球战争、大屠杀和对古老信仰的哀丧的悲剧性的二十世纪的一种反应。"

十一

柏洛依特国际诗歌节进行顺利。上午我们陪艾基夫妇和其他诗人去参观学院的人类学博物馆。戈林娜告诉我，他们刚报销了机票，并得到一笔可观的酬金，简直成了富翁了。我听说他们原来连垫付两张机票的钱都没有，还是去跟朋友借的，心里很不是滋味。戈林娜告诉我，他们把当年住在柏林的生活费攒下来，在莫斯科买了个小单元，得以安身立命。戈林娜教德文，艾基有一点儿版税。他们的生活很简单，几乎从不去饭馆，而农贸市场的菜很便宜，他们对此心满意足。由于他们还要去旧金山和纽约参加诗歌节之类的活动，我警告他们一定要把钱带好，否则倾家荡产。戈林娜拍拍藏在胸口的美元，说没问题。她在博物馆小卖部挑选了几样印第安人的小首饰，带回去送给朋友们。

在关于今日世界诗歌的意义的讨论会后，艾基专门为听众介绍了楚瓦什民歌。他先用唱盘播放了民间音乐，然后自己亲自吟咏，抑扬顿挫，如泣如诉，让我想起内蒙古草原上那些牧民的歌声。我相信，这种回溯到人类源头的古老形式,将会世代延续下去,直到地老天荒。

下午我们陪诗人们一起去附近的树林散步。艾基夫妇就像两个孩子,在几乎所有花草前驻步不前,随手摘颗果子放到嘴里,彼此嘀咕几句,要不就采个蘑菇尝尝。俄国诗人和土地及一草一木的关系,让我感到羞惭。我想恐怕没有几个中国诗人和土地有如此深厚的感情,能叫出各种花草树木的名字。

我们来到一片林间空地,四周有台阶式的斜坡,有点儿像小型的古罗马露天剧场。我和戈林娜一起唱起俄国民歌和革命歌曲,从《母亲》到《喀秋莎》,从《小路》到《共青团员之歌》。戈林娜极为惊讶,我告诉她我们是唱着这些歌长大的,这也是为什么我们对俄罗斯有一种特殊的感情。我们边走边唱,甚至踏着那节奏跳起舞来。艾基的眼中也闪着光,跟着瞎哼哼。戈林娜突然感叹道:"真没想到在美国居然会唱这么多老歌。""这就是怀旧。"我说。她一下沉下脸来,"我一点儿都不怀念那个时代。"

晚上校方请客,我们夫妇和艾基夫妇坐在一起。艾基酒喝得很少,据说六十岁大寿差点儿喝死,医生禁止他再喝酒。我问起艾基的女儿，他说她正在莫斯科大学读书。问到他有几个孩子，戈林娜气哼哼地插话说："婚生的就有六个，其他的根本数都数不清。"艾基呵呵地笑，不置可否。他自言自语道："这几天在美国，所有语言都听不懂，整天被美女围着……多么不真实，好像在梦中一样……"

我跟艾基谈到俄国诗歌。他告诉我，俄国有两个诗歌传统，一个是以布洛克、帕斯捷尔纳克为代表的传统，以莫斯科为大本营；另一个是以彼得堡为基地受欧洲影响的传统，自曼德尔施塔姆始，后来布罗斯基等人都受到他的影响。说到俄国诗歌的现状，他似乎很乐观，认为在年轻一代中有不少优秀诗人。

在诗歌节闭幕式上，艾基压轴，由弗朗斯读英文翻译。艾基走上台，他头一个朗诵的是早期诗作《雪》。他声音沙哑，真挚而热情。其节奏是独一无二的，他的朗诵精确传达了他那立体式的语言结构，仿佛把无形的词一一置放在空中。《雪》是首充满孩子气的诗。他朗诵起来也像个孩子，昂首挺胸，特别在某个转折处，他把嘴撮成圆型，噢噢长啸，如歌唱一般。

十二

雪

雪来自附近
窗台的花陌生。

向我微笑只因为
我不说那些
从来不懂的词。
我所能对你说的是:

椅子,雪,睫毛,灯。

而我的双手
简单疏远,

那些窗框
像从白纸剪下,

但在那儿,它们后面,
围绕着灯柱,
雪旋转

正来自我们童年。

将继续旋转,当人们
记住地上的你并和你说话。

那些白雪花我
真的见过,
我闭上眼,不会睁开,
白火花旋转,

而我无法
去阻止它们。

1959—1960 年

北岛 译

Dylan Thomas
狄兰·托马斯
通过绿色导火索催开花朵的力量

一

1953年11月4日凌晨两点,狄兰·托马斯(Dylan Thomas)独自走进白马酒家(White Horse Tavern)。这栋建于1880年的木结构的房子,位于纽约曼哈顿格林威治村附近,是由码头仓库改装的酒吧,过去主要顾客是码头工人。一个多钟头后,他回到附近的旅馆,跟女友丽兹(Liz)说:"我干了十八杯纯威士忌,我想这是纪录了。"然后昏睡过去。早上他醒来感到胸闷,要呼吸新鲜空气。丽兹陪他到白马酒家,他又喝了两杯啤酒,回到旅馆,由于呼吸困难、呕吐、腹痛等症状,请来医生,给他服用大量的吗啡。是夜,不见好转,他被送到纽约一家罗马天主教私立医院,陷入昏迷状态。

像大多数爱尔兰男人一样,狄兰酗酒。这本来不是什么大问题，只要在家，他就会感到安全。他给赞助人卡尔泰妮（Caetani）公主写信时，提到自己酗酒的问题："我在故乡，在任何我喜欢的地方，我很忙，喝酒一点儿也不可怕，我很好，好极了，快乐且不害怕，尽是那些挺不赖的废话，总之，一个傻乐的伙伴只图说个痛快，从来不会变成无益、偶然、丑陋和不幸的行动，有条理的骚乱，清洗中的忧伤，过度的荣耀，我所知道不知道的世界。"而一旦离开家乡，他对酗酒和自我毁灭感到惧怕。正是四次美国之行最终导致他的死亡。

第一次美国之行是 1949 年。邀请他去的是美国诗人兼评论家布朗宁（John Malcolm Brinnin）。他一直想请狄兰到美国来，当他担任希伯来人青年男女协会的诗歌中心的主任时，终于如愿以偿。狄兰显然被曼哈顿征服了，他写道："这泰坦尼克之梦的世界，高入云霄的巴比伦，一切难以置信的富裕和陌生。"他很快就找到几家爱尔兰酒吧，最喜欢的是白马酒家，也许因为又昏暗又故旧，让他想起伦敦的酒吧。

狄兰一系列朗诵获得空前的成功。布朗宁记述了他来美国的头一次朗诵，当时他病得很重，甚至吐了血。但他一上台，"肩膀笔直，坚定地挺胸昂首向前。"他带给美国的是一种全新的朗诵方式。朗诵结束时,全场起立欢呼。另一个目击者认为,普通听众根本不在乎他那些难懂的诗句,狄兰用声音——那痛苦与欢乐的紧箍咒征服了他们。

由于自己没上过大学,在写给妻子凯特琳(Caitlin)的信中,他承认自己对那些高等学府的畏惧心理:"那类我正要进入的不可知的鬼地方。"但他应付自如,在二十九天中朗诵了十七场,场场爆满,美国听众被他那独特的魅力镇住了。

在一个女演员的回忆录中,记述了狄兰的劣迹。她问狄兰为什么来好莱坞。狄兰说,一来他想摸摸金发碧眼的小明星的乳头,再者想见见卓别林。那个女演员满足了他的愿望,先让他用手指蘸香槟消毒摸她的乳房,然后带上他与卓别林和玛丽莲·梦露共进晚餐。而狄兰在饭前就喝醉了,卓别林很生气,把狄兰赶走,他说伟大诗歌不能成为发酒疯的借口。狄兰的答复是在卓别林家门廊的一棵植物前撒了泡尿。

在美国获得的成功,使他难以拒绝各种诱惑,特别是酗酒。他意识到这一点,但无能为力。第二次美国之行带有更明显的自我毁灭倾向。在亚利桑那州凭吊美国祖先的纪念石前,狄兰在给朋友的明信片上写下墓志铭:

> 1952年春在曼哈顿岛我们战死，
> 在对抗美国慷慨大方的英勇之战中。
> 一个叫双麦的美国佬枪杀凯特琳。
> 我被波旁王朝分子剥去头皮。
> 留给你这死后的爱……

回到威尔士，狄兰的身体逐渐康复，并开始写作。但他们欠了一屁股债，还要养家糊口。在美国朗诵虽收入有限，但白吃白喝，还能多少寄点儿钱贴补家用。狄兰没别的选择。

这是狄兰第四次来美国。自1949年他开始创作诗剧《牛奶树下》，他花了两三年的工夫才完成。1953年5月他第三次来到美国，在纽约等地上演了《牛奶树下》，引起轰动。成功就像一辆刹车失灵的汽车，欲罢不能。回到威尔士，狄兰度过他生命中最后一个夏天，他妻子凯特琳竭力劝阻他再去美国。按一个演员朋友的说法，狄兰曾要跟他借几百镑，他一时拿不出来，否则狄兰就不必再去美国了。狄兰画漫画讽刺自己像"为美元发疯的夜莺"，在寻找"穿湿橡皮雨衣的裸体女人"，为写作为挣钱养家而飞翔。

在最后的美国之行中，他结识了丽兹并成为情人。丽兹是个结过两次婚的女人，很自信，但和凯特琳的不同之处是，她根本管不住狄兰。狄兰死后，凯特琳给丽兹写信，指责她偷走了世界上最伟大的诗人，而纽约人根本无权拥有他的任何部分。

诗人之死，恐怕和美国酒中放毒品的习惯有关。那是格林威治村吸毒文化的开始，动辄用可卡因和海洛因来控制情绪的好坏。这种毒品与酒精的混合是非常危险的。此外，为了获得最好的表演效果，狄兰服用了大量的安眠药与镇静剂。

狄兰最后一次朗诵是在纽约市立学院。他的好朋友、威尔士诗人杜德（Ruthven Todd）见证了狄兰的死亡。他在给朋友的信中写道，11月3日，他和另外两个人在旅馆的房间见到狄兰。当时他"极为有趣，忙于发明一个精神分裂症的酒吧，其中他自己是唯一的顾客"。第二天中午，在十八杯纯威士忌后又加上两杯啤酒，他彻底垮了。杜德记得狄兰说的最后一句话："一个人一不留神就到了三十九岁。"

白马酒家依在，我几年前在格林威治村的朋友家小住，曾专程拜访过。墙上挂着狄兰在那儿饮酒的照片，出售和他有关的旅游纪念品。这里曾一度成为艺术家聚会的地方，包括小说家诺曼·梅勒、杰克·克鲁亚克；歌手鲍勃·迪伦等。据说每年狄兰的忌日，这里供应狄兰最后一餐所用的饭菜。诗人之死居然为一个酒吧带来好生意，"古来圣贤皆寂寞，唯有饮者留其名。"

狄兰死于1953年11月9日，年仅三十九岁。由于他是外国人，死因特别，故需要办理认尸手续，由美国的新方向出版社的老板劳夫林（James Laughlin）出面。据劳夫林回忆，在医院停尸房，甲醛味道和甜腻腻的背景音乐混在一起。一个小老头推出一具具尸体，劳夫林在其中认出又青又肿的狄兰。在小老头的指点下，他来到一个窗口，办手续的是一个又矮又小的姑娘。在劳夫林的帮助下，她勉强拼写出名字。问到职业一栏，劳夫林说："诗人。"这一回答让她困惑，"什么是诗人？"劳夫林说，"他写过诗。"于是小姑娘在表格上写下，"狄兰·托马斯。他写过诗。"

二

通过绿色导火索催动花朵的力

通过绿色导火索催动花朵的力

催动我绿色的岁月,炸裂树根的力
是我的毁灭者。
而我喑哑,无法告知佝偻的玫瑰。
同一种冬天的热病压弯了我的青春。

催动水凿穿岩石的力
催动我鲜红的血液;使波动的溪流枯干的力
使我的血液凝固。
而我喑哑,无法告知我的血管
同一张嘴这样在山泉旁呼吸。

搅动池水的那只手
扬起流沙;牵动风的那只手
扯动我的尸布船帆。
而我的喑哑,无法告知被绞的人
我的泥土怎样被做成刽子手的石灰。

时间的嘴唇紧吮泉眼;
爱滴落又汇聚,但落下的血
将抚慰她的创痛。

而我喑哑，无法告知气候的风
时间怎样在繁星周围滴答出一个天堂。

而我喑哑，无法告知情人的墓穴
同一种蛆虫怎样在我的被单上蠕动。

王烨　水琴 译

穿过绿色茎管催动花朵的力

穿过绿色茎管催动花朵的力
催动我绿色的年华；摧毁树根的力
摧毁我的一切。
我无言相告伛偻的玫瑰，
同样的寒冬热病压弯了我的青春。

催动流水穿透岩石的力
催动我鲜红的血液；驱使溪流干涸的力
驱使我的血液凝结。
我无言相告我的血管，
同样这张嘴怎样吸干山间的清泉。

搅动一泓池水旋转的手
搅动沙的流动：牵动风向的手
扯动我尸布般的风帆。
我无言相告那绞死的人，
我的泥土这样制成刽子手的石灰。

时间的嘴唇水蛭般贴紧泉眼；
爱滴落又相聚，但是流淌的血
一定会抚慰她的伤痛。
我无言相告一个气候的风，
时光怎样围绕星星滴答出一个天堂。

我无言相告情人的墓穴，
我的被褥上蠕动着同样的蛆虫。

海岸　傅浩　鲁萌 译

通过绿色的茎管催动花朵的力

通过绿色的茎管催动花朵的力
也催动我绿色的年华，使树根枯死的力

也是我的毁灭者。
我也无言可告佝偻的玫瑰
我的青春也为同样的寒冬热病所压弯。

催动着水穿透岩石的力
也催动我红色的血液,使喧哗的水流干涸的力
也使我的血流凝结。
我也无言可告我的血管
在高山的水泉也是同一张嘴在噏吸。

搅动池塘里的水的那只手
也搅动流沙,拉着风前进的手
也拖曳着我的衾布船帆。
我也无言可告那绞死的人
绞刑吏的石灰是用我的泥土制成。

时间的嘴唇像水蛭紧贴泉源;
爱情滴下又积聚,但是流下的血
一定会抚慰她的伤痛。
我也无言可告一个天气的风

时间已经在群星的周围记下一个天堂。

我也无言可告情人的坟墓
我的衾枕上也爬动着同样的蛆虫。

巫宁坤 译

通过绿色导火索催开花朵的力量

通过绿色导火索催开花朵的力量
催开我绿色年华,炸毁树根的力量
是我的毁灭者。
而我哑然告知弯曲的玫瑰
我的青春同样被冬天的高烧压弯。

驱动穿透岩石之水的力量
驱动我的鲜血;枯竭滔滔不绝的力量
使我的血凝结。
而我哑然告知我的血管
同样的嘴怎样吮吸那山泉。

狄兰·托马斯

在池中搅动水的手
搅动流沙;牵引急风的手
牵引我裹尸布的帆。
而我哑然告知那绞死的人
我的泥土怎样制成刽子手的石灰。

时间之唇蛭吸源泉;
爱情滴散聚合,但沉落的血
会平息她的痛楚。
我哑然告知一种气候的风
时间怎样沿星星滴答成天堂。

而我哑然告知情人的墓穴
我床单上怎样蠕动着同样的蛆虫。

北岛 译

在这里我采用了四种译本。我参考了前三种译本,并在美国诗人的帮助下,根据原作重译。由于狄兰独特的节奏与韵律,以及矛盾修辞法、双关语等,对任何译者来说都是极大的挑战。比如,其中关键一句 I am dumb to tell，dumb 除了哑巴，还有笨的意思，tell 意为告诉。我们先来看王烨、水琴的译法：而我喑哑，无法告知，就显得比较笨拙，是典型的翻译文体。相比之下，海岸等译成无言相告，巫宁坤译成无言可告就好多了，但似乎离哑巴的原意有一定距离。我译成哑然告知也不甚理想，但多少传达了这一矛盾修辞法的特点。另外，在不增不减的对应原则下，我设法使中文修辞更准确更顺畅，创造一种新的节奏。依我看，翻译如同写作一样，往往关键是第一句，为全诗定音。让我们比较这四种译本的第一句：通过绿色导火索催动花朵的力／催动我绿色的岁月（王烨、水琴译）；穿过绿色茎管催动花朵的力／催动我绿色的年华（海岸等译）；通过绿色的茎管催动花朵的力／也催动我绿色的年华（巫宁坤译）；通过绿色导火索催开花朵的力量／催开我绿色年华（北岛译）。第二种和第三种把 fuse 译成茎管显然是重大错误，失去了狄兰那带动全诗的最有原始冲动的想象，而第一种把年华译成岁月虽不能说有误，但从意象上则差远了。我得承认，我把众口一词的催动译成催开是一种小小的冒险，但我认为催开有一种直接性，更具视觉效果。还有一点，即前三种译本一致把力量译成力，这在汉语中是十分拗口的。

此外，有几个重要之处值得一提。一个是第二段第二行原文 the mouthing streams 是双关语，即指喧哗的水流，又有口若悬河之意。我译成滔滔不绝，就是想设法保留原作中的双重含义。第四段第一行原文 leech 指的是像水蛭（蚂蟥）那样吸血，我只好用汉语创造了一个对应的词"蛭吸"。再就是同一段的最后一句：时间怎样沿星星滴答成天堂。在这里滴答（tick）是动词。再看看其他译者是如何处理的：时间怎样在繁星周围滴答出一个天堂（王烨、水琴译），时光怎样围绕星星滴答出一个天堂（海岸等译），时间已经在群星的周围记下一个天堂（巫宁坤译）。在我看来，他们的处理都过于繁复，似乎想尽力填补原作中的空白，而那恰是此诗的精妙之处。

二十五年前我头一次听到这首诗。那是在《今天》编辑部每月例行的作品讨论会上，迈平把狄兰介绍给大家，并读了几首自己的译作，其中就包括这首诗。我记得众人的反应是张着嘴，但几乎什么都没说。我想首先被镇住的是那无与伦比的节奏和音调，其次才是他那辉煌的意象。很多年后我听到狄兰自己朗诵这首诗的录音带。他的声音浑厚低沉，微微颤抖，抑扬顿挫，如同萨满教巫师的祝福诅咒一般，让人惊悚。

通过绿色导火索催开花朵的力量／催开我绿色年华；毁灭树根的力量／是我的毁灭者。／而我哑然告知弯曲的玫瑰／我的青春同样被冬天的高烧压弯。我曾反复说过，一首诗开篇至关重要，一锤定音，有如神助一般，可遇而不可求。狄兰的第一句就是如此。绿色导火索与花朵的因果关系，正是通过催开这一动词连接并推动的，如果用另一种处理方式，或置换另一个动词，就会毁掉这一句甚至整首诗。若仅有通过绿色导火索催开花朵的力量还不够，紧接着催开我绿色年华成为第二推动力，由此带出炸毁树根的力量／是我的毁灭者。纵观全诗，每一句都是由这类相关联的两组意象组成的。而我哑然告知弯曲的玫瑰／我的青春同样被冬天的高烧压弯。我前面提到过哑然告知，恰恰表明了诗歌写作的困境在语言限度与可能之间。冬天的高烧又是典型的矛盾修辞法，处理不好，效果会适得其反。

驱动穿透岩石之水的力量／驱动我的鲜血；枯竭滔滔不绝的力量／使我的血凝结。／而我哑然告知我的血管／同样的嘴怎样吮吸那山泉。第二段如果压不过第一段，也丝毫不能示弱。穿透岩石之水与我的鲜血对应，用滴水穿石比喻人的生命力，反之亦然。在这一段用了三个和嘴相关的意象：第一次是滔滔不绝（mouthing），第三次是同样的嘴，而第二次是我哑然告知（I am dumb to mouth），仅在这一段和其他的我哑然告知（I am dumb to tell）不同，用嘴替代告知。可惜在翻译中难以反映出来。

*在池中搅动水的手／搅动流沙；牵引急风的手／牵引我裹尸布的帆。／而我哑然告知那绞死的人／我的泥土怎样制成刽子手的石灰。*第三段音调的转变，是从句式变化开始的，而动词仍是改变句式的动力：搅动、牵引、制成。牵引我裹尸布的帆带入死亡意象。在绞死的人、刽子手与我之间，由于生死相连，在某种意义上，构成某种共谋关系。

*时间之唇蛭吸源泉；／爱情滴散聚合，但沉落的血／会平息她的痛楚。／我哑然告知一种气候的风／时间怎样沿星星滴答成天堂。*第四段第一句非常精彩：时间之唇蛭吸源泉。正如我刚才分析翻译时提到动词蛭吸（leech），正是这个让人疼痛畏惧的词，显示出时间之唇的贪婪和残忍。爱情滴散聚合正与时间之唇蛭吸源泉相呼应，但沉落的血／会平息她的痛楚，在这里，她显然是指爱情。时间怎样沿星星滴答成天堂让人拍案叫绝，

足以在结尾处压住分量。

*而我哑然告知情人的墓穴／我床单上怎样蠕动着同样的蛆虫。*最后一段由两行组成,是对整首诗的主题——自然、生死、爱情相生相克的总结。

这是一首伟大的现代抒情诗。诗歌写作是一种危险的平衡。狄兰的伟大之处就在于他把握住这一危险的平衡,找到容纳他那野蛮力量的唯一形式。他这首诗如此雄辩,如此浑然一体。在某种意义上,一首好诗是不讲理的,靠的是通过绿色导火索催开花朵的力量,穿透语言与逻辑之网。

三

大约十五年前,在我的英国出版社的安排下,我从伦敦乘火车去威尔士首府加的夫(Cardiff)朗诵。按中国的标准,加的夫最多算个城镇而已。由于多是石头房子,整个城市呈灰蓝色调。所有路牌都标有英文和威尔士文。威尔士文显然是一种古老文字,完全摸不着头绪,让人充满敬畏。我当时英文水平极差,记得朗诵后回答问题时,我甚至连问题都没弄懂,茫然不知所措。幸好听众中有个学过中文的威尔士姑娘,站起来帮忙。尽管她的中文有限,我们东拼西凑,总算对付了过去,最后听众报以善意的掌声。散了场,那姑娘请我到她家吃晚饭。席间,我们谈起中国和狄兰·托马斯。对于像我这样的外来人,一个热情开朗的姑娘就代表了一个民族。让我惊奇的是,她对威尔士以至国际诗歌都了如指掌。

威尔士人是凯尔特人(Celt)的后裔,威尔士语是盖尔语分支。在威尔士的诗歌传统中,由两种诗人组成。一种是由宫廷供养的诗人,一种是到处漂泊靠卖唱为生的游吟诗人。宫廷诗人要经过韵律和基督教寓言的严格训练,出口成章,歌功颂德。不同的宫廷以激烈比赛的方式选出桂冠诗人,分别由各威尔士大公豢养。十三世纪诺曼人入侵,游吟诗人转向对诺曼人征服的颂扬,于是阿瑟王和骑士精神的浪漫故事传遍整个欧洲。凯尔特游吟诗人离开自己的家乡。据史书记载:"由于四处漂泊,游吟诗人得以穿过不同人们居住的土地。他们总是结伴而行,从北到南,有人被其歌声感动,慷慨赠礼,他在同伴中名声大振,展示死前灵魂的高贵和生命之光。他在大地上得到的回赠是永世盛名。"

十五世纪,诗人戈威林(Dafydd ap Gwilym)所创造的一种获官方认可的诗歌形式,使宫廷诗人和游吟诗人合而为一。而游吟诗歌的传统,在英国内战期间被消解,直到当代威尔士举办的诗歌音乐比赛大会才开始复活。

分裂的游吟诗歌传统因分裂的语言而恶化。威尔士北部及山区在都铎王朝以前一直讲威尔士语,而威尔士南部在被诺曼人占领后,先说法语然后改成英语,游吟诗人还学会了用外语唱赞歌。英语在十九世纪工业革命的推动下遍及整个威尔士,成为南威尔士的日常语言,不仅工作社交,甚至连教堂唱赞美诗和诅咒发誓也在内。到第一次世界大战期间,英格兰文化已在威尔士处于绝对的统治地位,威尔士诗人开始放弃了他们祖辈的语言。也许唯一幸存的传统,就是对牧师和诗人的尊敬。无论在厂矿村镇,只要举办葬礼,诗歌仍是必不可少的。

狄兰·托马斯有个中间名:马尔莱斯(Marlais),是他父亲给起的,为了纪念他的叔公威廉·托马斯(William Thomas),其游吟诗人的笔名是马尔莱斯(Gwilym Marlais)。他是牧师、诗人、激进分子、一神论信徒,以及威尔士报刊的主要撰稿人。他曾组织他的教区的贫雇农和地主对着干,并率领他们迁往别的教区。在威尔士,他是为民请命的民族英雄。

四

1936年4月,狄兰与凯特琳相遇,一见钟情。是老画家约翰(Augustus John)把自己年轻的女友介绍给这个爱尔兰诗人的。狄兰那又迷糊又热烈的性格,与凯特琳不同节奏的慵懒及暴烈的活力竟如此契合。凯特琳是邓肯式的自由舞蹈家,生长在爱尔兰,从父母婚姻破裂的豪宅逃出来后,过着自由放荡的生活。刚经历超现实主义时期的狄兰正心灰意懒,被凯特琳一把火点燃。第二次见面是在朋友家的聚会上,他俩公开调情,导致两个男人在停车场酒后斗殴,最后老画家把诗人击倒在地,带女友扬长而去。

狄兰不甘心,接连不断给凯特琳写情书:"我并非只想要你一天,一天是蚊虫生命的长度;我要的是如大象那样巨大疯狂的野兽的一生。"凯特琳终于离开了约翰,投入他怀抱中。在某种意义上,他们俩都天真无邪,对世界存在的方式几乎一无所知,并且不在乎这种无知。这天性深处的共同点使他们走到了一起。

同年7月12日,他们俩突然结婚了。他们在市政厅办理了登记手续,身无分文,没有亲友参加。如此仓促成婚,恐怕是狄兰担心再次失去凯特琳。他们没有家,只能到亲友家轮流借宿。当新婚夫妇头一次回到天鹅海镇,母亲看不惯凯特琳那身吉卜赛的服饰,不同意这桩婚事,他们只好搬到凯特琳母亲家去住。像以往那样,狄兰到处跟朋友借债。他在一封信中写道:"我以名望而非以尊严获得贫困;我尽可能做到的是保持贫困的尊严。"他还是多少有些进项,比如零星发表的诗作及书评的稿费。另外,美国新方向出版社的老板劳夫林买下其后五本书的版权,这样每周都有一笔津贴。他们用这笔钱在拉恩(Laugharne)租下一间渔舍。那里多种语言混杂,主要是威尔士人后裔,混杂着荷兰人、英格兰人和西班牙人血液。按狄兰的说法,那是个小镇中的岛屿,有人在开始工作前就退休了,其他人似乎"像威尔士吸食鸦片的人,在天堂半睡半醒"。

对狄兰来说,拉恩简直就是天堂,又舒适又便宜,但唯一能把他们从贫困中解救出来的还是伦敦,而他对伦敦充满怨恨。在他看来,伦敦是个让死者不安宁的疯狂都市:"很多年我都不再想去伦敦。那儿的知识界头脑忙碌但一无所获;其魅力有一股山羊味;根本就没好坏之分。"

1938年凯特琳怀孕了。压力越来越大,最让他们担心的是账单。在给朋友的信中,狄兰写道:"贫困让我懒散而心灵手巧。我不是那种好天气的诗人,或抒情的妓女,或等待涓流的闪亮的小碗,或刮胡子时用豪言壮语破了相的男人;我喜欢有规律的餐饮,一张桌一把尺——和三支笔。"

在1939年"二战"前夜,狄兰出版了他的第三本诗集《爱的地图》(*The Map of Love*),包括几篇超现实主义的短篇小说,其中十六首诗中大都是重写的旧作。在和凯特琳相好后的两年半时间,他只写了五首诗。

战争爆发,似乎是对狄兰本人及其诗歌权力的恶意攻击。幸好在体检时,医生诊断他患有急性哮喘而免去他服兵役。除了不去死,还要想法子活下来。而真正的麻烦还是债务,他必须凑够七十英镑,否则全家就要从渔舍被赶出来。在英国著名诗人斯班德(Stephen Spender)的呼吁下,作家们终于凑够了一笔钱,他渡过这一难关。

而战争带来电影特别是纪录片的繁荣,可谓绝处逢生。狄兰自幼喜欢电影,曾在校刊上发表过有关现代电影发展的文章。他在一家电影公司找到份工作,周薪七英镑,后长到十英镑。除了写纪录片脚本外,还参加配音。战争期间,他先后写了十部纪录片。这一以视觉为主的新经验,为他的后期诗歌带来不可估量的影响,使他从早期的抽象夸张的隐喻,转向一种更经济更精确更简朴的表达。

他们住在伦敦一个单间公寓,家徒四壁。在1942年的一封信中,狄兰写道:"有时候什么都没有挺好。我要的是社会,而非我自己,有个地方坐着有张床躺下;谁想要个丈夫和他拥有的东西呢?"狄兰白天忙着拍电影,晚上泡酒吧。这是他有生以来第一次自食其力。

一天晚上,狄兰因压力过大,陷于疯狂状态,把部分诗稿撕碎扔进垃圾箱。第二天凯特琳翻垃圾箱,抢救那些诗稿。她感叹道:"狄兰腐败了,完全彻底腐败了。我可救不了他,如果他不能自救的话,就让他烂掉吧。"

战争结束了,继而是全面的经济萧条,很多人失业。英国广播公司(BBC)给作家和诗人带来一线生机。1946年8月《图画邮报》的一篇文章中,把诗人混进的BBC称作"啼鸟们的窝"。由狄更森(Patric Dickinson)主持BBC的诗歌节目,他把许多诗人伙伴召了进去,包括狄兰。但由于狄兰偶尔在播音时出现醉态,未能成为正式雇员。在诗人之笔的介入下,一种由BBC传遍世界的最优秀的英文应运而生。

狄兰整天叼着烟卷,挺着啤酒肚,明显发福了。据一个朋友描述,他晚上泡在酒吧里,被一帮崇拜者团团围住,他们伸着脖子捕捉只言片语。"我说,再来一扎,"他用来自腹部的低音说,一阵骚动,一扎啤酒很快就传过来。

1946年,诗集《死亡与出场》(*Deaths and Entrances*)问世,引起轰动,确立了他在英国诗歌界的地位。电影脚本和广播稿的写作,显然给他的诗歌带来变化——更清晰更透明了。特别是《十月的诗》,达到了一种悠闲与感观之美的平衡。这首诗孕育于战时,前后花了三年时间才最后定稿。

由于凯特琳对钱满不在乎的态度和狄兰在管账方面的无能,债台高筑。他们借酒浇愁,吵架成了家常便饭。而英国经济进一步衰退,犯罪率越来越高,打家劫舍,穷凶极恶。生活完全看不到任何希望,狄兰开始求美国的同行,帮助他们全家移民到美国:"对一个赞助人来说易如反掌,他要么让我和家人在纽约过豪华生活,要么在得克萨斯州找个狗窝。我最想做的是朗诵,图书馆,或在哈佛讲学。"他让新方向出版社请他去美国,并试图在弗吉尼亚大学找工作。

在去大洋彼岸移民的等待中，狄兰度日如年。1947年初，他向英国著名的小说家格林（Graham Greene）求援，并附上他的电影剧本。格林回信说喜欢他的电影剧本。感谢之余，他请求格林给他更多的机会还债："我自然会写比这好一百倍的剧本，毫无问题。除了恐怖故事我还能写别的，我心甘情愿。"

狄兰在 BBC 一周广播一次，除了写专稿外，他也朗诵自己的诗作。这一威尔士游吟诗人的传统，对他来说再合适不过了。他写道："朗诵自己的诗如同从口袋里放出猫。你总是会怀疑诗的音步是否过重、过生猛草率，而突然间，当环绕在诗人的舌头上时，你的疑惑就会烟消云散。"播音就像写纪录片脚本一样提纯他的诗歌写作。清晰是广大听众的需要，虽然他在广播中声称不可能过于清晰，而其过于复杂化的风格一次次让他陷入混乱中。正是私人吟咏与公共宣读之间的对比与差异，让他解开诗歌表达中的某些结。

1947 年 1 月，他从牛津写信给父母，告诉他们在新闻简报后是他主播的"今夜谈话"。很多人都觉得这节目有点儿古怪，特别是在新闻简报后。一封听众来信这样写道:"它一半热情,另一半让我想到的是从蒙昧主义者到装腔作势的人,从超现实主义喜剧演员到疯子。"狄兰全身投入工作中,几乎整整一年没写诗,而BBC付给他的工资又少得可怜。在BBC保留至今的档案中,多是他要钱的请求,未完成某项指定工作以及和财务部门吵架的记录。

一个牛津大学的历史教授是他的崇拜者,于是狄兰一家搬进他在牛津住宅后花园的小木屋。但喧闹和没完没了的借钱,让教授很快就厌倦了。而教授夫人玛格丽特(Margaret Taylor)却成为狄兰生命后期最大的恩人,尽管她和凯特琳不和,甚至吵过架(狄兰也站在凯特琳一边跟她争吵),她还是尽其所能帮助他们一家。为了避免相邻的冲突,她用自己的私房钱,在牛津郡乡间买下一栋农舍供他们居住。

狄兰把自己父母也接过来。他父亲体弱多病;母亲摔坏了膝盖,无法再照顾老伴。狄兰尽量待在伦敦,很少回来,以逃避家庭和父母。家庭重担落在凯特琳肩上,她变得越来越暴躁不安。而财政状况每况愈下,狄兰不仅无法支付所得税,连日常开销都入不敷出。他自哀自怜:"这儿没什么可卖的。我的灵魂卖掉了,我的才智迷失了,我的身体东倒西歪了,孩子太小,我不能卖掉凯特琳,墙上唯一的照片来自《图画邮报》,我们的狗是杂种,猫是半只耗子。在这老房子里剩下的是贫困的小小欢乐。"

玛格丽特再次伸出援助之手。她不计前嫌,卖掉这栋农舍,用这笔钱在拉恩买下一栋叫船坞的房子,作为礼物送给他们。在漂泊多年后,狄兰一家终于在故乡安顿下来,他还在附近为年迈多病的父母租了个房子。狄兰对玛格丽特充满了感激之情,直到他生命的终点。

五

死亡也不得统治万物

死亡也不得统治万物。
赤裸的死者一定会
与风中的人西天的月融为一体;
当他们的骨头被剔净而剔净的骨头又消失,
他们的臂肘和脚下一定有星星;
尽管他们疯狂也一定会清醒,

尽管他们沉落入海也会再一次升起；
尽管恋人已失去爱情也不会失去；
死亡也不得统治万物。

死亡也不得统治万物。
在大海的曲折辗转下
他们长久地仰卧而不会像风一样消逝；
当肌松腱懈，在刑架上挣扎，
虽被缚于轮上，他们也不会崩溃；
他们手中的信仰被折成两段，
独角兽般的邪恶将他们彻底刺穿；
整个身子裂成了碎片他们也不会屈服；
死亡也不得统治万物。

死亡也不得统治万物。
海鸥不再在他们耳畔啼哭
海涛也不再在海岸喧响；
曾经吹拂着花朵的地方不再有花朵
昂首迎候雨点的打击；
虽然他们疯狂，如钉子般僵死，

那富含特征的头颅从雏菊中崭露；
在太阳下碎裂直至太阳崩溃，
死亡也不得统治万物。

韦白 译

死亡也一统不了天下

死亡也一统不了天下
死去的人赤身裸体
一定会与风中的人西沉的月融为一体；
骨头被剔净，白骨又流逝，
他们的肘旁和脚下一定会有星星；
尽管他们发疯却一定会清醒，
尽管他们沉落，沧海却一定会再次升起；
尽管情人会失去，爱却一定会长存；
死亡也一统不了天下。

死亡也一统不了天下。
久卧在大海的波澜旋涡之下，
他们决不会像风一样消逝；

即便在刑架上挣扎得精疲力尽，
受缚于刑车，他们也决不会碎裂；
信仰会在他们的手中折断，
独角兽的邪恶也会将他们刺穿；
纵使四分五裂，他们也决不会崩溃；
死亡也一统不了天下。

死亡也一统不了天下。
海鸥也许不会再在他们耳边鸣叫，
波涛也不再汹涌地拍打海岸；
迎着风雨昂首挺立；
尽管他们发疯，僵死如钉，
人类的头颅却会在雏菊丛中崭露；
在阳光下碎裂直到太阳陨落，
死亡也一统不了天下。

海岸　傅浩　鲁萌译

而死亡也不得称霸

而死亡也不得称霸。

死者赤裸他们将
与风中人西边月合一；
当他们骨头剔净消失，
他们肘边脚下会有星星；
尽管发疯他们会清醒，
尽管沉入大海他们会再升起；
尽管失去恋人爱情依旧；
而死亡也不得称霸。

而死亡也不得称霸。
在大海的九曲回肠下
他们久卧不会如风消失；
在刑架辗转精疲力竭，
绑在轮上，他们不会碎裂；
在他们手中信仰会折断，
独角兽之恶穿透他们；
四分五裂他们不会屈服；
而死亡也不得称霸。

而死亡也不得称霸。

狄兰·托马斯

没有海鸥在他们耳边叫喊

或波浪轰击海岸;

花吹落处不再有花

昂头迎向风雨;

尽管发疯彻底死去,

那些人击穿雏菊崭露头角;

闯入太阳直到太阳碎裂,

而死亡也不得称霸。

北岛 译

我选用的三种译本,各有千秋。就整体风格而言,韦白和海岸等人的译本过于松散,带有明显的翻译体痕迹。先让我们来看看第一段中比较简单的三句:尽管他们疯狂也一定会清醒,/尽管他们沉落入海也会再一次升起;/尽管恋人已失去爱情也不会失去(韦白译);尽管他们发疯却一定会清醒,/尽管他们沉落,沧海却一定会再次升起;/尽管情人会失去,爱却一定会长存(海岸等译);尽管发疯他们会清醒,/尽管沉入大海他们会再升起;/尽管失去恋人爱情依旧(北岛译)。韦白的第三句尽管恋人已失去爱情也不会失去,尤其显得拗口，相比之下海岸等人的这一句尽管情人会失去，爱却一定会长存好多了，但有些拖沓。再来看看结尾：虽然他们疯狂，如钉子般僵死，/那富含特征的头颅从雏菊中崭露；/在太阳下碎裂直至太阳崩溃，/死亡也不得统治万物。(韦白译) 尽管他们发疯，僵死如钉，/人类的头颅却会在雏菊丛中崭露；/在阳光下碎裂直到太阳陨落，/死亡也一统不了天下。(海岸等译) 尽管发疯彻底死去，/那些人击穿雏菊崭露头角；/闯入太阳直到太阳碎裂，/而死亡也不得称霸。(北岛译) 首先，韦白和海岸等人的第一句有明显错误，原文中 dead as nails 是彻底死去，若硬译，就有如把银河 (Milky Way) 译成"牛奶路"一样。韦白的第二句那富含特征的头颅从雏菊中崭露，原文中 Heads of characters，characters 在这里是物体，不能译成形容词。另外还忽略了击穿 hammer through 这一层含义。至于本诗的关键句：死亡也不得统治万物 (韦白译)、死亡也一统不了天下 (海岸等译)、而死亡也不得称霸 (北岛译)，依我看都不理想，有待后来者的努力。由于篇幅原因，关于这首诗翻译的讨论就此为止。

开篇头一句而死亡也不得称霸，是典型的狄兰·托马斯风格，为整首诗一锤定音。它首尾呼应，环环相扣，如同主旋律一般贯穿始终。对死者的存在与消失是通过一连串的意象展示的：死者赤裸他们将／与风中人西边月合一；／当他们骨头剔净消失，／他们肘边脚下会有星星；特别精彩处是与风中人西边月合一，这句我译得也比较满意，有古诗之风。紧接着是一组悖论式的修辞：尽管发疯他们会清醒，／尽管沉入大海他们会再升起；／尽管失去恋人爱情依旧；／而死亡也不得称霸。

第二段有明显的宗教意味，让人联想到基督受难：在刑架辗转精疲力竭，／绑在轮上，他们不会碎裂。正是由于深层文化的障碍，或许对于多数中国读者来说难以进入。基督教精神的拯救往往与受难密切相关：在他们手中信仰会折断，／独角兽之恶穿透他们；／四分五裂他们不会屈服；／而死亡也不得称霸。

最后一段正是受难后的升华：而死亡也不得称霸／没有海鸥在他们耳边叫喊／或波浪轰击海岸；／花吹落处不再有花／昂头迎向风雨；／尽管发疯彻底死去，／那些人击穿雏菊崭露头角；／闯入太阳直到太阳碎裂，／而死亡也不得称霸。请注意雏菊和太阳的呼应关系，与此相对应的是击穿和闯入，以及崭露头角和碎裂。这种由小及大由低向高的指向，在结尾处把全诗推向高潮。

这首诗是对死亡的宣战书，充满了生命的骄傲与尊严，正如他的另一诗句所说的，太高傲了以至不屑去死。生与死是他诗中最常见的主题。二十世纪三四十年代，T.S.艾略特和奥登的智性诗歌风靡一时。而狄兰·托马斯反其道而行之，强调生命的原始冲动，挖掘人类欲望深处的潜意识，为现代主义诗歌开辟了新的方向。如果说这首诗有什么不足的话，只要把它和《通过绿色导火索催开花朵的力量》一诗相比就知道了。而死亡也不得称霸头开得好，但后继无力，没有获得通过绿色导火索催开花朵的力量那种层层递进、令人激动不已的效果。

六

问题一：你的诗是对你自己有用还是对他人有用？
  答：两者都有。诗歌是有节奏的、不可避免的叙述性运动，从层层包裹的盲目到赤裸的视觉，就其强度而言，这一运动取决于投入诗歌创作的劳动。我的诗应该对我有用，因为它记录我冲破黑暗抵达某种光明的个人挣扎，而见识到具体记录的缺憾会对将来的个人挣扎有益。之所以说我的诗应该对他人有用，因为他们也熟悉同样挣扎的个人记录。

问题二：你认为叙述性诗歌有没有用？

答：当然。叙述性是不可或缺的。如今大量单调而抽象的诗歌没有叙述性运动，完全没有，因此是僵死的。每首诗都必须有推进性的诗句或主题。其实一首诗越主观，叙述性诗句越清晰。叙述性，在最广泛的意义上，符合艾略特在谈到"意义"时所说的"读者的一种习惯"。顺其运动，让叙述采取读者的那种逻辑习惯，诗的本质就对他起作用了。

问题三：你是否在写诗前等待一种自发冲动；如果是的话，它是词语的还是视觉的？

答：写诗对我来说，是建立一个正规的词语密封舱，既是体力劳动又是脑力劳动，最好能有一个主要的活动支柱（即叙述性），多少支撑那来自创造性身心的真正动因。动因总是在那儿，总是需要具体表达出来。

对我来说，诗歌"冲动"或"灵感"只不过是突发的，通常是体力上的，如同能工巧匠的那种技艺。最懒的工人冲动最少。反之亦然。

问题四：你是否受到弗洛伊德的影响，你怎么看他？

答：是的。凡是隐藏的就应该让其赤裸。剥光黑暗是净化，剥光黑暗带来净化。诗歌，记录了个人如何剥光黑暗，一定会把隐藏太久的地方照亮。因此让黑暗彻底曝光。弗洛伊德照亮了他发现的一点黑暗。看到这样的光，意识到隐藏的赤裸，诗歌就会因此获益，而且比弗洛伊德所揭示的隐秘原因走得更远，进入更净化的赤裸之光。

问题五：你是否支持任何政党或政治经济信条？

答：我支持任何主张人人完全平等、人人共享生产资源和产品的革命政体，因为只有通过这样实质性的革命政体，才会有公共艺术的可能。

问题六：作为一个诗人，你觉得什么使你区别于一个普通人？

答：所有的人身上都有同样的动因，我只不过用诗歌这种媒介来表达而已。

七

1931年，天鹅海镇处于经济萧条时期。二十年代的一连串大罢工，导致钢铁厂和煤矿纷纷倒闭，失业率高居不下。而狄兰很幸运，由于他父亲的关系，他在《南威尔士邮报》找到份工作，在读了十五个月清样后，他成为小记者，专门报道本地新闻，诸如婚礼、火灾和安葬。狄兰的诗中大量和死亡有关的术语，正来自他的现实——为寻找故事，奔忙于警察局和停尸房之间。但他发现所有事件都差不多，于是敷衍了事，大部分时间和朋友们一起泡酒吧，东拉西扯。据一个当年的朋友回忆，他是个天生的小丑。在他面前，无论演艺界还是知识界的人都自惭形秽，他能按他们各自的路数打败他们；如果对方谦卑，他也谦卑。他曾和姐姐及未来的姐夫在当地小剧团演过戏，客串各种角色。

狄兰一直在写诗，写在两个学生用的笔记本上。他在给一个患结核病的朋友的信中写道："我现在处于一个最重要的过渡期。我拥有的才能会突然消失,也会突然增长。我可以轻而易举变成个大笨蛋。我也许现在就是。而这并非让同一个人的空虚变得不安。"而正是在这一过渡期,狄兰完成了他的头一本诗集《诗十八首》,几乎囊括了他所有重要的早期诗作。

本地的小圈子,对孤独的狄兰来说如此重要。天鹅海镇生活的悠闲儒雅(甚至在那些反叛的艺术家之中),成为狄兰的才能的摇篮。他知道自己天生就是个诗人,对此从未怀疑过。他从儿歌、民间传说、苏格兰谣曲、《圣经》故事、赞美诗、布莱克和莎士比亚诗行中广泛汲取营养。在一封 1935 年给朋友的信中他写道:"我的方法是:我在无数张小纸片上写诗,两面都写,常常颠倒交叉,不带标点符号,被涂抹的灯柱和煮鸡蛋包围,在极肮脏的混乱中,我逐渐把一首慢慢发展的诗抄在一个练习本上;一旦完成,再打出来。我烧掉那些纸片……"

酗酒给一个外省年轻诗人带来骄傲,既是男性的证明,也是对教堂的否认。对狄兰来说,天鹅海镇的最好的方式就是灌进满肚子啤酒,一醉方休。

狄兰认识了帕米拉(Pamela Hansford Johnson),她是住在伦敦的女诗人,常在一家报纸《星期日仲裁人》

的"诗歌之角"发表作品。1933年夏天,帕米拉在"诗歌之角"读到狄兰·托马斯的一首诗,于是写信到天鹅海镇。狄兰的回信带有明显的自我保护意识。他批评了帕米拉随信寄来的诗,并附上自己更多的作品。他很高兴帕米拉跟他年龄相仿,并非那种老处女。他甚至在信里撒了谎,虚报了两岁。两个诗人当时都充满挫折感:帕米拉在伦敦的办公室打工,狄兰在威尔士默默无闻。这也许正是他们的共同点——同命相怜。

经过几个月频繁的书信来往,1934年2月,这两个青年诗人终于在伦敦见面了。那年狄兰十九岁,帕米拉二十一岁。狄兰在伦敦住了一周,以后常到伦敦看望帕米拉。他俩很快堕入情网。

《星期日仲裁人》以设立诗歌奖的方式帮助青年诗人出版诗集,第一本选中的帕米拉,第二本是狄兰。报社编辑们简直不敢相信,狄兰这么年轻竟能写出如此非凡之作,于是给他买火车票,要亲眼见见作者。狄兰来到伦敦时正赶上复活节,他和帕米拉及其家人一起度假。

在修改《诗十八首》(*Eighteen Poems*)期间,他发现写作越来越难,抱怨他像壮工一样写六行诗。他失去对写作的自信,开始向朋友抱怨:"在词语中的折磨,在连接与拼写中的折磨,在偷来的纸上爬行的蜗牛和四面风备增的声音中的折磨,以及我的知识贫乏中的折磨。"

在威尔士的一个周末,狄兰和一个记者及其未婚妻喝得酩酊大醉,那女人居然睡到狄兰的床上来,鬼混了四天。出于内疚和犯罪感,混合着男性的骄傲,他给帕米拉写了绝交信。那年夏天,他们又言归于好。但好景不长,他们最终还是分手了。

伦敦对一个青年诗人敞开了大门。1934 年 11 月,狄兰和他的朋友佛莱德(Fred Janes)搭车来到伦敦,开始了独立的生活。11 月 17 日,在他们共同寄出的第一张明信片上写道:"抵达。帆布,纸,书,没钱……不管好歹我们绝大多数时间闲着……"他俩住在环境恶劣的小单元。按佛莱德的说法,为了取暖,狄兰常把衣服都穿上,捂得严严实实坐在床上。然后突然消失,数天甚至数周。有一次他出去理发,再见到狄兰竟是一个月后,在天鹅海镇。每次狄兰回到伦敦,总会带来些新朋友,诸如过了气的美国拳击手,或躲藏中的共产党员。

狄兰开始和伦敦诗人及编辑圈子混熟了,找到读稿写书评之类的零活维持生计。他生性直率粗鲁,常得罪人。他在给《1934 年最佳诗选》的编辑的信中指出,他选的都是最糟糕的诗作,"对诗歌的智性阅读是有害的;一首从另一首吸血;两种相近的才能最易于互相抵消。"在给两个青年诗人的两本诗集写的书评中,他是这样开始的:"即使报以最大的同情,这样的诗人还是应该每周被踢一顿屁股。"

大都市带来的刺激总是把他累垮,然后回到威尔士休养。他在家乡虽极度无聊,却可以专心写诗。由于生活窘迫,他自称有时候想改行成为银行职员,"而我恰恰喜欢那些难以写出难以理解的东西……诗人根本不懂他自己写下的一切。"他的第一本诗集《诗十八首》于1934年12月18日出版,只印了250本。这本薄薄的书得到好评,他开始在英国诗歌界小有名气了。

受清教徒传统的影响,狄兰在结婚以前并不随便跟女人上床,除非喝醉了。但他太懒太被动,难于拒绝诱惑,特别是酗酒。酒吧在伦敦是阶级对立的缓冲地带,人喝醉全都一样,尽管是暂时的。据一个朋友回忆,几乎人人都喜欢狄兰酒后所显露的温暖与机智。在他看来,在第三杯到第八杯之间,狄兰是世界上最健谈的人,妙语连珠。而在三杯前他闷闷不乐,八杯后他暴躁不安。

狄兰发现伦敦不是个写作的去处,只能消耗他的语言才能，而回到天鹅海镇，温情不再，朋友所剩无几。"家不再是家。我发现自己什么都不是，无论哪儿都一样，仅仅在不同的歇脚处之间而已……身体大脑，所有运动中枢，一定要移动或死去。也许根本的孤独让我无家可归。也许如今太多的非此即彼。可怜的狄兰。可怜的他。可怜的我。"

他在1935年底的一封信中提到，他几乎整个夏天写了不少，自从他回到天鹅海的家中，"酒精慵懒的波浪涨潮"，他只能重新开始把词拼凑到一起。"诗歌机器上好了油，应该无故障地运转，直到我下一趟去伦敦内脏那明知故犯的毁灭之行。"

八

特别是当十月的风

> 特别是当十月的风
> 以霜冻的手指惩罚我的发丝，
> 被蟹行的太阳捉住，我踏火而行
> 投在地上的影子成蟹，

在海边,听着鸟的噪鸣,
听着渡鸦在冬日枝干间干咳,
我繁忙的心在她说话时颤栗
洒落带音节的血,倾诉她的言语。

关进一座文字的塔,我看见
地平线树林般行走着
女人像文字的形体,以及公园里
一行行姿态如星星的孩子。
有人让我制作你,用发元音的山毛榉,
有人让我用橡树的声音,自荆棘丛生的
州郡的根茎告知你音符,
有人让我制作你,用水波的呓语。

一盆羊齿草后面摇摆的钟
告诉我时辰的消息,神经的寓意
盘旋于带轴的圆盘上,在雄鸡的啼晓声中
宣告早晨,预报风的气候。
有人让我制作你,用草地的痕迹;
把我知悉的一切转告我的信号草

透过眼窝挣脱蛆虫的冬天。
有人让我告知你渡鸦的罪过。

特别是当十月的风
(有人让我制作你,用秋天的魅力,
和蜘蛛舌头般、威尔士喧嚣的山)
以萝卜的拳头惩罚大地,
有人让我制作你,用无情的词语。
心被挤干,在循环、奔突的血液中
憩息,预言狂暴将降临。
在海边听到黑色元音的鸟群。

王烨　水琴 译

尤其当十月的风

尤其当十月的风
伸出霜寒的手指痛击我的发丝,
为蟹行的太阳所制,我踏着烈火
在地面投下一片影子蟹一样爬行,
我站在海边,倾听群鸟的喧鸣,

倾听渡鸦咳叫在冬日的枝头，
我忙碌的心一阵阵颤栗，当她
倾泻音节般的血液，倾吐她的话语。

也被关入言辞的塔中，我留意
地平线上树木般行走的
女人身姿喋喋不休，以及公园里
一排排孩子明星般显露。
有人让我制作你，用发元音的山毛榉，
有人让我用橡树的声音，从荆棘丛生的
州郡根须告知你音符，
有人让我塑造你，用水的话语。

一盆羊齿草后，摇摆的钟
告诉我时辰的消息，神经的意图
盘旋于茎杆的花盘，在雄鸡啼晓时
宣告早晨降临，并预报刮风的气候。
有人让我制作你，用草地的标志，
草符告诉我知晓的一切，
透过眼睛挣脱蠕虫的冬天。

有人让我告知你渡鸦的罪过。

尤其当十月的风
(有人让我塑造你,用秋天的字符,
蜘蛛的语言,以及威尔士喧闹的山岗。)
握紧萝卜般的拳头捶打大地,
有人让我塑造你,用无情的词语。
心已耗尽,流失一股奔突的热血,
预警狂暴即刻来临。
站在海边,倾听鸟群鸣叫黑色的元音。

海岸　傅浩　鲁萌译

特别当十月的风

特别当十月的风
用结霜手指惩罚我的头发,
被横行太阳抓住我走在火上
在大地投下阴影之蟹,
听见渡鸦在冬天枝头咳嗽,
她说话时我忙碌的心战栗

淌下音节之血耗干她的词语。

也被关进词语之塔,我在
树木般行走的地平线作标记
字形的女人,与一行行
公园里星星比画的孩子们。
某些词让我用元音的山毛榉造就你,
那橡木的声音,从棘手的
郡的根部告诉你音调,
某些词让我用水的言说造就你。

一盆羊齿草后面摆动的钟
告诉我时光词语,神经含义
随钟摆飞翔,宣告早晨
在风信鸡中告知多风的天气。
某些词让我用牧场标志造就你;
信号草告诉我知道的一切
以多虫的冬天穿透眼睛。
某些词让我告诉你渡鸦的罪恶。

特别当十月的风

(某些词让我造就你,用秋天魔力

蜘蛛谗言和威尔士喧闹的山岗)

萝卜的拳头惩罚大地,

某些词让我用无情之词造就你。

心在耗干,用化学之血

疾行中拼写,警告将临的狂怒。

在海边听见那黑色元音的鸟群。

北岛 译

相比之下,就这首诗而言,王烨、水琴的译本要比海岸等人的译本好多了,至少它在汉语中寻找一种相应的节奏感。而海岸等人的译本的出现比前者晚了十三年(以出版日期为准),本应后来居上,结果却相反,拖泥带水,几乎完全没有节奏意识。我不太相信海岸等的译本没有参考王烨、水琴的译本,因为它重复了同样的错误。比如,其中最重大的错误是第二段第五行:有人让我制作你,用发元音的山毛榉(王烨、水琴译),而海岸等的译本完全照搬,无一字改动。这句的原文是 some let make you of vowelled beeches,应该译

狄兰·托马斯　449

作某些词让我用元音的山毛榉造就你。在这里 some 指的是这段开端的词语之塔（tower of words），不能译成某些人（somebody），由于这一关键处的不求甚解，导致了后面一系列错误，造成结构性的硬伤。还有第三段第三行：盘旋于带轴的圆盘上（王烨、水琴译），盘旋于茎杆的花盘（海岸等译），原文是 Flies on the shafted disc，shafted disc，直译为杆上的圆盘，其实是钟摆的一种诗意的说法而已。再就是结尾处：心被挤干，在循环、奔突的血液中／憩息，预言狂暴将降临。／在海边听到黑色元音的鸟群（王烨、水琴译），心已耗尽，流失一股奔突的热血，／预警狂暴即刻来临。／站在海边，倾听鸟群鸣叫黑色的元音。原文是 The heart is drained that, spelling in the scurry/Of chemic blood, warned of the coming fury./By the sea's side hear the dark/vowelled birds，我译作：心在耗干，用化学之血／疾行中拼写，警告将临的狂怒。／在海边听见那黑色元音的鸟群。不知道为什么在上述两种译本中完全忽略了原文中的关键词，诸如：疾行中拼写（spelling in scurry）和化学之血（chemic blood），而任意自由发挥。海岸等的译本中，把最后一句听见那黑色元音的鸟群颠倒成倾听鸟群鸣叫黑色的元音,意思就全拧了。由于篇幅所限,不一一列举。

最近跟一个诗人朋友讨论。他说,翻译本身就是一种细读。我同意。诗歌翻译中存在的种种问题,除其他原因外,恐怕与我们缺乏细读的愿望与能力有关,细读绝非仅是一种方法,而是揭示遮蔽开辟人类精神向度的必经之路。没有诗歌,一个民族就没有梦想,也没有灵魂。这一点,也许正应了狄兰·托马斯的诗句:心在耗干,用化学之血／疾行中拼写,警告将临的狂怒。诗人和译者看起来都挺忙乎——疾行中拼写,但并没有意识到自己在忙什么——化学之血,因而失去了重心——心在耗干,而最终受到传统断裂的惩罚——警告将临的狂怒。

既然翻译本身是一种细读,我看,就到此为止吧。

九

1914年10月27日,狄兰出生在威尔士一个名叫天鹅海(Swansea)的小镇。他父亲曾梦想成为诗人,却以拉丁学校的英文老师终其一生。他竭力否定自己工人出身的家庭背景,设法跻身于中产阶级行列。狄兰的母亲是家庭妇女，爱说爱笑，慷慨能干，虔信宗教。他有个姐姐，但由于年龄性格差异，比较疏远。父亲会讲威尔士语，但在家只说英语，狄兰无从学会自己的母语。他生来继承的是分裂的国家、分裂的传统、分裂的语言和分裂的社会。威尔士被一分为二：不信英国国教的坚硬的北方乡下和英语迅速蔓延的柔和的南方城镇。但只说英语的狄兰，威尔士语仍在他的血液里，按他自己的说法是"两个舌头的大海"。他继承了过去威尔士宫廷诗人的对音韵格律的训练，也继承了游吟诗人四海为家纵饮狂欢的天赋。在这个意义上，他生来就是分裂的。在十八岁那年，他这样写道："让一切都他妈见鬼去吧，除了表达的必要和表达的媒介，除了为神秘本身以及我呻吟的意义而永远奋斗的伟大需要。只有一个目标：除掉你灵魂的面纱和你身上的血痂。"

狄兰的家坐落在山坡上，背后是海，面对一个草木茂盛的公园，那是他和伙伴们出没的秘密世界。他说过自己之所以成为诗人，是因为常下雨的原因，家里很少让他出去玩。更主要的是，他由于肺出血而身体虚弱，常卧床不起，因而养成狼吞虎咽的读书习惯，并对自己会早死坚信不移。尽管他的肺部逐渐愈合，但哮喘加上吸烟过度又导致剧烈咳嗽。

狄兰上的是一所私立学校。对他来说，除了父亲在这里教英文，和别的学校没什么不同。自他四岁起，父亲就在书房为他朗读莎士比亚。他完全不懂其含义，但那韵律却深入他的心中。上学后，他厌恶学校生活的刻板训练，成绩平平。也许那一时期最重要的是友谊，他认识了最好的朋友丹尼尔（Daniel Jones）。在丹尼尔的家，他这位新朋友宣称他要在十二岁以前成为作曲家、诗人、历史小说家，以及钢琴家和小提琴家。狄兰成为他们家的一员。他开始和丹尼尔一起写诗，创办他们私人的"广播公司"，朗读自己的作品。丹尼尔回忆道："除了偶尔在花园玩斗蛐蛐的游戏外，我们在一起主要是艺术学徒，有时好玩，有时认真，有时合作，有时分开，但即使那样，也还是在一起。"

狄兰十六岁半离开学校。他有一种幽默与自嘲的天赋，这一点在他成年后才慢慢显露出来。1933年，在他写给女友帕米拉的滑稽作品中，他这样总结了自己的童年：

> 我在格拉摩根郡的乡下房子初见日光，在威尔士口音的恐惧和铁皮烟囱的烟雾中长大成一个可爱

的娃娃，早熟的儿童，反叛的男孩，病态的青少年。我父亲是个中学教师：我闻所未闻的开放的男人。我母亲来自卡马森郡的农业腹地：我闻所未闻的小女人。我唯一的姐姐用女生的长腿，短上衣的翅翼和社会的势利眼穿过舞台，进入舒适的婚姻生活。我还是预备学校的小男孩时头一次尝试烟草（童子军的敌人），高中头一次尝试酒精（魔王）。诗歌（老处女的朋友）在我六七岁时揭开她的面纱；她依然还在，而有时她的脸像个旧茶碟裂开……

十

十月的诗

这是我去天堂的第三十年
醒来我倾听港口和附近树林
贻贝聚集、苍鹭
　　　　　为岸布道
早晨召唤
用水的祷告和海鸥白嘴鸦的啼叫

而帆船敲击网织的墙
　　　　我自己踏进
　　　那瞬间
　依然沉睡的小镇，动身。

我的生日始于水
鸟和展翅的树木之鸟放飞我的名字
　在那些农庄和白马之上
　　　　我起身
　　　　　在多雨之秋
在我所有日子的阵雨中外出。
潮水涨，鹭下潜，当我上路
　　　　越过边界
　　　　　　而城门
　在小镇醒来时关闭。

　涌动的百灵鸟在滚滚
云中，路旁灌木丛溢满乌鸫
　的呼哨，十月的太阳
　　　　夏天一般

在山岗的肩膀，
天气宜人，甜蜜歌手们突然
走进我游荡其中并倾听
　　　　　雨水淋湿的早晨
　　　寒风吹透
我脚下远处的树林。

苍白的雨在缩小的海湾上
在大海弄湿的蜗牛大小的教堂上
　用触角穿透迷雾，而城堡
　　棕褐如枭
　　　　但春天和夏天的
所有花园都在吹牛中怒放
在边界那边在百灵鸟充斥的云下
　　　　在那里我会为
　　　　　我的生日而惊奇
但天气突变。

它避开那欢乐的国度
随另一气流而下，蓝色改变天空

再次流出夏天的惊愕

  和苹果

   梨及红醋栗一起

在转变中我如此清楚地看见一个孩子

那些被遗忘的早晨，他和母亲

   穿过阳光的

    寓言

  和那绿色小教堂的传说

  以及两次被告知的幼年田野

他的泪灼烫我的脸，心跳在我胸中。

在树林河流和大海之处

  一个孩子

 正倾听

死亡之夏把欢乐的真理

悄悄告诉树石头和潮中的鱼

    而神秘

      还在

 在水中在啼鸟中欢唱。

在那里我会为我的生日惊奇
但天气突变，那长眠的孩子
所歌唱的真正快乐燃烧
　　　　在太阳中。
　　这是我去天堂的
第三十年，站在夏日正午
而下面的小镇满树十月的血。
　　噢愿我心中真理
　　　　仍在这
转变之年的高山上被歌唱。

　　　　　　　　　　　北岛 译

后 记

本书收入的九篇文章,是为《收获》杂志的"世纪金链"专栏写的,自 2004 年第一期起连载,至 2005 年第三期。专栏好比贼船,上去容易下来难。不少同行都叫苦连天,我不知好歹,非要一试。其中苦衷,以最后期限为甚,那词多半来自英文 deadline,直译为"死亡线",可见其凶险。但也正是这贼船带我乘风破浪,窃得此书。

在我看来,二十世纪(尤其上半叶)的诗歌是人类历史上最灿烂的黄金时代,它冲破了国家种族和语言的边界,获得了前所未有的国际视野和与之相应的国际影响,正是在此意义上,才有所谓的国际诗歌。这一诗歌的黄金时代,无疑和工业革命、"上帝之死"、革命与专制、两次世界大战、纳粹集中营、大清洗、原子弹,即和人类历史上最深重的黑暗有关。我不想给它穿上"现代主义"小鞋,那是西方理论主流话语中一个霸道而混乱的概念。

伟大的诗歌如同精神裂变释放出巨大的能量,其隆隆回声透过岁月迷雾够到我们。也许正是由于过度消耗,自

"二次大战"结束以来，诗歌在世界范围内开始走下坡路。中产阶级生活的平庸在扼杀想象力；消费主义带来娱乐的同时毁灭激情；还有官方话语的强制和大众媒体的洗脑的共谋……一个著名的物理学家告诉我，二十世纪上半叶也是物理学的黄金时代，随之是白银时代。我没接着问，再后面估计是废铜烂铁的时代。

自1999年起，我在美国大学教创作课。让我吃惊的是，绝大多数美国学生对国际诗歌，特别是对这一黄金时代所知甚少。为此我挑选我所喜欢的大师的作品，编成教材，在课堂上带学生们逐首细读。久而久之，自有些心得体会。这就是本书的由来。

在写作过程中，我发现近些年来在国内出版的大量译作粗制滥造，带来进一步误导，使本来在批评缺席、标准混乱的诗歌中转向的读者更胡涂。相比之下，老一代诗人兼翻译家倒在岁月尘封中脱颖而出，译作依然新鲜硬朗，让人叹服。至于我对某些译作的批评，并不意味着我有什么权威性，而是希望能引起警醒，取长补短，建立一种良性的批评机制。

本书中不少片断是在路上写成的。从委内瑞拉山区的小旅店到马其顿湖边的酒吧，从柏林出发的夜行火车到等候转机的芝加哥机场。正是这种跨国旅行,与诗人写作中的越界有对应关系,使我获得某些更深层的体验。为了这种体验,我有时会专程前往某地,比如德国的马堡。在那里,由于失恋,帕斯捷尔纳克告别哲学转向诗歌,写下他早期的重要诗作《马堡》。只有在马堡街头行走,似乎才得其要领,因为这就是首行走的诗,一切都在行走中复活了。

我所热爱的九位诗人,他们用不同语言写作,风格迥异,构成了二十世纪诗歌壮美的风景——横看成岭侧成峰。由于我无意勾勒全景,再加上时间精力等原因,还有不少重要诗人未能收入本书。也许值得一提的是,九位诗人中的两位——特朗斯特罗默和艾基依然健在[1],而且我有幸认识他们。在关于他们的文章中,我以朋友的身份进入他们的生活。难免带有强烈的个人色彩。

我采用的是一种较复杂的文体,很难归类。依我看,这无疑和现代诗歌的复杂性,和个人与时代、经验与形式、苦难与想象之间的复杂性相关。有人在网上说这是"诗歌传记",我看不无道理。

1　艾基于 2006 年病逝。

在本书的写作过程中，特别要感谢两个人。首先是我的妻子甘琦。这本书的最初构想就是她提出的，并在她的劝说下，我终于上了贼船；她又是第一读者，每篇文章都先由她悉心校阅；我在种种压力下陷于绝望时，她的鼓励，就像孤独的长跑者得到的唯一掌声。另一位就是李陀。他对每篇文章都提出具体的修改意见，特别是为我在理论上的薄弱环节把关。当然，还得感谢《收获》的程永新和编辑们，正是由于他们在"死亡线"那边的耐心等待，才有了这本书。

北岛
2005 年 5 月 15 日于美国戴维斯